Lina-Marina Lou

Den Träumen ganz nah

Korrektorat & Buchlayout:
Lektorat Buchstabenpuzzle B. Karwatt
www.buchstabenpuzzle.de

Covergestaltung:
Sabrina Baur
Sophia Silver Coverdesign
www.photorina.net

Bildmaterial:
angel-1538938 (www.pixabay.com)
box-1331470_1920 (www.pixabay.com)
Fotolia_68853206_L (www.fotolia.com)
IMG-20160702-WA0018-1-1 (Privat von der Autorin)

Herstellung und Verlag: BoD – Books on Demand, Norderstedt
ISBN: 978-3-7543-7197-8

Lina-Marina Lou

Den Träumen ganz nah

Nicht dein Denken
bestimmt dein Glück,
sondern dein Herz!

1

Nur ein schwaches, dämmriges Licht erfüllte die Kabine. Zu warm und stickig, nahezu beengend wirkte die kleine Kammer. Stille überschattete den Raum. Auf der abgenutzten Holzbank lagen Tapes bereit, um die Knöchel und Gelenke für den nächsten Kampf zu schützen. Der Geruch von Schweiß lag in der Luft. Auch die letzte Neonröhre in der Fassung an der Decke flackerte schon bedrohlich stark. Es gab noch ein altes Waschbecken, dessen Abguss längst Rost angesetzt hatte. Darüber hing ein fast blinder Spiegel und rechts neben der Tür stand ein dunkelgrün gestrichener Spind. Die Tür des Spindes war halb geöffnet und heraus schaute eine eher oberflächlich durchwühlte Sporttasche.

Hier wartete Ronny Faber auf seinen nächsten Kampf. Er war ein ehrgeiziger Boxer und galt als unbesiegbar. *The Champ of the Ring* wurde er auch genannt. Viele, die ihn kannten, hätten angenommen, dass er in der Blüte seines Lebens stand. Doch war das wirklich so? Viel umjubelt und erfolgreich im Ring. Nach Geld brauchte er nicht fragen.

Wieder stand ihm ein großer Boxkampf bevor. Die Knöchel seiner Hände waren inzwischen dick verbunden. Mit hängenden Schultern und gesenktem Kopf saß er auf der Holzbank und sah auf den Boden. Gleich würde sein Trainer hereinkommen und ihn zum nächsten großen Kampf begleiten.

An diesem Tag trat er gegen einen Neuling an. Das bedeutete für ihn keine wirkliche Herausforderung. Für Ronny selbst war es schon Routine geworden, Gegner zu besiegen. Seine Techniken, das Ausweichen und Zuschlagen in der richtigen Sekunde, verhalfen ihm bisher immer zu glorreichen Siegen.

Heute fühlte er sich allerdings überhaupt nicht fit. Sein Magen rebellierte und er hatte nicht eine einzige Mahlzeit zu sich genommen. Wenn er nur an Essen dachte, könnte er sich schon übergeben. Die zeitweiligen Magenkrämpfe quälten ihn ebenfalls.

Doch diesen Kampf absagen? Nein, auf keinen Fall, das wollte er nicht.

Sein Arzt hatte ihm heute schon eine Vitaminspritze gegeben. So nannte er die Aufputschmittel, die er Ronny, in Absprache mit seinem Trainer John, häufiger gab. Trotzdem fühlte sich Ronny down, unwohl und keinesfalls schmerzfrei. Er verspürte ein immer stärker werdendes Dröhnen im Kopf, das nicht nachlassen wollte. Schließlich entschloss er sich, nach ein paar Schmerztabletten zu suchen. Er hatte für den Notfall immer welche dabei. Sein Trainer wusste nichts davon und die Vereinigung für junge Boxer, die ihn sponserte, schon gar nicht. Wenn herauskam, dass er häufig Medikamente nahm, um die Schmerzen zu ertragen, die sein Leben mittlerweile ständig begleiteten, würde er umgehend mit einer Disqualifizierung rechnen müssen. Das Aus für den Boxkampf. Das wollte er keinesfalls riskieren. Seine Fans und sein Trainer zählten auf ihn.

Zum Aufwärmen und um den Kopf frei zu kriegen, sprang er von der Liege und machte ein paar Faustschläge in die Luft. Ein Blick in den Spiegel zeigte ihm die dunklen Ränder unter den Augen und ein geschwollenes Gesicht.

Der Mann, der ihm aus dem Spiegel entgegensah, wirkte älter. Das war nicht *Er*! Deprimiert fixierte er sein Ebenbild. Ruckartig drehte er den Wasserhahn auf, spülte drei der Tabletten mit einem Schluck Wasser herunter und hielt das Gesicht unter den kalten Wasserstrahl. Sekundenlang genoss er das erfrischende Nass. Dann hob er den Kopf und warf ihn in den Nacken. Seine schulterlangen Haare fielen nach hinten und einige Wassertropfen spritzten an den Spiegel. Er fuhr sich durch die feuchten Haare. Die restlichen Tropfen liefen den Nacken herunter, über den freien Oberkörper. Verkrampft griff er sich ins Kopfhaar, erneut schoss ein starker Schmerz in den Kopf. Er wollte ihm entgegenwirken, doch es half nichts. Reflexartig schloss er die Augen und stützte sich auf dem Rand des Waschbeckens ab, bis der Schmerz verging. Kurz darauf war es vorbei und er betrachtete sich ein weiteres Mal im Spiegel.

In den letzten Jahren war er immer gut durch die Kämpfe gekommen, trotz der kleinen Wehleiden. Der Rubel rollte. Das war das Wichtigste für ihn!

Die zunehmend quälenden Schmerzen, besonders im Kopf, ignorierte er schon länger, so gut es ging. Seiner Meinung nach waren sie sowieso auf die ewig abendlichen Feten und das ständig harte Training Tag für Tag zurückzuführen. Aber dagegen hatte er ja passende Medikamente.

Bestimmt ist es nicht schwer, auch ohne die Pillen auszukommen. Wenn nicht diese andauernden Schmerzen wären. Nur jetzt ist nicht der richtige Zeitpunkt, etwas dagegen zu tun. Zu viele Termine, wichtige Kämpfe und Pressekonferenzen stehen noch auf dem Kalender. Wenn ich erst einmal aus dem ganzen Rummel aussteigen und Urlaub machen kann, regelt sich alles schon von alleine, dachte Ronny.

Sein Trainer John kam herein und Ronny wurde abrupt aus seinen Gedanken gerissen.

»Ronny, es ist gleich soweit«, tönte er und klopfte ihm väterlich auf die Schulter. »Bist du bereit, mein Junge?«

»Ja, ich bin okay!«

Ronny ließ sich vom Trainer die Boxhandschuhe anziehen. Straff knotete er ihm die Bänder zusammen. Dabei sah er seinen Schützling skeptisch an.

Ronny wich dem intensiven Blick aus und sah auf den Boden. »Ja, ich bin okay!«, betonte er gereizt.

Nun erklang sein Empfangslied durch den Lautsprecher und für den derzeitigen *Champ* war es das Zeichen aufzubrechen. Mit John hinter sich verließ er die Kabine.

Sie betraten die Arena. In der Mitte dieser Halle befand sich der Boxring. Sogleich kamen drei Cheerleader auf ihn zu. Sie tanzten vor ihm her und wirbelten ihre farbigen Pomponbälle durch die Luft. Passend zu seinem Heldentum verheißenden Lied begleiteten sie ihn bis zum Ring. Das Publikum jubelte.

Langsam wurde Ronny nervös. Mit hocherhobenen Händen und nach außen die Ruhe selbst, grüßte er in die Menge, stieg in den Ring und ließ sich umjubeln, während er angekündigt wurde.

»Ronny, *The Great Champion*!«, posaunte der Ringrichter und immer wiederkehrende Rufe aus dem Publikum ließen jubelnd seinen Namen verlauten.

Sein Gegner Ben stand schon im Ring. Er kam aus einer Stadt, die für emporsteigende Boxchampions bekannt war.

Kurz musterte Ronny ihn aus den Augenwinkeln: etwa sieben Jahre jünger als er selbst, guter Muskelaufbau und ein leichtes Grinsen im Gesicht. Ständig tänzelte er hin und her. Abschätzend schaute Ronny seinen Gegner an.

Mittlerweile stellte der Ringrichter die Kämpfer gegenüber. Nach den üblichen Rechtsbelehrungen und dem

Handshake schritten die Boxer in ihre Ecken und der Gong ertönte.

Das Rumgetänzel von Ben machte Ronny ein wenig nervös. Rasch hob er seine Faust zur Deckung an den Kopf. Ben versuchte, ihn durch ein Spiel mit seiner Führhand zu täuschen. *Na, traust du dich nicht, Kleiner,* dachte Ronny. *Dann werde ich dich mal aus der Reserve locken!* Er schlug ihn mit seiner Rechten auf die Deckung. Ben taumelte zurück, hielt sich aber auf den Beinen. Als er sich wieder fing, kam er auf Ronny zu und setzte ein paar beherzte Treffer. Sein linker Haken traf Ronnys Kinn und seine Rechte landete auf seinem Auge. Jetzt gab auch Ronny Revanche. Er erwischte Ben mit einem schweren Leberhaken. Der Kampf wurde lebendiger. Beide Kämpfer teilten jetzt gut aus. Ben tänzelte um Ronny herum, um ihm das Konzentrieren zu erschweren.

Plötzlich landete Ben einen Schlag direkt auf Ronnys Schläfe und ein zweiter Schlag folgte zum Körper. Ronny taumelte benommen. Mit beiden Fäusten deckte er seinen Kopf und wie ein Blitz durchfuhr ihn abermals ein heftiger Kopfschmerz. Reflexartig schloss er für einen kurzen Moment die Augen.

Zum Glück erklang in diesem Moment der Gong, die erste Runde war vorbei.

Die Boxer gingen in ihre Ecken und setzten sich. John gab Ronny zu trinken und behandelte seine Augenbrauen mit Vaseline. Das machte die Haut glatter und schützte vor plötzlichen Platzwunden an den empfindlichen Stellen.

»Konzentrier dich, Ronny, Ben ist wendig und flink.«

Ronny nickte und der Gong zur nächsten Runde erklang.

Diesmal ging Ronny sofort auf Angriff, denn der kleine Hüpfer störte ihn enorm. Es folgten einige Schlagabtausche von beiden Boxern auf die verschiedenen Körperteile des Gegners. Plötzlich sprang Ben Ronny an und umklammerte ihn. In Rage versetzte Ronny ihm noch einen rechten Schlag in die Rippen. Zügig schritt der Ringrichter ein und brachte beide auseinander.

Die Halle bebte. Das Publikum jubelte und viele von ihnen feuerten Ronny an. Ebenso hörte man Fan-Chöre der Anhänger von Ben. Aus der Masse der Zuschauer ertönten Zurufe wie: »Ben, Ben, mach ihn nieder!«

Ronny bekam dieses nur am Rande mit, denn sein Gegenüber verwickelte ihn in einen harten und ausdauernden Kampf. Ben traf ihn nun häufiger an kritischen Körperstellen. Übelkeit überkam ihn. Ronnys Gegenangriffe direkt in Bens Gesicht, vermochten den jungen Kämpfer auch nicht zu bremsen. Ronnys einzige Chance, sich eine kleine Verschnaufpause zu gönnen, war seinen Gegner zu umklammern.

Wieder schritt der Ringrichter ein.

Folgend schlug Ronny, von neuem Ehrgeiz gepackt, auf seinen Gegner ein. Doch er hatte Mühe, ihm Paroli zu bieten. Als Ben gegen die Bande taumelte, ertönte der Pausengong.

John stürmte auf ihn ein:»Was ist los mit dir, Ronny? Konzentrier dich und zeig, was du kannst. Mach ihn fertig!«

Wenn ich nur wüsste wie?, dachte Ronny und sein Kopf drohte zu platzen, so sehr war er von Schmerzen gepeinigt. Er konnte kaum noch klar denken und hoffte nur, lebend aus diesem Kampf heraus zu kommen.

John gab ihm seinen Mundschutz wieder und der Gong kündigte die nächste Runde an.

Ben hatte mittlerweile große Dominanz aufgebaut und konnte diese behaupten. Er war ohnehin ein sehr dynamischer Mensch mit einer hervorragenden Kondition. Jeder weitere Schlag, den Ronny einstecken musste, zerrte mehr und mehr an seinen Kräften. Ben war ein einziges Energiebündel und teilte aus. Die meisten Schläge trafen Ronny am Kopf. Somit wurde er immer wieder in starke Benommenheit versetzt. Er hatte Mühe, nicht in die Knie zu gehen. Doch er gab nicht auf. Ronny mobilisierte seinen Kampfgeist und gab sein Bestes. Die nächsten Runden waren anstrengend für beide Boxer, sie gaben alles. Die Fäuste flogen und jeder spielte dem Gegner übel mit. Ben blutete bereits aus der Nase und Ronny hatte einen großen Cut über dem rechten Auge.

In der siebten Runde versetzte Ben seinem Gegner eine derart harte Linke in die Rippen und danach noch eine kräftige Rechte auf das Nasenbein, sodass Ronny wieder klammern musste. Er fiel Ben förmlich in die Arme und hatte schwer damit zu kämpfen, bei Bewusstsein zu bleiben. Ronny deckte sich, indem er sein Gegenüber eng umschlang und seinen Kopf an die gegnerische Schulter presste. Doch Ben versuchte, sich von ihm zu befreien, und schlug weiter auf Ronny ein. Er versetzte ihm einen Hieb auf die Leber, sodass Ronny noch weiter zusammensackte. Dem nicht genug, zielte er, noch bevor der Ringrichter einschreiten konnte, auf das offenliegende Kinn.

Das war zu viel für Ronny. Ihm schwanden endgültig die Sinne. Als der Ringrichter endlich beide auseinanderbrachte, wurde Ronny schwarz vor Augen und er sank zu Boden.

Das Publikum jubelte und buhte zugleich. Ben konnte es kaum fassen. Er hatte gesiegt und *Der Champ* lag am Boden. Sein aggressiver Gesichtsausdruck verwandelte sich in ein siegreiches Grinsen. Ronny blieb regungslos am Boden liegen. Erst nachdem der Ringrichter ihn ausgezählt hatte, kamen zwei Sanitäter und trugen ihn auf einer Trage hinaus.

»Hoffentlich treten keine Spätfolgen auf«, meinte einer von ihnen besorgt.

Das Bewusstsein erlangte Ronny nur durch ärztliche Hilfe zurück und wachte während der Fahrt ins Krankenhaus erst wieder auf. Er wusste nicht, wo er war. Sein Trainer John saß neben ihm.

»Ruh dich aus, du kommst wieder in Ordnung«, beruhigte er seinen Schützling, als er bemerkte, dass Ronny die Augen öffnete. Er legte seine Hand tröstend auf Ronnys Schulter.

Beruhigt, den Kampf endlich hinter sich zu haben, schloss er wieder die Augen.

2

Eileen, eine Frau von fünfundzwanzig Jahren und Mutter eines lebenslustigen Jungen, stieg auf den Dachboden ihres kleinen Backsteinhäuschens. Ein liebevoll hergerichtetes Haus, abgelegen in einem kleinen Ort an der Ostsee, umgeben von der unendlichen Weite des Meeres. Es war ruhig und die Natur gab einem schnell das Gefühl, zu Hause zu sein. Eileen hatte nur wenige Nachbarn. Dieser Ort idyllisch schön, war jedoch viel zu weit von der Stadt entfernt. Lediglich für einen Urlaub war er zu empfehlen. Deshalb entschlossen sich selten Menschen, wirklich hier an diesem wunderschönen Fleck Natur zu bleiben. Häufig waren es sogar nur Durchreisende, die in einer kleinen Pension Rast machten.

Es war kurz vor Weihnachten und Eileen suchte den Baumschmuck. Ihr Sohn Louis, der mittlerweile fünf Jahre alt war, wartete ungeduldig darauf, endlich mit ihr den Tannenbaum zu schmücken. Der Baum stand im geräumigen Wohnbereich des Hauses.

Eric, ein Freund der Familie hatte bereits dafür gesorgt, dass sie keine Mühe mit dem großen Ungetüm von Baum hatte. Fachmännisch war die Tanne von ihm gefällt und aufgestellt worden. Obwohl er eigentlich Masseur von Beruf war und eine kleine Massagepraxis im nächsten Ort betrieb, hatte er handwerkliches Geschick und ging Eileen mit Reparaturarbeiten an dem kleinen alten Haus gelegentlich hilfreich zur Hand.

Der Duft der Tanne strömte durchs ganze Haus und Louis hatte noch viele Vorbereitungen für Weihnachten zu treffen.

»Mama«, hatte er gesagt, »diesmal hänge ich ganz viele Lichter an den Baum, damit der Weihnachtsmann auch ganz bestimmt unser Haus findet.«

Louis kam immer mit sehr ausgefallenen Ideen, die er unbedingt in die Realität umsetzen wollte. Besonders zu Weihnachten bemühte er sich redlich darum. Gerade mal drei Jahre war es her, als er seine Mutter mit neugierigen Augen fragte: »Mama, bringt der Weihnachtsmann auch Väter?«

Damals strich sie nur über sein kräftiges dunkelblondes Haar und flüsterte: »Das weiß ich nicht mein Schatz!« Denn Eileen wusste wirklich nicht, wie sie ihm die Angelegenheit mit Louis' Vater erklären sollte. Immer, wenn er wieder einmal die Frage nach seinem Vater stellte, überlegte sie, welche Erklärung besser wäre: Ihm von dem Mann zu erzählen, der vor der Geburt seines Sohnes gegangen war, um als Boxer Karriere zu machen und nie etwas von sich hatte hören lassen? Also auch kein Interesse an seiner kleinen Familie haben konnte? Oder ihm die Tatsache so darzulegen, dass es keinen Vater gab, der aus dem Nichts auftauchte und irgendwann mal zu Besuch kam.

Letzten Endes entschied sie sich dafür, bei der Wahrheit zu bleiben, und erklärte ihrem Sohn, dass sein Vater irgendwo im Süden des Landes leben würde. Nicht mehr und nicht weniger!

Damit gab sich Louis scheinbar erst einmal zufrieden, denn er hatte keine weiteren Fragen dazu.

Wenn Eileen über dieses Thema nachdachte, kam sie selber immer wieder zu der Überzeugung, dass es sich ohne Vater besser lebte. Nachdem sie sich nun sehr gut mit Louis allein durch die Jahre gequält hatte, wusste sie nicht, wozu Ronny, der leibliche Vater ihres Sohnes, noch in ihr zweisames Leben treten sollte, um womöglich alles, was sie so mühevoll aufgebaut hatte, durcheinanderzubringen?

Dachte sie an diesen Mann, spürte sie eine unendliche Wut in sich aufsteigen. Aber auch eine Art Sehnsucht nach einer kleinen Nachricht von ihm. Würde er eines Tages zu ihr zurückkommen und könnten sie wie eine echte kleine Familie zusammenleben? Der Wunsch nach einer richtigen Familie war schon so lange in ihrem Herzen. Dieser war aber nur eine Traumvorstellung, denn insgeheim wusste sie, dass es niemals möglich war. Und schon gar nicht mit Ronny, der sie einfach so verlassen hatte. Ärgerlich schüttelte sie den Kopf, um die Gedanken an diesen Mann zu vertreiben.

Sie machte sich wieder auf die Suche nach dem weihnachtlichen Baumschmuck. Dabei kramte sie in dem alten Schrank, der immer noch so dastand, wie sie ihn nach dem Tod ihrer Großmutter übernommen hatte. In liebevoller Arbeit wollte sie ihn damals restaurieren. Doch das war nicht möglich gewesen. Denn sie musste sich mehr und mehr auf die neue Situation, nämlich ihre Schwangerschaft, konzentrieren und der Tag der Geburt ihres ersten Kindes rückte immer näher.

Da blieb keine Zeit für andere Liebeleien und sei es auch nur für einen alten Schrank. Als ihr Sohn Louis dann das Licht der Welt erblickte, stand er natürlich im Vordergrund ihres Lebens und der Schrank wartete still und schweigend auf dem Dachboden ihres kleinen Häuschens. Dieser Schrank barg viele Erinnerungen für Eileen. Er gehörte zuvor ihrer Grandma. Sie hatte ihn zur Hochzeit von ihrer Mutter geschenkt bekommen. Also war es bereits ein Erbstück aus alter Zeit.

Eileen bedeutete die Erinnerung an ihre Großmutter sehr viel, denn sie war die einzige Person, von der sie sich früher geliebt und verstanden gefühlt hatte. Die vielen Dispute und Streitereien in ihrer Jugend mit ihren Eltern ließen sie häufig verzweifelt bei ihrer Grandma Lu Trost suchen. Nachdem Eileen sich nun eines Tages völlig mit ihren Eltern überwarf, zog sie zu der alten Dame. Diese litt damals an Rheuma und Eileen half ihr, wenn sie sich nicht mehr bewegen konnte. Sie machte dann die nötigen häuslichen Tätigkeiten und hatte dafür alle Freiheiten dieser Welt. Liebevoll wurde sie immer Line von ihr gerufen.

Dann lernte sie Ronny kennen. Sie verlebten ein wunderschönes Jahr miteinander. Es war für beide damals die große Liebe. Während dieser Zeit klammerte Eileen sich immer stärker an Ronny, denn sie hatte ja sonst niemanden. Sie glaubte, bei ihm Halt und Geborgenheit gefunden zu haben.

Doch kein Jahr später reiste er nach Frankfurt, in die Stadt der unbegrenzten Möglichkeiten, für eine Boxkarriere. Dort wollte dieser junge Mann groß herauskommen. Er hatte es noch nicht einmal in Erwägung gezogen, sie mitzunehmen. Als er dann fort war, kam alles auf einmal: Ihre Grandma verstarb plötzlich, sie erfuhr von ihrer Schwangerschaft und war nun völlig allein. Ronny, der Vater ihres Kindes, oder sollte sie lieber Erzeuger sagen, war auf und davon. Zu ihren Eltern konnte und wollte sie nicht zurück.

Frankfurt, dachte Eileen argwöhnisch und voller Verachtung. Ronny war immer schon ein Träumer gewesen und ließ sich zu schnell für neue Ideen begeistern. Er lebte schon damals in den Tag hinein und wollte keine Chance auslassen, ein sorgloses und angenehmes Leben zu führen.

Eileen war von Ronny's Verhalten bitter enttäuscht. Anfangs wusste sie nicht, was sie aus ihrem Leben machen sollte? Doch da war zum Glück Tina. Sie war einige Jahre älter als Eileen und stand im Berufsleben. Eileen lernte sie kennen, als Ronny sie mit in die Clique brachte. Tina war eine von denen, die sich zwar früher auch häufig mit der Clique traf, aber nachdem sie einen Job fand, nur noch selten mit ihnen auf der Straße abhing. Die junge Frau mochte Ronny nicht sonderlich. Er war für sie ein Draufgänger mit leeren Versprechungen. *Was fand Eileen nur an diesem Typen? Sie war doch noch viel zu jung, sich an so einen unzuverlässigen Menschen zu klammern und ewig auf der Straße rumzuhängen. Doch das sollte nicht ihr Problem sein,* dachte sie bei sich.

Eines Tages, als sie zufällig an dem gewohnten Treffpunkt der Clique vorbeikam, fand sie Eileen in Tränen aufgelöst in einer Ecke sitzend. Sie war völlig verstört und nippte an einer Flasche Wodka. Tina wunderte sich, denn sie konnte sich nicht daran erinnern, dass Eileen jemals mehr Alkohol getrunken hätte, als sie vertragen konnte. Das bewunderte sie immer an ihr, denn sie war eine derjenigen, die sich da meistens zurückhielt.

Eileen schaute dabei zu, wie Ronny es seinen Kumpels gleichtat und den Alkohol ohne Maß in sich hinein kippte. Aber selbst ließ sie sich nicht wirklich davon beeinflussen. Als Tina sie einmal darauf ansprach, meinte Eileen, dass sie sich davor ekeln würde und es schon nicht verstehen konnte, dass ihr Vater ständig Bier und Schnaps getrunken hatte. Auf die nächste Frage, warum sie akzeptiert, dass Ronny trinken würde, hatte sie nur geantwortet:»Ich liebe ihn eben!«

Doch dieses Mal schien sie mehr getrunken zu haben, als sie vertragen konnte. Verkrampft hielten ihre Finger den Hals der halb leeren Wodkaflasche umschlungen.

In hockender Stellung saß sie da und ihre langen schwarzen Locken verdeckten ihr verweintes Gesicht.

Als Tina sie ansprach, reagierte sie zunächst nicht. Doch die leisen schluchzenden Geräusche, die von diesem Wesen ausgingen, veranlassten die junge Frau, sich ihr anzunehmen.

Sie hockte sich vor das Mädchen und strich einige ihrer wilden Locken zur Seite. Erst jetzt bemerkte auch Eileen die Freundin und sah sie unglücklich an. Allerdings gab sie keine Antwort auf ihre Fragen. Tina half ihr hoch, nahm ihren Rucksack und stützte sie beim Gehen. Zunächst brachte die Frau sie zu sich nach Hause und sorgte dafür, dass Eileen sich ausschlafen konnte. Später erst würde sie das junge Mädchen nach ihrem Problem fragen. Eileen wusste sowieso nicht, wohin sie sollte und war glücklich, überhaupt mit jemandem reden zu können. Vertrauensselig erzählte sie dieser Frau alles, was sie belastete. Tina brachte es nicht übers Herz, dieses Mädchen, so hilflos und verstört wieder gehen zu lassen. Also lud sie Eileen, ein, bei ihr bleiben zu können. Die Wohnung war groß genug für zwei und so hatte sie auch jemanden, der tagsüber sich um ihren kleinen Hund kümmern konnte. Rasty wäre sonst immer viel zu lange alleine.

Obwohl beide Frauen grundverschieden waren, schien das wohl der Beginn einer ganz besonderen Freundschaft zu werden. Sogar Zukunftspläne schmiedeten sie schon sehr bald.

Mit dem Geld, was Eileen von ihrer Großmutter geerbt hatte, kauften die beiden ein kleines Häuschen. Sie nannten es *Ihre Villa*. Eigentlich war es eher bescheiden und klein, doch es war ihr Haus, das Eileen nun immer noch ihr Eigen nennen durfte und wo sie mit Tina und auch Louis ein neues Zuhause fand.

3

In der Klinik wurden Ronnys Wunden notdürftig versorgt. Er bekam eine Infusion mit einer Elektrolytlösung und Schmerzmittel. In halbwachem Zustand fand Ronny sich später in einem Krankenzimmer wieder. John war bei ihm und erzählte von dem Kampf.

»Ronny, du musst an deiner Konzentration arbeiten. Was war los mit dir, Junge? Mir schien, du warst nicht ganz bei der Sache!«, flüsterte er besorgt.

Ronny sah ihn an, doch er war weder fähig, über alles nachzudenken, noch eine entsprechende Erklärung abzugeben.

Sollte er ihm sagen, wie ausgelaugt er momentan war? Schläfrig schloss er die Augenlider.

»Schon gut, mein Junge, ruh dich erst einmal aus! Ich werde schon mal deine Sachen auspacken.« John ging mit Ronnys Sporttasche zum Wandschrank. Zufrieden stellte er fest, dass sein Schützling wenigstens die ersten Unterrichtsstunden nicht vergessen hatte. Er hatte jeden seiner Schüler angewiesen, vor einem Kampf ein paar Dinge einzupacken, um für einen eventuellen kurzen Krankenhausaufenthalt gewappnet zu sein. Auf der Suche nach der Zahnbürste griff er in die Seitentasche und holte die Schmerztabletten heraus. Seine Gesichtsfarbe änderte sich abrupt in ein tiefes dunkelrot. Einem Tobsuchtsanfall nahe, rief er: »Wozu brauchst du *die* denn?«

Erschrocken fuhr Ronny aus dem Halbschlaf hoch und es dauerte eine Weile, bis er realisieren konnte, was sein Trainer meinte. Völlig benommen murmelte er:»Gegen alles …«

John marschierte auf ihn zu und ergriff ihn unsanft am linken Oberarm.»Wie lange nimmst du das hier schon?«, fragte er streng.

Schmerzerfüllt zuckte Ronny zusammen, denn unter dem harten Griff seines Trainers wurden ihm alle durch den Kampf in Mitleidenschaft gezogenen Stellen seines Körpers wieder bewusst. Auch seine rechte Schulter musste er sich dabei verletzt haben.

»Schon länger«, murmelte Ronny gequält.

Doch John ließ ihn nicht einmal richtig ausreden, so außer sich war er vor Wut.»Bist du von allen guten Geistern verlassen?«, begann er seine Standpauke.»Abgesehen davon, dass sie dich nicht erwischt haben, ist das für mich ein Vertrauensbruch. Habe ich dich nicht mit allem versorgt, was du brauchst? Selbst bei deinem turbulenten Lebenswandel habe ich immer beide Augen zugedrückt. Und dann nimmst du noch Drogen?« Vor Wut und unsagbarer Enttäuschung hatte er fast Tränen in den Augen.»So, mein Junge, das hat ein Nachspiel. Wahrscheinlich bist du schon abhängig von diesem Zeug. Wir sprechen uns später.« Mit diesen letzten Worten rauschte er aus dem Zimmer.

Abgesehen davon, dass Ronny überhaupt nicht in der Verfassung war, sich zu rechtfertigen, hatte John ihm auch keine Gelegenheit dazu gegeben. So schloss er wieder die Augen und schlief ein.

Zwei Tage später erschien John erneut auf der Bildfläche. Ronny lächelte erfreut, denn John war eigentlich der einzige Mensch, auf den er sich verlassen konnte und der immer für ihn da war. Er war wie ein Vater zu ihm. John sah ihn prüfend an, legte eine Hand auf Ronnys Schulter und schaute ihm unausweichlich ins Gesicht. Sein Schützling wirkte sehr krank. Er hatte Schweißperlen auf der Stirn und John bemerkte, dass der Körper dieses Mannes zitterte, als er ihn berührte. »Junge, du gefällst mir nicht!«, meinte er besorgt.

Ronny war irritiert durch sein Verhalten. »Was meinst du damit?«, schnauzte er ungehalten und schob die Hand seines Trainers ruckartig beiseite.

Betrübt schüttelte John leicht den Kopf über Ronnys aggressives Verhalten.

Ronnys Hände verkrampften sich in seiner Bettdecke. Er versuchte, seinen Trainer und einzigen Freund nicht ansehen zu müssen. Immer wieder trat er mit einem Fuß gegen das Fußende des Bettes.

Er dachte, *John würde ihm helfen und von alledem befreien. Er fühlte sich so allein. Warum reagierte er nur so anders als sonst? Wieso nahm er ihn nicht freundschaftlich in den Arm? Außer ihn hatte er doch niemanden. Anstatt ihn aufzumuntern, wie es die Aufgabe eines Trainers und Freundes war, hielt er ihm eine Standpauke. Was soll das? Was ist plötzlich los mit John?*

John teilte seine Freude des Wiedersehens nicht und wusste, dass er anders reagieren musste, als Ronny es von ihm erwartete. Schon viel zu lange hatte er gewartet, um ihn wach zu rütteln und ihn zur Vernunft zu bringen. Aber sein Schützling war immer schon sehr impulsiv und aufbrausend gewesen. Ihm war bislang auch nicht ganz klar, wie sehr Ronny schon in dieser Misere steckte. Er war nicht der Mensch, der sich völlig öffnete. Man musste schon länger mit ihm zusammen sein und ihn sehr gut beobachten, um ihn kennen und einschätzen zu können. Das schien selbst ihm nicht ganz gelungen zu sein.

Zudem forderten die letzten Monate auch John sehr heraus. Da war selbst er froh, die ganzen Termine unter einen Hut zu bekommen. Hinzu kam der Druck von den oberen Bossen. Sie wollten Ronny ohnehin abschießen. Für sie musste etwas Neues und Frisches her. Ronny war ihnen zu uninteressant geworden. Wenn John seinen Job behalten wollte, musste er sich etwas einfallen lassen.

Außerdem stellte er jetzt erst fest, dass Ronny sehr gut schauspielern konnte und sich hinter einer heilen Welt-Fassade versteckt hatte. Sein völliger Energieabbau und Zusammenbruch wurde erst jetzt deutlich. Wie lange könnte es dauern, bis Ronny wieder kampfbereit sein würde? Außerdem hatte der Junge sein Vertrauen missbraucht. So gingen ihm viele Fragen, auf die er momentan keine Antwort bekam, durch den Kopf.

Nicht so fürsorglich wie sonst, sondern immer noch mit einem verärgerten Unterton in der Stimme, stellte er seinen Schützling zur Rede:»Ronny, ich war in deinem Apartment. Dort habe ich genau das gefunden, was ich gesucht habe. Irgendwie hatte ich immer schon einen Verdacht, dass irgendwas nicht mit dir stimmt. Doch scheinbar wollte ich es nicht wahrhaben. Verdammt, mein Junge, wie tief du da schon drinsteckst? Genauso stelle ich mir immer wieder die Frage, warum du mir nichts davon erzählt hast? War ich nicht immer für dich da?« Große Enttäuschung ließ sich deutlich aus seinen Worten heraushören. Ronny senkte den Blick und dachte nach.

Was meint John nur und was soll er zu seiner Verteidigung vorbringen? John hätte ihm keine Art von Hilfe verwehrt, dessen war er sich sicher.

Obwohl Ronny einen Moment zuvor noch ganz ruhig dagesessen hatte, hob er plötzlich den Kopf und sah den Trainer mit funkelnden Augen an. Sein Gesicht verfärbte sich in ein wutentbranntes Rot. Ronny wusste selber nicht, wie ihm geschah, denn eigentlich hatte er das Bedürfnis, seinen einzigen Freund um Verzeihung zu bitten. Doch er schrie ihm ins Gesicht:»Was weißt du denn schon von mir? Weißt du, wie es mir geht? Wie mir das ganze Training zum Halse heraushängt? Was willst du noch hier? Lass mich in Ruhe! Los verschwinde!« Ronny ergriff das Wasserglas von seinem Nachttisch und schleuderte es in Johns Richtung. Nur durch eine schnelle Seitwärts-Bewegung konnte der Trainer ausweichen. Völlig überrascht über dieses derart aggressive Verhalten, sah er seinen Schützling noch einmal an, schluckte kurz und ging wortlos aus dem Zimmer. Der soeben vollführte Tobsuchtsanfall passte in das Bild, das er sich bedauerlicherweise von Ronnys momentanem Zustand gemacht hatte. Dieser Mensch war medikamentenabhängig und jetzt, wo er nicht mehr den freien Zugang zu seinen Drogen hatte, stellten sich die ersten Entzugserscheinungen ein. John war sich sicher, dass er ihm mit guten Ratschlägen nicht mehr helfen konnte. Da mussten Fachleute ihre Fähigkeiten unter Beweis stellen.

Er nahm sich vor, sich darum zu kümmern ... Und wenn es das Letzte war, was er für ihn tun konnte. Ihm war klar, dass sein Schützling einen schweren Weg vor sich hatte und dass er lange nicht auf ihn zählen konnte. Vielleicht war es auch ein Abschied für immer!

Ronny war ebenfalls von seinem spontanen Gefühlsausbruch völlig erschüttert. Den nicht verletzten Arm legte er über den Kopf, zog die Knie an und stieß seine Stirn immer wieder wütend gegen seine Kniescheiben. Dabei veränderte sich sein Schreien in ein jämmerliches Heulen und Stöhnen. Tränen begleiteten seine Reaktionen. Am liebsten hätte er sich irgendwo versteckt und unsichtbar gemacht.

Einige Minuten lang weinte er aus tiefster Seele, bis er sich langsam wieder beruhigte und erschöpft zurück in die Kissen fiel. Apathisch sah er zur Tür und wusste selbst nicht, was mit ihm geschah. Doch die Beruhigungsphase war nicht von langer Dauer.

Ohne dass Ronny es sich erklären konnte, begann sein ganzer Körper an zu zittern und es überkam ihn eine unsagbare Unruhe. Sein Magen verkrampfte sich und er verspürte ein unerträgliches Brennen in seinem gesamten Inneren. Ihm war, als müsste er sterben!

Hilfesuchend klingelte er nach der Schwester und forderte, nicht zum ersten Mal, ein Schmerzmittel. Er wusste nicht, dass es nur ein sehr starkes Beruhigungsmittel war, das die Schwester ihm gab. Aber er entspannte sich etwas und schlief für kurze Zeit ein.

Später, als er wieder aufwachte, kam ihm alles wie ein unglaublicher Traum vor. Wie gerädert fuhr er sich durchs Gesicht und versuchte nachzuvollziehen, was er da gerade erlebte. Zum ersten Mal in seinem Leben verspürte er wirklich Angst.

Aber er konnte sich nicht erklären wovor? Irgendetwas in ihm schrie nach Hilfe. Doch brauchte er Hilfe? Bisher kam er immer ganz gut allein zurecht. Oder hatte er sich da etwas vorgemacht?

Die Schmerzen kamen und gingen. Sie waren irgendwie zu ertragen, mit kleinen Ausnahmen natürlich. Das ging schon länger so. Doch mit ein paar Medikamenten verging alles recht schnell wieder.

Wieso warten die Schwestern hier so lange, bis sie mich von meinen Schmerzen erlösen?, dachte er gequält. Bevor ihn John hierhergebracht hatte, konnte er sich mit seinen Medikamenten selbst viel schneller helfen. *Wozu sind die hier eigentlich nütze? Laufen hier nur unfähige Menschen herum?*, schimpfte er vor sich hin. Er hatte sowieso den

Eindruck, dass hier niemand wusste, was für ihn gut war und wie man ihm wirklich helfen konnte. Ginge es ihm nicht so dreckig und wären seine Verletzungen schon besser verheilt, hätte er sich ohnehin schon längst aus dem Staub gemacht! Sehnsüchtig wartete er auf Johns nächsten Besuch. Alle Hoffnung auf ihn setzend, ihn hier rauszuholen und von alledem zu befreien. Aber auch unschlüssig, ob John immer noch enttäuscht von ihm war, sah er einer weiteren Begegnung mit gemischten Gefühlen entgegen.

Am nächsten Tag kam John erneut zu Ronny und begrüßte ihn freundlich, aber immer noch nicht so herzlich wie früher einmal. Sein Schützling wirkte seltsam ruhig und gefasst. Wie er richtig vermutete, hatte er zuvor ein Beruhigungsmittel bekommen. John entschied, dass jetzt die Gelegenheit wäre, um Ronny von seiner einzig möglichen Art der Hilfe zu unterrichten. Solange das Medikament seine Wirkung zeigte, könnte er sich darauf verlassen, sich gefahrlos im Zimmer aufhalten zu können.

Also nahm der Trainer sich einen Hocker und setzte sich an Ronnys Bett.»Wie geht es dir heute?«, sagte er betont leise.

Ronny sah ihn abwartend an.»Wie soll es mir hier schon gehen?«

Behutsam legte John seine Hand auf Ronnys Arm und versuchte, die richtigen Worte zu finden.»Ronny, mein Junge. Ich habe über deine Situation nachgedacht ...«

Ronny war die Berührung unangenehm und er zog den Arm weg. Er wollte nicht, dass John seine Nervosität und Angst bemerkte. Er vermied es auch, seinen Trainer anzusehen.

John sprach unbeirrt weiter: »Ich denke, du hast selbst gemerkt, dass du nicht fit bist und dazu ein großes Problem hast! Warum hast du mir nie etwas davon erzählt?«
Fit bin ich schon lange nicht mehr, dachte Ronny. Die Kämpfe waren aber zu wichtig, um einen davon auszulassen. Das müsste John doch am besten wissen. Also war auch keine Zeit, sich von einem Arzt richtig durchchecken zu lassen. Hätte ihn irgendein Arzt, auch nur für kurze Zeit, aus dem Verkehr gezogen, so wie jetzt, hätte das seinem Ruf als Boxchampion erheblich geschadet. Die Presse war zu schnell, als dass man einen längeren Ausfall hätte vertuschen können. Wer wollte schon einen abgekämpften Boxer sehen, der bereits in der ersten Runde k.o. ging?

Also blieb ihm doch nichts anderes übrig, als mit ein paar Tabletten nachzuhelfen, um wenigstens nach außen hin stark zu sein. Und mit seinen eigenen Dosierungen hatte es doch wunderbar geklappt. Die ewigen Kopfschmerzen waren weg, sein Körper strotzte vor Energie und keinem war es aufgefallen. Also, wieso hätte er John etwas sagen sollen?

Ronny saß mit gefalteten Händen in seinem Bett und sah weiterhin mit gesenktem Kopf auf den weißen Bezug. Er schwieg, denn er hatte Angst, dass John ihn diesmal für immer verlassen könnte, wenn er noch einmal etwas Unüberlegtes tat.

Der Trainer wartete auf eine Reaktion seines Schützlings. Er musste ihm klarmachen, dass er ihm helfen wollte … und da gab es nur eine einzige Möglichkeit.

Als von Ronnys Seite aber weder eine Antwort noch sonst irgendetwas kam, führte er sein Anliegen fort: »So kann ich dich nicht mehr in den Ring schicken. Du musst runter von dem Zeug. Am besten sofort.«

Verblüfft sah Ronny nun doch zu John, während sein Trainer eindringlich weiterredete. »Ich habe mit dem

Arzt gesprochen. Er hat bestätigt, dass du nicht nur Verletzungen vom Kampf davongetragen hast. Es ist auch aufgefallen, dass die Schmerzmittel, die sie dir geben, nicht wirken können, weil du schon von ihnen abhängig bist. Dir hilft nur ein Entzug!«

John war schon auf irgendein neues Attentat gefasst, doch Ronny regte sich nicht.

Er starrte immer noch auf dieselbe Stelle seines Bettes. Seine Hände griffen verkrampft in die weiche Bettdecke.

Bevor John weitersprach, stellte er sich vorsichtshalber hin, um einem eventuellen Flugobjekt besser ausweichen zu können. Dann erklärte er:»Ronny, die Ärzte hier können dir helfen! Du machst einen Entzug. Das ist deine einzige Chance.«

Gespannt wartete John nun auf eine Reaktion.

»Entzug?«, gab Ronny entrüstet von sich und sah seinen Trainer endlich an. Seine Augen funkelten vor Angst und Entsetzen. In Gedanken malte sich Ronny das Schlimmste aus.

Wahrscheinlich erwarteten ihn dann noch mehr Qualen, als jetzt schon. Das wollte er auf keinen Fall.

»Nein«, zischte Ronny entschlossen und vermied jeglichen Gefühlsausbruch. Das Medikament, das ihm die Schwester zuvor gegeben hatte, ermöglichte es ihm, relativ gefasst zu bleiben.

»Überleg es dir«, meinte John noch einmal.»Mit deinem Einverständnis und gutem Willen hast du das alles schnell überstanden. In deinem jetzigen Zustand kann ich dich nicht weiterkämpfen lassen und du weißt, dass ich das auch verhindern würde. Jegliches Training wäre im Moment ebenfalls sinnlos. Ich wäre ein schlechter Trainer, wenn ich dich in den Ring schicke, obwohl ich genau weiß, dass du keine Chance hast. Ich lasse mir nicht nachsagen, dass ich meine Jungs wissentlich totschlagen lasse. Also überleg es dir gut.« Kurz drückte er

Ronnys unverletzte Schulter und verließ ihn dann ohne ein weiteres Wort.

Deprimiert blieb Ronny zurück und versuchte, Johns Aussagen zu verstehen. Mit einer solchen Reaktion seines einzigen Freundes hatte er nicht gerechnet. Sollte sein Trainer seine Ankündigungen wahr machen, hatte Ronny wirklich ein Problem.

Geschockt ließ er sich in sein Kissen zurückfallen. Schnell erinnerte ihn seine verletzte Schulter daran, vorsichtigere Bewegungen zu machen. Schmerzerfüllt verzog er das Gesicht.

Was soll das eigentlich heißen? Meint er wirklich, ich kann ohne das Zeug nicht leben? Was habe ich ihm getan?, fragte er sich und merkte, wie die Wut in ihm immer größer wurde. Unschlüssig darüber, was er von alldem halten sollte, verfiel er in weitere Grübeleien. *Bin ich wirklich medikamentensüchtig?*

Es leuchtete ihm ein, dass der Griff zur Tablette bei jedem kleinen Wehwehchen bereits zur Selbstverständigkeit geworden war. Schließlich musste er so schnell wie möglich wieder fit sein. Sei es für einen Kampf, das Training oder für öffentliche Termine wie Interviews und Ähnlichem. Zumal ihn sehr häufig, mal mehr und mal weniger, starke Kopfschmerzen plagten. Da halfen ihm die Medikamente schon weiter. Er konnte sich gar nicht so genau daran erinnern, ob er das schon drei, vier oder fünf Jahre durchzog.

Dazu kam der maßlose Alkoholgenuss. Zwar nur auf Partys, doch die fanden häufig in seinem Freundeskreis statt. Ein neuer Sieg nach einem Kampf musste natürlich gefeiert werden. Abgesehen davon fanden die Menschen, mit denen er zusammenkam, immer einen Grund zum Feiern. Fremde Menschen, die er noch nie zuvor gesehen hatte, waren ganz wild darauf, zu seinem Freundeskreis zu gehören. In so einer großen Gesellschaft rauchte man auch mal den einen oder anderen Joint. Niemand wusste genau, was da für ein Kraut drin war und wer diese so verführerisch gedreht hatte. Jedenfalls unterstützten sie das Aufkommen von besserer Laune. *Ein Joint, das wär's jetzt. Eine Aufmunterung würde jetzt guttun*, schoss es ihm spontan durch den Kopf und plötzlich merkte er, dass er John damit bestätigte. Sein Trainer war ja davon überzeugt, dass er ohne Drogen nicht mehr auskam. *Sollte John wirklich recht behalten?*, fragte er sich verzweifelt. Enttäuscht und gedemütigt von seinem einzigen Freund und vertrautem Berater, wollte er ihn beim nächsten Besuch zur Rede stellen. Er überlegte, was er ihm sagen könnte? Doch er hoffte auf eine Eingebung von Seiten seines Trainers, der ihn bisher noch nie im Stich gelassen hatte.

Er wird das Kind schon schaukeln, redete sich Ronny ein und beruhigte sich langsam wieder. Ganz wohl war ihm dabei allerdings nicht. Ein Hauch von Unsicherheit und Zweifel an einem guten Ausgang blieben zurück.

Am nächsten Tag besuchte ihn John wieder. Aber diesmal nicht allein. Er kam in Begleitung eines Arztes, der sich als zuständiger Arzt für Suchtpatienten vorstellte. Ronny blieb die Begrüßung vor Schreck im Halse stecken.

Das folgende Gespräch zwischen den drei Männern verlief recht zügig. Der Arzt erklärte Ronny, was auf ihn zukommen würde, wenn er sich für einen Entzug entschied und welche Alternativen er hätte. Diese fielen aber sehr sparsam aus.

John bemerkte, wie Ronny in Abwehrhaltung ging und warnte: »Überlege es dir gut, bevor du etwas Falsches sagst!«

31

»Verdammt, was willst du damit erreichen?«, sprudelte Ronny ärgerlich hervor und seine Stimme zitterte.

»Nein Ronny!«, antwortete John fest entschlossen. Sein Tonfall ließ keine Widerrede zu. »Es ist die einzige Chance, die du hast. Willst du weiterleben und siegen, musst du den Entzug erst hinter dich bringen. Ansonsten bist du weg vom Fenster!«

Stille kehrte ein und Ronny sah fragend von einem zum anderen. John und der Arzt standen abwartend vor ihm. Ronny spürte, wie ernst es John mit seinen Aussagen war und musste endgültig einsehen, dass sein Trainer, wie immer, recht hatte. Ihm blieb wohl keine andere Wahl, als seinen Widerstand aufzugeben. Niedergeschlagen willigte er in den Entzug ein und unterschrieb die Papiere, die ihm der Arzt reichte.

»So ist es richtig, mein Junge«, sagte der Trainer tröstend und legte seine Hand aufmunternd auf Ronnys Schulter. *Endlich, da war dieses väterlich vertraute Gefühl wieder*, dachte der gescheiterte Boxer und schloss kurz die Augen.

Dann verließen John und der Arzt den Raum. Ronny blieb deprimiert zurück und grübelte darüber nach, ob er nun sein Todesurteil, sein Aus, unterschrieben hatte?

Wenig später kam eine Krankenschwester und legte einen neuen Venenkatheter in seinen Handrücken und wieder hing er am Tropf.

»Wozu soll das gut sein?«, rief Ronny der Schwester nach, als sie schon auf dem Weg zur Tür war.

»Zur Beruhigung, Herr Faber. Das wird Ihnen guttun«, sagte sie mit einem Lächeln und ließ die Tür ins Schloss fallen.

»Ich brauche nichts, ich bin die Ruhe selbst!«, fauchte

er und seine Stimme wurde immer lauter. Dann griff er nach einem Glas und schleuderte es der Schwester hinterher. Er war wieder allein, völlig allein und er fühlte sich jämmerlich verlassen.

Niedergeschlagen lag er in seinem Bett und sah einer ungewissen, schweren Zeit entgegen.

4

»Mama, hast du die Lichter gefunden?«, rief Louis von unten. »Ich will endlich den Baum schmücken.«

Eileen wurde abrupt aus ihren Gedanken gerissen. Auch wenn das alles erst einige wenige Jahre her war, gehörte es trotzdem der Vergangenheit an und so, wie sie jetzt lebte, war sie zufrieden. Sie strich alle unangenehmen Erinnerungen aus ihrem Kopf und begab sich intensiver auf die Suche nach den elektrischen Kerzen und den roten Weihnachtskugeln.

Bevor sie den Dachboden verließ, strich sie noch einmal liebevoll über die spröde Lasur des alten Schrankes.

Als Louis seine Mutter herunterkommen sah, sagte er: »Beeil dich, sonst rennt der Weihnachtsmann noch an unserem Haus vorbei.« Dabei sprang er auf den letzten Stufen der Bodentreppe auf und ab und sang mit lauter Stimme: »Jingle Bells, Jingle Bells, Jingle all the Way ...«

Diese fröhliche und übermütige Art ihres Sohnes ließ es ihr warm ums Herz werden. Sie war glücklich, ihn um sich zu haben. Sein lebendiges Wesen wirkte auf sie wie ein warmer Sonnenstrahl nach einem trüben Regentag. So spontan konnte er Eileen aufheitern, wenn sie mal abgespannt und gestresst war.

Nun hüpfte Louis pfeifend um den Baum herum und klemmte die leuchtenden Lichter nacheinander an die

Zweige. »Was gibt es morgen zu essen, Mama?«, fragte er, »und wann kommt Tante Tina?«

»Ach ja, die Ente«, rief Eileen plötzlich, »die muss ich noch zubereiten.« Sie wollte bis zum Weihnachtsabend alles gut vorbereitet haben, damit jede freie Minute für ihre kleine Familie zur Verfügung stand. Zu ihrer Familie zählte sie nur die Menschen, die sie am liebsten um sich hatte. Das war an erster Stelle Louis und danach kamen nur noch Tina und dessen Freund Chris.

Am Weihnachtsabend war es zum Ritual geworden, dass sie alle gemeinsam auf den Weihnachtsmann warteten. Für Eileen war es immer ein besonderes Ereignis. Es gab ihr ein Gefühl der Geborgenheit, wenn alle, die ihr nahestanden, beisammen waren. So begann alles, als Eileen mit Louis und Tina ihre erste Wohngemeinschaft gründeten und so wollten sie es auch beibehalten.

Aber auch um die Vorbereitungen musste sie sich eigentlich keine Sorgen machen. Das ging sowieso Hand in Hand mit Tina, daran hatte sich nichts geändert.

Gern dachte Eileen an die gemeinsame Zeit mit Tina, in ihrer eigenen Villa, zurück. Sie waren mehr als nur gute Freundinnen geworden. Alles begann mit einem offenen Ohr für sie, in der schwersten Zeit ihres noch so jungen Lebens. Außer Tina gab es niemanden, dem sie sich hätte anvertrauen oder um Rat fragen können. Ronny war auf und davon, ohne von Eileens Schwangerschaft erfahren zu haben. Grandma war tot und es gab kein Verhältnis zu ihren Eltern, auf das sie hätte bauen können. Ihre Eltern hatten ohnehin genug mit ihren eigenen Problemen zu tun.

Seitdem ihr Vater, kurz vor der Rente, seinen Job verlor, hatte er sich völlig dem Alkohol verschrieben und ihre Mutter schwelgte in Selbstmitleid und Depressionen. Wo sollte da noch Platz für sie und ihre Probleme sein?

Die Idee von der eigenen Wohnung mit Tina kam da wie gerufen. Es schien sogar die Lösung aller Probleme und die Erfüllung ihrer jugendlichen Träume zu sein. Das Einzige, was zählte, war füreinander da zu sein und für den Anderen einzustehen. Wer brauchte dafür einen Mann oder eine Familie im ursprünglichen Sinne? Die zwei Freundinnen konnten sich all das geben, was sie für ihre Zukunft brauchten. Der Einzug in die Villa gestaltete sich nicht ganz so einfach. Es standen viele Reparatur- und Renovierungsarbeiten an. Das machte aber nichts. Anstreichen und tapezieren war ohnehin ein Hobby der beiden Mädchen und für die eigene Wohnung zu arbeiten, bereitete ihnen besonders viel Freude. Nur die unverhoffte Schwangerschaft trübte das freudige Bild ein wenig. Mit siebzehn Jahren den ersten großen Schritt in die Selbständigkeit und Eigenverantwortung zu gehen, war schon eine große Herausforderung. Allein hätte sie sich das nicht zugetraut, doch mit Tina an ihrer Seite würde sie das ganz sicher schaffen.

Das war ihre Chance.

Tina war ein Schatz! Sie war drei Jahre älter als Eileen und hatte schon etwas mehr Lebenserfahrung aufzuweisen. Sie stand fest im Leben und legte in schwierigen Lebenslagen eine unverbesserliche Entscheidungsfähigkeit an den Tag. Tinas resolute Spontanität stand im krassen Gegensatz zu Eileens Unentschlossenheit. Doch das erwies sich, in ihrem späteren gemeinsamen Wohnprojekt, als recht vorteilhaft und somit verstanden beide sich prächtig.

Außerdem hatte Tina ihre Ausbildung als Krankenschwester beendet und konnte nun für den Hauptteil des Unterhalts der drei sorgen. Eileen wollte das irgendwann wieder zurückzahlen, aber Tina winkte nur ab und meinte: »Solange ich keine Miete an dich zahlen muss, werden wir wohl über die Runden kommen.«

Diese günstigen Umstände boten den beiden einen guten Neuanfang und sie hatten viel Zeit für ihre neue Aufgabe: Ein Baby, was auch immer das für beide bedeuten sollte.

Später, als Tina Chris kennenlernte, wurde es häufiger recht eng in dem kleinen Häuschen. Louis tollte meist quirlig durchs gesamte Haus, weil er es auch nicht anders gewohnt war. Er ließ dem Liebespaar wenig Möglichkeit für ausgedehnte Zweisamkeiten, zumal er auch Chris sehr schnell ins Herz geschlossen hatte. Nach einiger Zeit hielten alle es für sinnvoller, ihre Wohngemeinschaft aufzuheben, und Tina bezog mit Chris eine andere Wohnung, ganz in der Nähe der beiden. Doch Weihnachten feierten sie immer zusammen, wie eine kleine Familie, da konnte kommen, was wollte.

So verging die Zeit wie im Fluge und Eileen hatte sich an das Leben hier mit Louis gewöhnt. Es machte sie glücklich und beide waren mittlerweile ein eingeschworenes Team in der Bewältigung von alltäglichen Dingen. Die so entstandene Zweisamkeit zwischen Mutter und Sohn stärkte das Verhältnis der beiden zueinander sehr. Beide genossen die Gemütlichkeit, die in ihrem kleinen Häuschen herrschte. Eileen setzte sich, so oft es ging, mit Louis zusammen auf die alte Couch und sie erzählte ihm Geschichten, sangen gemeinsam Lieder oder alberten herum. Dieses Kind gab ihr so viel, was sie nie für möglich gehalten hätte.

Die Rolle als junge Mutter meisterte sie, wider Erwarten, gut. Obwohl Eileen anfangs schon einige Gedanken an eine Abtreibung verschwendet hatte, war sie nun davon überzeugt, sich richtig entschieden zu haben; nämlich für die Schwangerschaft und für ihr Kind.

Glücklicherweise war Tina ihr eine große Hilfe und stand ihr jederzeit zur Seite. So war es Eileen auch möglich, nach der Geburt ihres Sohnes eine Ausbildung im Einzelhandel abzuschließen und mitzuverdienen, um ihren Lebensunterhalt gemeinsam zu bestreiten.

5

Ronny saß auf der Bettkante und sah aus dem Fenster. Im Moment befand er sich in einer Wachphase. Wie viel Zeit er schon hier in diesem Zimmer verbracht hatte, wusste er nicht. Jedenfalls war es eine sehr unangenehme Zeit für ihn. So ein Entzug hatte viele Nebenerscheinungen. Ständige Übelkeit bis hin zum Erbrechen, begleiteten ihn täglich. Hinzu kamen Schweißausbrüche, starke innere Unruhe und Nervosität sowie Angstgefühle, hämmernde Kopfschmerzen, Panikattacken und depressive Phasen. Das zog sich über mehrere Tage hin. Erst jetzt verspürte Ronny Linderung, er zitterte nicht mehr dauernd am ganzen Körper ... und die Wachphasen waren mittlerweile etwas erträglicher. Während er schlief, plagten ihn meist Albträume.

Hinter der Scheibe des Krankenhausfensters zeichnete sich eine schöne und beruhigende Winterlandschaft ab. Unten in der Allee, die zum Eingang führte, standen verschneite Bäume. Die einzige Straße, die an dieser Klinik vorbeiführte, war nur spärlich durch ein Streufahrzeug freigeräumt worden. Es nutzte nicht viel; der leise niederfallende Schnee bedeckte sie schnell wieder.

Ronny fühlte sich schlecht. Sein Kopf dröhnte wieder einmal und seine Hände zitterten. In der Hoffnung auf Erlösung von all seinen Qualen, die sein Entzug bisher mit sich brachten, hätte er am liebsten losgeheult oder sogar geschrien.

Selbst die stille winterliche und friedliche Atmosphäre draußen vermochte es nicht, positiv auf ihn einzuwirken und ihn auf andere Gedanken zu bringen. *Wann hören diese Kopfschmerzen endlich einmal auf?*, dachte er und ließ sich leidend auf sein Kopfkissen fallen. Zum Glück war er allein im Zimmer. So hatte er die Gelegenheit, sich etwas gehen zu lassen. Mühsam unterdrückte er ein paar Tränen.

Was hatte er aus seinem Leben gemacht? Diese Frage stellte er sich nun immer häufiger. Sein Trainer verlangte von ihm, dass er einen Entzug machte. Er hatte versagt. Erbärmlich versagt. Er wusste nicht, was mit ihm geschehen war, ganz zu schweigen davon, was aus ihm werden sollte. Eigentlich war ihm das auch egal, vor allem in Momenten wie diesen. Bei dem Schmerz war es schier unmöglich, einen klaren Gedanken zu fassen.

Das Beste ist Schlaf, ganz tiefer Schlaf und erst wieder aufwachen, in einem neuen Leben, wenn überhaupt, dachte Ronny.

Sein Leben war ohnehin verpfuscht. Er war ausgelaugt und sein Körper arg in Mitleidenschaft gezogen. Sein Gesicht wies Narben auf, von den vielen Schlägen, Platzwunden und Blutergüssen. Seine Nase wurde schon häufiger gebrochen und einige geprellte Rippen im Brustbereich beeinflussten hin und wieder seine Atmung. Hinzu kamen die sichtbaren Folgen des immer regelmäßiger werdenden Konsums an Tabletten und Schmerzmitteln. Sein strahlendes Erscheinungsbild hatte sehr gelitten, die Ausstrahlung eines jungen sportlichen Mannes, von gerade mal siebenundzwanzig Jahren, war schon lange nicht mehr da. Auch seine Augen sahen müde und traurig aus. Er konnte seinem Leben momentan nichts Schönes abgewinnen. Nichts, worauf er sich freuen konnte und nichts, das ihm vielleicht wieder etwas Glanz in seine Augen zaubern würde.

Er hatte sich voll und ganz dem Boxsport verschrieben und schließlich musste ein Sportler doch fit für den Kampf sein. Kleine Wehwehchen hatten in seiner Laufbahn als Boxchampion keinen Platz. Sein Traum von der großen Karriere als Boxer, hier in Frankfurt, sollte sehr schnell Wirklichkeit werden. Nein, er war Wirklichkeit geworden. Ruhmreiche Wirklichkeit, die jetzt ein bitteres Ende nach sich zog.

»Nein«, schrie er verzweifelt in das weiche Kissen, »ich bin noch nicht tot! Ich bin *Der Champ*! Ich werde weiter siegen!«

Übermannt vom starken Schmerz und tiefer Verzweiflung konnte er auch diesmal die Tränen nicht aufhalten. Wo blieb nur sein Selbstbewusstsein, seine Stärke? Wenn er das alles völlig verlor, würde er sich selber aufgeben. Das durfte nicht geschehen, dagegen würde er ankämpfen! Eine weitere Schlafphase überwältigte ihn.

Die Schwester öffnete die Tür. Fünf Stunden waren vergangen. Es war Zeit für die nächste Infusion. Ein leichtes Schmerzmittel mit einem abgestimmten Beruhigungsmittel sollte Ronny die Zeit des Entzuges erleichtern. Die Schwester verabreichte das Medikament über die Kochsalzlösung.

»Alles gut, Herr Faber? Wir sehen uns in fünf Stunden wieder«, sagte sie zu ihm, obwohl er schlief. Sie entsorgte die Mullkompressen und sah sich den Mann einige Sekunden lang an. Dabei legte sie ihre Hand beruhigend auf seinen Arm.

Sie wusste nicht, was sie davon halten sollte. Über eine Videokamera im Schwesternzimmer hatte sie ihn schon häufiger beobachten können. Die Patienten, die auf Entzug waren, blieben anfangs unter strengster Beobachtung. Ihr war aufgefallen, dass Herr Faber seine imposante Ausstrahlung vollends verloren hatte. Bevor er hier in dieses Krankenhaus kam, kannte sie ihn aus dem Fernsehen. Vor nicht allzu langer Zeit war er in einem Sportbericht als ein erfolgreicher Boxchampion gefeiert worden und er strahlte enorme Stärke und unsagbare Widerstandsfähigkeit aus. Sein unnahbares Auftreten und sein kräftiger Schlag hatten ihn zu einem der gefürchtetsten Boxkämpfer werden lassen.

Doch was sie hier vor sich sah, war alles andere als das, was sie von ihm kannte. Ein Häufchen Elend in unbeobachteten Momenten und dennoch unantastbar in wachem Zustand. Viel geredet hatte er nie und Augenkontakt vermied er ebenfalls, so gut es ging. Es war schwer, ihn einzuschätzen und seine momentane Gemütslage festzumachen.

Auch den Kontakt zu Mitpatienten vermied er rigoros. Sein Zimmer verließ er fast nie. Dennoch hielt sie es für äußerst schwierig, ihm konkret helfen zu können, wenn seine aggressiven Wutanfälle sich nicht veränderten und er niemanden an sich heranließ. Aus ihrer Praxis, in dem Beruf als Krankenschwester, kannte sie dieses Verhalten bei Suchtpatienten. Als Oberschwester hatte sie die Möglichkeit, mehr über diese Krankheit zu erfahren; die auf dieser Station liegenden Patienten zu beobachten und ihr Verhalten zu studieren.

Allerdings schien Herr Faber ein ganz besonders schwerer Fall zu sein. Sie empfand schon fast ein wenig Mitleid mit ihm, wenn sie daran dachte, was aus einem starken Menschen werden konnte. Aber sie wusste auch, dass es vielen Menschen so ergehen konnte. Schließlich hatte sie tagtäglich damit zu tun.

Sie lächelte ihm zu, auch wenn er es wahrscheinlich nicht merken würde und hoffte, dass er bald über den Berg sei. Bestimmt würde er sehr schnell wieder am normalen Alltag in unserer Klinik teilnehmen können und wollen. Ohne weitere Geräusche zu machen, verließ sie das Zimmer und ließ die Tür ins Schloss fallen.

Ronny hatte die Anwesenheit der Schwester nur beiläufig bemerkt und schlief erleichtert weiter, denn die Wirkung der Infusion gab ihm Hoffnung auf Linderung, wenn auch nur vorübergehend.

Wieder vergingen zwei Tage, in denen Ronny sich fast nur in Trance befunden hatte. Die Schlafphasen waren zwar erholsam, aber leider zu kurz. Wie lange musste er das noch aushalten und würde er überhaupt solange durchhalten? Trancezustände kannte er nur zu gut. Daran hatte er sich eigentlich schon gewöhnt. Nicht selten war er durch Alkoholgenuss auf den Siegesfeiern nach den Kämpfen berauscht gewesen. Allein einzelne Schläge des Gegners ins Gesicht ließen einem schnell die Sinne schwinden.

Doch dieses hier war etwas anderes. Es machte ihm Angst. Immer, wenn er wieder nach wilden Albträumen aufwachte, wusste er nicht, wo er war und fühlte sich ziemlich verlassen.

Früher erlebte er Trancezustände angenehm. Durch Alkohol begünstigt hatte er keine Schwierigkeiten, die vielen Wünsche der Mädchen, die ihn umgaben, zu erfüllen und es gleichsam zu genießen.

Zuletzt fand er auch daran keinen Spaß mehr. Er war alle dem überdrüssig geworden und wollte sich dem Rampenlicht entziehen. Irgendwie ging vieles nur noch an ihm vorüber, was natürlich auch an dem ganzen Alkohol und dem Tablettenkonsum lag. Ganz nüchtern betrachtet hatte er sich sowieso nie richtig getraut, in den Mittelpunkt zu treten und sich der tosenden Menge an

Menschen und Ereignissen zu stellen. Von Natur aus war er eigentlich kein Draufgänger, aber bisher hatten das alle vom ihm immer irgendwie erwartet.

Doch hätte er nicht gedacht, dass er diesen Rummel um seine Person auch genießen konnte. Das hatte er nun gelernt. Es funktionierte alles wie von selbst und nicht er musste auf die Menschen zugehen, sondern sie kamen auf ihn zu. Hätte er aber vorher gewusst, wie tief ein Mensch sinken konnte und wie demütigend es war, ganz abgesehen von den Qualen, die er hier ertragen musste ...

Er hätte sich nicht auf einen Entzug eingelassen, wenn ihn sein Trainer und allerbester Freund John nicht dazu gedrängt hätte. Doch für die Karriere als Boxchampion hatte er damals schon vieles aufgegeben. Es war zu verlockend gewesen, schnell berühmt und reich zu werden. Noch dazu nach Frankfurt zu gehen, ohne viel dafür bezahlen zu müssen. Wofür hatte man Sponsoren und einen guten Manager? ... Trainer? ... Freunde? ...

Aber wo waren sie jetzt?

Da kam ihm John wieder ins Bewusstsein.

Hat er schon mal nach mir gefragt?, dachte er enttäuscht. Oder war John in letzter Zeit hier bei ihm gewesen? Jetzt wo er ihn doch brauchte, seinen Freund! Und die anderen? Wo waren sie alle? Es gab viele, die sich für seine Freunde ausgaben. Doch wer dachte jetzt an ihn, in dieser gottverdammten Zeit?

Ronny drehte sich auf den Rücken, um eine bequemere Lage zu erreichen und sich entspannen zu können. Nun starrte er die Decke an. So war es erträglich. Die Schwester war wohl vor nicht allzu langer Zeit bei ihm gewesen und hatte bestimmt seine Medikamentendosis erneuert. Die Mittel schienen ihre Wirkung zu zeigen und er spürte im gesamten Körper keine schmerzende Stelle mehr.

Er richtete sich auf und wagte einen Blick aus dem Fenster. Sein Zeitgefühl hatte er völlig verloren. Nach der langen Zeit in seinem Zimmer, die ihm wie eine Ewigkeit vorkam, verspürte er nur noch das Gefühl von Einsamkeit und Leere.

Plötzlich spürte er einen stechenden Schmerz in den Schläfen. Seine gesamte Kopfhaut zog sich nach hinten zusammen und erst im Nackenbereich endete der Schmerz. Erneut durchzuckte ihn der gleiche Schmerz. Ronny stützte sich am Nachttisch ab. Dann wurde ihm schwarz vor Augen und er sank nach vorne weg. Er dachte noch: *Verdammt, warum hilft mir keiner und beendet diese Farce?*

Dann verließen ihn seine Kräfte und er fiel neben seinem Bett zu Boden. Dabei prallte er mit dem Kopf gegen seinen Nachttisch. Bewusstlos blieb er liegen, bis ihn zwei Krankenschwestern fanden. Sie hoben ihn auf und legten ihn wieder in sein Bett. Gewohnheitsmäßig lagerten sie seine Beine hoch, damit das Blut von unten wieder in den Kopf fließen konnte. Die Schwester legte die Manschette an Ronnys Arm und kontrollierte den Blutdruck.

»Achtundneunzig zu zweiundsechzig«, raunte sie kopfschüttelnd. Das war eindeutig zu niedrig. »Hallo, Herr Faber! Hallo?«

Leichte Schläge in sein Gesicht ließen ihn nach und nach wieder zu Bewusstsein kommen. Irritiert öffnete er die Augen und sah die Schwester an. »Was ist los?«, murmelte er unsicher. Schmerzverzehrt griff er an seinen Kopf.

»Sie waren ohnmächtig, Herr Faber, Ihr Blutdruck ist zu niedrig. Bleiben Sie bitte ruhig liegen. Gleich wird es Ihnen wieder besser gehen«, erklärte die Schwester.

Wenn du wüsstest, was ich tatsächlich brauche, dachte Ronny resigniert. Die Schweißausbrüche ließen langsam nach. Er legte erschöpft den Kopf zur Seite. *Die Schwester hatte gut reden. Wo sollte er auch hin. Wann würde das endlich alles vorbei sein?*

Ihm fiel ein, an was er kurz vor der Ohnmacht gedacht hatte.

Die Tabletten! Wie einfach war es doch vor dem Entzug. Er konnte sich, bei jeder Art von Schmerz, selbst eine Tablette einwerfen; alles war schnell betäubt und das Leben konnte weitergehen ... Doch hätte er diese leichtfertige Einnahme von Medikamenten gar nicht erst angefangen, wäre er nicht hier. Allerdings wäre er ohne seine Aufputschmittel in seiner Karriere nicht so weit gekommen. Ein Teufelskreis.

»Haben Sie Schmerzen?«, fragte die eine Schwester.

Ronnys Kopf dröhnte, doch er wollte nur in Ruhe gelassen werden.

»Ja«, stöhnte er, verbesserte sich jedoch schnell. »Es ist schon okay«, gab er kleinlaut, aber mit einem genervten Unterton in der Stimme, zurück. Ihm war absolut nicht danach, Small Talk zu halten.

Ungläubig sahen die Schwestern ihn an, denn noch immer zeigte der Patient Reaktionen, die starke Schmerzen vermuten ließen. Mit einem einstimmigen Blick, den sie austauschten, entschieden sie, es dem Arzt zu melden. Es war keine Wunde am Kopf zu erkennen, doch dieser Mann musste Schmerzen haben. Das verriet sein Gesichtsausdruck.

Eine Stunde später trat der zuständige Arzt an sein Bett und erklärte ihm, dass sie eine Computertomographie von seinem Kopf vornehmen wollten. Die vorherigen Ohnmachtsanfälle würden nicht in sein Krankenbild passen. Deshalb wäre es besser, dieses zu überprüfen.

Kurz darauf brachten sie ihn zum CT und machten verschiedene Aufnahmen seines Kopfes.

Der Arzt erklärte ihm nun ausführlich die Ergebnisse: »Sie haben ein Aneurysma, auch Blutgerinnsel genannt. Es sitzt unter der Schädeldecke und drückt auf Bereiche des Gehirns. Diese Situation ist für ihre starken Schmerzen und die gelegentliche Bewusstlosigkeit verantwortlich. Sie haben jedoch Glück. Durch einen operativen Eingriff, einer sogenannten Punktion, kann es ohne größere Komplikationen entfernt werden. Der Eingriff sollte allerdings so schnell wie möglich vorgenommen werden. Wir setzen Sie für morgen auf den OP-Plan. Die Einzelheiten werden wir im Laufe des Tages mit Ihnen besprechen«, meinte der Arzt noch abschließend.

Geschockt von der Diagnose lag Ronny im Bett. Er war zu müde, um alles zu begreifen, und sich Gedanken über sein zukünftiges Dasein zu machen.

Das Radioprogramm lenkte ihn etwas von dem Gedanken des bevorstehenden OP-Termins ab. Ein kleiner Lautsprecher im Zimmer ließ ihn daran teilhaben. Wie immer zur vollen Stunde kamen die Nachrichten. Ronny hörte nur beiläufig hin.

»Wie kam es zu der Niederlage und dem Knock-out des ehemaligen Champs?«, fragte ein Reporter.

Plötzlich erkannte er Johns Stimme und wurde aufmerksam. Sein Trainer gab ein Interview und erklärte, dass Ronny durch eine verschleppte Infektion derart geschwächt war, dass Ben ein leichtes Spiel mit ihm hatte ...

Mehr bekam er von diesem Interview nicht mit ... Ronny war wie erstarrt. Entrüstet sah er auf den kleinen Lautsprecher. Plötzlich überkam ihn wieder diese unsagbare Wut. Er verspürte den Drang, sofort aufzuspringen und zu John zu gehen, um ihm gehörig die Meinung zu sagen.

»Das ist eine glatte Lüge«, rief er laut. »Ich habe mich doch gut geschlagen in diesem verdammten Kampf!« Spontan griff er nach dem Glas Wasser auf seinem

Nachttisch und warf es Richtung Wand. *Was soll das nun schon wieder? Gut, er war diesmal nicht in Form, aber John stellte es so hin, als hätte er nicht alles gegeben, was in seinen Kräften stand. Natürlich hätte er diesen eingebildeten Fatzke von Ben auch gerne am Boden liegen sehen, aber der war einfach zu gut gewesen.*

Ronny befand sich im Ausnahmezustand. Von plötzlicher Panik und Wut getrieben, riss er sich los und sprang aus dem Bett. Doch er kam nicht weit, denn er hatte seinen körperlichen Zustand unterschätzt. Erneut verlor er das Bewusstsein und sank zu Boden.

Als die Schwestern den Arzt verständigten, kam dieser sofort herbeigeeilt und sah nach seinem Patienten. Er stand vor einer schwierigen Entscheidung und fragte sich, wie Herr Faber in seinem jetzigen Zustand die nächsten Behandlungen verkraften würde. Angehörige schien Herr Faber nicht zu haben. Er musste sofort handeln. Schnell organisierte er eine Verlegung ins nächstgelegene Krankenhaus der Nachbarstadt.

Der zuständige Arzt entschied, die anstehende Operation zeitnah durchzuführen und den Patienten danach in einen künstlichen Schlaf zu versetzen. Durch diese komplette Ruhestellung des Körpers könnte Ronny die Nachwirkungen des operativen Eingriffes besser verkraften und hätte so die nötige Ruhe, sich zu erholen. Später, wenn sie ihn aus dem künstlichen Koma aufwachen lassen würden, hätte er seinen körperlichen Entzug schon überstanden.

Zum Glück verlief die Operation komplikationslos und die Genesung schritt gut voran.

Nach etwa fünf Tagen begann der Arzt, seinen Patienten darauf vorzubereiten, ihn ins Leben zurückzuholen. Er kontrollierte nochmals seinen Zustand und schaltete dann das unterstützende Beatmungsgerät ab. Er stellte zufrieden fest, dass die Atmung seines Patienten stabil war. Sein Herz schlug regelmäßig und auch die anderen Vitalwerte waren im Normbereich. Arzt und Schwestern standen nun um ihn herum und warteten, dass er wieder erwachte.

Ronny hörte Stimmen. Diesmal waren es keine vertrauten Stimmen, die ihn riefen. In seinen Träumen hatten sie ihn häufig gerufen. Leute, die er nicht sehen konnte, redeten auf ihn ein. Ronny konnte das alles nicht richtig zuordnen, war aber auch zu erschöpft, um einen klaren Gedanken fassen zu können.

Manchmal sah er auch John vor sich stehen. Ronny rief ihn, doch der schien ihn nicht zu hören. Immer wieder versuchte er, seinen Trainer zu erreichen, doch anstatt zu ihm zu kommen, entfernte er sich immer mehr. Was war mit ihm los? Alles, was er sah, war in Nebel gehüllt und seine Stimme schien nur er selbst hören zu können.

»Herr Faber, wie geht es Ihnen?«, hörte er wieder und wusste nicht, wo es herkam, bis er endlich mit viel Mühe die Augen öffnete und mehrere Gestalten in weißen Kitteln wahrnahm. Seine Augenlider waren schwer und fielen immer wieder zu. Er wollte sprechen, doch er konnte nicht. Sein Hals war unsagbar trocken und schmerzte beim Schlucken, so als hätte er ewig nichts getrunken. Sein Kopf dröhnte wieder einmal und das helle Licht brannte in seinen Augen.

Wieder und wieder hörte er die Stimme des Arztes. »Herr Faber, hören Sie mich?«

Endlich wurde alles klarer. Er wusste, dass er im Krankenhaus war, wenn auch nicht mehr genau warum.

Der Arzt sprach mit ihm. »Herr Faber? Hören Sie mich?«

Ronny nickte.

»Wir konnten das Aneurysma entfernen und Sie haben die OP gut überstanden.« Der Arzt schilderte anschließend die Details, wie es zu der schnellen Entscheidung gekommen war, dass er fünf Tage im künstlichen Koma gelegen hatte und momentan auf der Intensivstation läge. Er versicherte ihm, dass er sich bald besser fühlen würde.

Wenn er nur wüsste, was der Arzt damit meinte? Nur langsam erinnerte sich Ronny und nach und nach auch an alle Einzelheiten, die mit seinem Krankenhausaufenthalt hier zu tun hatten. Er fühlte sich sehr müde. *Schlafen,* dachte Ronny, *schlafen war das Einzige, was er wollte!*

Nach zwei Tagen verlegten sie ihn auf eine normale Station. Es dauerte wieder seine Zeit, bis Ronny sich in der Lage fühlte, sich in seinem Bett aufzurichten. Zu sehr steckte die Angst in ihm, er könne wieder in Ohnmacht fallen. Doch hin und wieder schaffte er es, sich auf die Bettkante zu setzen. Dabei dachte er über vieles nach.

Ein Schneeball, der an seine Fensterscheibe flog, weckte seine Aufmerksamkeit und ließ ihn hinausschauen. Dicke Schneeflocken fielen leise vom Himmel.

Plötzlich überkamen ihn Erinnerungen an längst vergangene Zeiten. In Gedanken sah er ein Mädchen neben sich im tiefen Schnee liegen. Ansonsten war kein Mensch weit und breit zu sehen. Der Schlitten, auf dem die beiden zuvor gesessen hatten, steckte aufrecht im Schneehaufen neben ihnen. Beide waren sie mit Schnee bedeckt. Ronny beugte sich über sie und küsste erst ihre rote Nase. Als ihr amüsiertes Kichern sich legte, strich er ihr den restlichen Schnee aus dem Gesicht und küsste sie leidenschaftlich auf den Mund.

Doch wer war dieses Mädchen? Sie wirkte so glücklich und selbst er ließ sich von ihrer Heiterkeit nur zu gern anstecken. Obwohl er sich sonst eher nicht zu irgendwelchen Albernheiten hinreißen ließ. Aber dieses Mädchen hatte es geschafft. Doch so sehr er sich auch anstrengte, er konnte sich nicht erinnern. Wer war sie? *Erschöpft legte er sich wieder hin. Sein Kopf schmerzte immer noch, obwohl der Arzt ihm versprochen hatte, dass das bald nachlassen würde. Seit der OP hatte er immer noch keine Kraft in den Beinen. Bald sollte er in eine Reha-Klinik gebracht werden, um weiterhin zu genesen. Das konnte er sich gar nicht vorstellen, wenn er seinen bisherigen Zustand bedachte. Doch was blieb ihm anderes übrig? Er war unselbständig und fühlte sich wie ein Krüppel, momentan auf die Hilfe anderer Menschen angewiesen. Wie sollte er seinen geschwächten Körper allein wieder in Schwung bekommen? Er musste sich einfach auf die Ärzte und Krankenschwestern verlassen.*

54

6

Es waren die letzten Tage vor Weihnachten. Für Eileen war es immer eine ganz besondere Zeit. Der Tannenbaum wurde geschmückt, letzte Koch- und Backvorbereitungen getroffen und den ganzen Tag über spielte leise Weihnachtsmusik.

Eileen machte keinen Weihnachtsputz, denn das würde ja Stress bedeuten und den wusste sie gut zu umgehen. Ihre Gemütlichkeit bestand darin, die wichtigsten Wege zur Couch, zur Küche und zur Wohnungstür hindernisfrei aufzuräumen und so herrschte eine übersichtliche Ordnung. Louis' Spielzeugjeep stand immer irgendwo geparkt. Dieser Gegenstand gehörte schon regelrecht zum Mobiliar, der immer seinen Platz wechselte. Denn *Forstarbeiter Louis*, was er später einmal werden wollte, hatte immer etwas zu tun und somit war sein Jeep ständig im Einsatz. Da gab es Aufgaben wie Schnee fegen, kleine Spielzeugautos aus dem Weg räumen, Kehrblech und Handfeger heranzuschaffen, für ein verunglücktes Paket Zucker zu sorgen oder anderes.

Putzwütige Schwiegermütter gab es in Eileens Leben nicht. Somit konnte sie allein mit Louis zusammen bestimmen, was unter ihrer gemeinsamen Gemütlichkeit zu verstehen war. Ein tolles Gefühl.

Im Radio sang gerade ein Kinderchor:»Snow is falling, all around me ...«Louis schmetterte aus voller Kehle mit.

Als er zufällig am Fenster vorbeikam, bemerkte er, dass es angefangen hatte zu schneien.

»Mama, Mama, es schneit tatsächlich«, rief er voller Aufregung und drehte sich im Kreis herum. Eileen rannte zum Fenster und in mütterlicher Umarmung zählten sie die dicken Schneeflocken, die die Fensterscheibe berührten. »Mama, gehen wir raus in den Schnee? Bitte, bitte ...«

»Ja, keine schlechte Idee. Komm, wir ziehen uns warm an«, sagte sie lächelnd.

Louis lief schon in den Flur, um seine Stiefel zu holen. Weil sowieso alle Hausarbeiten erledigt waren, die sie sich bis Weihnachten vorgenommen hatte, konnte sie jetzt beruhigt mit ihrem Sohn losziehen und zusammen den ersten Schnee genießen. Beide zogen warme Mäntel an, Schal, Mütze und Handschuhe durften nicht fehlen und dann ging es los. Eileen steckte Louis noch eine Taschenlampe in die Manteltasche und nahm sich selbst ebenfalls eine mit. Sie wusste, dass es auf dem Heimweg bestimmt dunkel sein würde und der Weg von der Straße bis zu ihrem kleinen Häuschen war dezent beleuchtet.

Als sie die Tür zuschloss, nahm Louis schon die beiden Treppenstufen von der Veranda in einem Sprung und lief voraus. Währenddessen trällerte er immer wieder: »Snow is falling, all around me ...!«

»Warte Louis, wir können den Schlitten mitnehmen. Wenn es weiter so schneit, lässt es sich damit gut fahren«, rief sie ihm nach.

Prompt drehte Louis um und rannte zurück zum Schuppen. Dabei meinte er: »Okay, Mama, cool! Ich hole schon mal den Schlitten.«

Auf dem Weg zur Stadt sangen sie noch weitere Weihnachtslieder und zogen gemeinsam den Schlitten hinter sich her. Der Schnee fiel sanft auf ihre Mützen und die Wege füllten sich mit dicken Flocken, die sich sehr schnell zu einer dichten Schneedecke zusammenschlossen. Der Weg bis zum Weihnachtsmarkt dauerte etwa eine knappe Stunde. Die Verkäufer hatten im nächsten Ort ihre Buden aufgebaut und weihnachtlich geschmückt. Dort boten sie, zum letzten Mal in diesem Jahr, für Leute von nah und fern, ihre Waren an. Es gab Lebkuchen, Glühwein und Kinderpunsch. Aber auch Holzspielzeug und Kerzen mit verschiedenen Düften. Ein verkleideter Weihnachtsmann hörte sich die Wünsche der Kinder an und versprach baldige Erfüllung.

Plötzlich fühlte sich Eileen wieder in die Vergangenheit versetzt und ein bestimmter Gedanke kam ihr in den Sinn. Wie schon so oft, wenn sie daran dachte, versetzte es ihrem Herz einen kleinen Stich und sie vermochte nicht zu sagen, ob es schmerzte oder ein angenehmes Gefühl war.

Immer wenn sie an Ronny, den Vater ihres Sohnes, dachte, waren viele Gefühle im Spiel. Da war eine Sehnsucht, ihm endlich ihren gemeinsamen Sohn vorzustellen, dann die tiefe Enttäuschung über seine übereilte Abreise nach Frankfurt und zuletzt die immer wiederkehrende Wut darüber, dass sie sich so sehr in ihn verliebt und dann doch geirrt hatte ... Aber das war lange her!

Es war nur ein Jahr und ein gemeinsames Weihnachten, das sie zusammen verbracht hatten. Auch damals besuchten sie gemeinsam den Weihnachtsmarkt. In dieser Zeit hatte Eileen nur einen Wunsch an den Weihnachtsmann. Sie wollte ewig so glücklich sein, wie in diesem Moment an Ronnys Seite. Sie hatte all ihr Vertrauen in ihn gesetzt und glaubte an eine Zukunft mit ihm.

Doch schon damals konnte er nicht viel mit Eileens Gefühl von Liebe anfangen. Ronny war nicht so träumerisch veranlagt wie sie und zog sie gern damit auf. Denn im Bauen von Luftschlössern war sie gut. Eileen musste schmunzeln. Sie wollte sich aber ihre romantischen Illusionen nicht zerstören lassen und achtete nicht auf Ronnys Sticheleien. Doch heute wusste sie sehr wohl, dass nicht jeder Wunsch erfüllt werden konnte. Das hatte sie damals schmerzlich erfahren müssen und so würde es vielen Menschen gehen, die sich dem Weihnachtsmann anvertrauten.

So in Gedanken versunken, schlenderte sie mit Louis weiter über den Weihnachtsmarkt. Sie begutachteten alle Auslagen und genossen die Weihnachtsstimmung, die sie umgab.

Plötzlich lief Louis etwas schneller und suchte ungeduldig den Weg, der zu dem großen Weihnachtsbaum führte. Neugierig fragte er:»Mama, sitzt der Weihnachtsmann heute wieder unter dem großen Tannenbaum? Ich muss ihn unbedingt etwas fragen.« Kaum zu Ende geredet, beschleunigte er seine Schritte abermals und bahnte sich seinen Weg durch die Menschenmenge. Eileen hatte Mühe, ihn nicht aus den Augen zu verlieren und beeilte sich, hinter ihm herzukommen.

Wie in jedem Jahr saß der Weihnachtsmann unter einem riesigen beleuchteten Baum und alle Kinder durften ihm ihre geheimsten Wünsche anvertrauen. Als Eileen bei dem Weihnachtsmann ankam, saß Louis bereits auf seinem Schoß.

Das muss wohl ein sehr dringender Wunsch sein, den mein Sohn hat, dachte Eileen. Sie stellte sich zu den wartenden Menschen und beobachtete, wie der Mann im roten Mantel und weißem Wattebart Louis aufmerksam zuhörte.

Der weiße Bart verdeckte das Gesicht des Mannes und die tief ins Gesicht gezogene Kapuze ließ keinen Zweifel an der Echtheit des Weihnachtsmannes mehr aufkommen. Seine tiefe Stimme gab selbst den Erwachsenen geheimnisvolle Rätsel auf. Jedenfalls war es ein gelungenes Schauspiel.

Louis war kein Kind von langen Umschweifen, also erledigte er sein Vorhaben sehr schnell und sprang mit strahlenden Augen von den Knien des Weihnachtsmannes. Er lief zu seiner Mutter und zog sie am Arm zu sich herunter. Dann flüsterte er ihr ins Ohr:»Ich habe dem Weihnachtsmann meinen größten Wunsch erzählt. Er hat gesagt, ich soll ruhig abwarten. Er will sehen, was er in diesem Fall für mich machen kann.«

Neugierig fragte Eileen:»Was ist denn dein größter Wunsch, Louis?«

»Mama«, meinte Louis altklug,»das darf man doch nur dem Weihnachtsmann anvertrauen, sonst geht der Wunsch nicht in Erfüllung!«

Völlig überrascht stand Eileen nun vor ihrem Sohn und wusste dem nichts zu entgegnen. Hinter ihr erschien eine, in ein Engelsgewand gekleidete Frau und tippte ihr auf die Schulter. Als sie sich umdrehte, gab sie Eileen eine kleine Karte. Darauf stand mit schön verzierter Schrift: *Wunschzettel!* Auf der Innenseite dieser Klappkarte war zu lesen:»Der Junge wünscht sich zu Weihnachten einen Vater!«

Eileen schluckte verlegen. Bisher war ihr nicht bewusst gewesen, wie groß Louis' Sehnsucht nach einem Vater war. Manche Wünsche konnten aber nur beide Elternteile gemeinsam erfüllen. Doch wie sollte sie es anstellen, aus dem Nichts oder vielleicht sogar aus Frankfurt einen Vater für Louis herbeizuzaubern? Das schien ihr schier unmöglich.

Während Eileen noch völlig verwirrt überlegte, wie sie Louis' Wunsch gerecht werden könnte oder ihm zu erklären, wie aussichtslos die Erfüllung seines Wunsches sein würde, zog ihr Sohn sie schon weiter und rief:»Mama, ich habe Hunger!«

Eileen kaufte ihm ein Thunfischsandwich. Der Junge setzte sich auf den Schlitten und biss genüsslich in sein Sandwich hinein.

Eileen zog Louis auf dem Schlitten weiter durch die engen Budengassen. Langsam lenkte sie ihre Gedanken ab und erhielt ihre Fassung wieder.

An einem Stand mit Holzspielzeug blieb sie nochmals stehen. Suchend sah sie sich in der Warenauslage um.

»Welchen Anhänger sollen wir diesmal für unseren Baum kaufen?«, fragte sie Louis, der noch immer mit seinem Abendbrot beschäftigt war. Er sah kurz zu ihr hoch.

Am Dach der Hütte waren verschiedene Anhänger aus geschnitztem Holz zu sehen. Louis sah sich alles an und meinte dann:»Da, der Weihnachtsmann auf dem Motorrad ist toll!«

Mit dem Finger zeigte er in die entsprechende Richtung.

Eileen musste lächeln. Ihr Sohn hatte immer schon eine ausgefallene Phantasie und einen ungewöhnlichen Geschmack. Sie kaufte diesen Anhänger, denn ein neuer Weihnachtsanhänger durfte nicht fehlen. Das war zum alljährlichen Ritual geworden. In jedem Jahr hatten sie eine kleine neue Dekoration an ihrem Baum zu bestaunen. Jeder dieser Anhänger barg auch einige Erinnerungen des entsprechenden Jahres in sich.

Eileen packte den neuen Anhänger behutsam in ihre Tasche und dann traten sie den Heimweg an.

Louis sammelte während der Schlittenfahrt etwas Schnee in seinen Händen, formte daraus einen Ball und warf ihn mit großem Schwung nach vorn, direkt an Eileens Schulter. Dabei rief er übermütig:»Hüh Pferdchen, trab im Wind. Bring uns nach Haus geschwind!

Der Weihnachtsmann wartet dort schon bestimmt.« Mit tief verstellter Stimme lachte er:»Hohoho!«

»He, he mein Freund, sehe ich etwa aus wie ein Rentier oder ein Rennpferd?«, entgegnete Eileen und drehte sich zu ihrem Sohn um.

Louis hielt die verschneiten Handschuhe vor den Mund und kicherte.

Es hatte aufgehört zu schneien. Sie kamen jetzt schneller voran. Als die beiden ihr kleines Häuschen erreichten, war es mittlerweile spät geworden. Den Schlitten band sie am Geländer des Hauses fest. Dann stapften beide über die halbverschneite Veranda. Drinnen schüttelten sie den Schnee von den Mänteln, wechselten die Stiefel gegen warme Puschen und Louis kuschelte sich auf die Couch.

Eileen bat ihn, sich schon mal für die Nacht vorzubereiten, während sie für beide noch eine heiße Schokolade machte. Louis gehorchte aufs Wort und kam in Puschen und Pyjama wieder herunter. Er setzte sich auf die Couch und wartete auf seine Mutter, mit der heißgeliebten Schokolade.

Eileen hatte den Kakao gerade fertig und stellte die dampfenden Tassen auf den Tisch, bevor sie sich zu Louis setzte. Lächelnd sagte sie:»Das ging aber schnell, mein Schatz!«

»Morgen ist Weihnachten, da muss ich doch brav sein!«, entgegnete Louis vorwitzig und schmiegte sich wärmesuchend an seine Mutter.

Noch bevor das Fernsehprogramm für den Abend begann, war Louis an Eileens Schulter eingeschlafen. Behutsam nahm sie ihn später auf den Arm, brachte ihn in sein Bett und deckte ihn warm zu. Liebevoll streichelte sie ihm über den Kopf, strich sein helles Haar aus dem Gesicht und gab ihm einen Gute-Nacht Kuss auf die Stirn.

Dann kehrte sie auf ihr Sofa zurück, zog die Beine hoch und schlang die Decke um ihren Körper. Verträumt sah sie auf das Fernsehgerät, doch vom Programm bekam sie nichts mit. Zu sehr war sie in Gedanken versunken. Louis' größter Wunsch zu Weihnachten war *ein Vater*. Wie sollte sie den nur erfüllen? Plötzlich bekam sie wieder ein schlechtes Gewissen, weil sie Louis immer erzählt hatte, sein Vater lebte in Frankfurt und es wäre zu weit, um dort hinzufahren. Zumal sein Vater zu beschäftigt wäre und keine Zeit für sie haben würde. Bisher hatte Louis ihr das auch immer geglaubt und nach keinen weiteren Erklärungen verlangt.

Dennoch, sie schob es immer wieder vor sich her, sich mit Ronnys Wichtigkeit für ihren beziehungsweise auch seinen Sohn, auseinanderzusetzen. Es widerstrebte ihr, zu oft an Ronny zu denken, und schon gar nicht gestand sie ihm irgendein klitzekleines Recht ein, Louis für sich zu gewinnen. Er wusste ja bisher auch nichts von seinem Sohn, denn damals reiste er Hals über Kopf nach Frankfurt ab. Er hatte immer schon die Idee, Boxchampion zu werden und plötzlich kam dieses Angebot eines dahergelaufenen Trainers, etwas ganz Großes aus Ronny machen zu wollen. Er hätte Talent dazu, hatte John gemeint. Oder wie hieß dieser Typ noch gleich?

Ronny war begeistert gewesen und missachtete alle Warnungen ihrerseits. Er meinte sogar, sie wäre zu unerfahren, um mitreden zu können. Dabei war Ronny damals auch nicht der Vernünftigste! So war er eben, sprunghaft und immer für etwas Neues offen.

Enttäuscht, aber dennoch mit einem kleinen Hauch Sehnsucht im Herzen, hing sie weiter ihren Gedanken nach. Er machte sich einfach auf und davon. Nicht ein einziges Mal hatte er sich bei ihr gemeldet. Das war eine sehr deprimierende Zeit für sie.

Ihre Freundin Tina hatte Ronny nie gemocht und ihr immer schon prophezeit, dass man sich auf so einen Luftikus nicht verlassen könnte. Sie hatte ihr geraten, ihn am besten so schnell wie möglich zu vergessen. Doch das war nicht so leicht. Schließlich brachte sie bald darauf ihr wie auch sein Kind zur Welt. Und wenn man Louis so ansah, war er das eindeutige Ebenbild seines genetischen Vaters. Der Junge hatte die gleiche Haarfarbe und seine Augen leuchteten in dem gleichen Saphirblau, wie die von Ronny.

Was aus Ronny geworden war und wo er sich zurzeit aufhielt, wusste sie nicht. Nur anhand von Zeitungsausschnitten erfuhr sie, dass er es geschafft hatte, Boxchampion zu werden.

The great Champion nannte man ihn wohl nun. Auf ihn zu warten hatte sie nach all den Jahren langsam aufgegeben. Auch er hatte sie bestimmt vergessen, dessen war sie sich sicher. Doch ganz vergessen konnte sie ihn nicht. Aber was wäre, wenn er wirklich eines Tages hier auftauchen würde? Müsste sie Louis dann alles gestehen?

Daran wollte sie gar nicht denken! Sie fragte sich auch sehr oft, ob sie Ronny gegenüber eigentlich verpflichtet war, ihm von Louis zu erzählen?

Hatte so ein Mensch, wie er, eigentlich einen so tollen Sohn verdient? Sie liebte Louis über alles und so schwer die erste Zeit auch für sie war: Louis war ihr ein und alles und das wollte sie, nur mit ihren allerliebsten Menschen teilen … und das waren nicht viele!

Nein, das hat er nicht verdient, entschied sie leise, aber bestimmt. Bei diesen Gedanken rollten Tränen über ihre Wange. Sie legte ihren Kopf auf die angezogenen Knie und ließ ihren Tränen freien Lauf.

Warum hat sich alles nur so ergeben, fragte sie sich wieder. *Sie war doch damals so glücklich mit Ronny. Das Gleiche hatte sie auch bei ihm vermutet, aber dem musste wohl nicht* so gewesen sein. Denn warum hatte er sie sonst so spontan verlassen? Wenn nicht der gemeinsame Urlaub in den Bergen gewesen wäre, sähe heute auch alles anders aus.

Damals hatten sie miteinander geschlafen und das Resultat war die Schwangerschaft mit Louis. Leider waren beide damals so unerfahren und ausgelassen, dass sie sich eventueller Folgen gar nicht bewusst waren. Dieser Urlaub war eines der schönsten Erlebnisse, die sie mit Ronny hatte. Es war Weihnachten und Ronny hatte die Schlüssel für die Berghütte seines Onkels bekommen. Dort waren sie beide ganz allein hingefahren. Fast abgeschnitten von der Außenwelt, so hoch lag der Schnee in dieser Region. Beide genossen ausgelassen diese harmonische Atmosphäre und tollten übermütig im Schnee. Der Schnee war kniehoch und sie sackten immer wieder ein, wenn sie sich vor die Hütte wagten. Sie unternahmen romantische Spaziergänge und rodelten wild die Berghänge hinunter, bis sie in den Schnee stürzten.

Sie hatten viel Spaß miteinander. Selten hatte sie Ronny so entspannt und ausgelassen erlebt. Sonst war er eher der Unantastbare, Ehrgeizige und selten humorvoll. Doch hier war er der Mensch, mit dem man sich ein ganzes Leben hätte vorstellen können. Sie hatte so sehr dafür gekämpft, sein Herz zu erobern, und glaubte, es geschafft zu haben.

Dort oben, allein in den Bergen, machte sie auch ihre ersten sexuellen Erfahrungen und Ronny war ein sehr einfühlsamer Lehrer. Nur zu gut erinnerte sie sich an jede Einzelheit ...

7

Ronny wachte auf. Er war schweißgebadet und sein Bett zerwühlt. Erschöpft und verwirrt starrte er an die Decke. Langsam schweifte sein Blick durch den Raum, der ihn umgab. Allmählich wurde ihm bewusst, dass er immer noch in der Klinik war; zur Wiederherstellung seiner selbst, sozusagen.

Er hatte geträumt; einen immer wiederkehrenden, wirren Traum. In seinen Träumen rannte er häufig planlos durch die Weltgeschichte. Kein Ziel schien erreichbar zu sein. Sein Blick war getrübt. Es war fast unmöglich, etwas zu erkennen. Nicht selten fand er sich später im Boxring wieder. Die Szenen wechselten schnell. Manchmal lag er auf dem Boden, unfähig allein wieder aufzustehen. Manchmal stand er dort, von vielen Menschen umjubelt. Alle streckten ihre Hände nach ihm aus und die Menge kreischte. Seine Arme hielt er hoch erhoben, in Siegerpose und das gab ihm ein Gefühl von großer Erfüllung. Wenig später waren plötzlich alle jubelnden Menschen verschwunden. Zurückgelassen und allein ließ er seine Arme fallen.

Ohne zu wissen, woher und warum, schlugen geisterhafte Fäuste auf ihn ein, bis er wieder zu Boden ging. Alle Sinne verließen ihn und er wachte immer wieder in diesem Bett auf. Manchmal schreckte er von seinem eigenen Schrei hoch, den er im Traum aus Angst und

Verzweiflung von sich gab. Es war ihm sehr unangenehm, wenn er feststellen musste, dass ihn Schwestern oder Pfleger festhielten und zu beruhigen versuchten. Mittlerweile hatte er so eine Antipathie gegen das Anfassen und Festhalten entwickelt, dass er zum Tier werden konnte, wenn er nur daran dachte. Gott sei Dank wurden die krassen Angstzustände, ausgelöst durch wirre Albträume, immer seltener. Er hatte sich momentan wieder besser im Griff. Das alles hier war eine Qual, sowohl für den Körper als auch für sein sonst so starkes Ego. Obwohl er den Entzug längst hinter sich hatte, war er immer noch nicht er selbst. Das machte ihn unzufrieden und wütend. Allein die unzähligen Einstiche der angeblichen Beruhigungsspritzen ließen ihn wie einen akuten Drogenabhängigen aussehen. Langsam richtete er sich vollends auf und setzte sich auf die Bettkante.

Schwere depressive Phasen hinderten ihn daran, Mut zum neuen Leben zu fassen. Für ihn machte es sowieso keinen Sinn mehr, wieder gesund zu werden. Wo sollte er danach hin?

Alle, die ihm etwas bedeutet hatten, waren fort und sein Lebensinhalt, das Boxen, wurde ihm ebenfalls genommen.

Überall am Körper waren noch Blutergüsse zu sehen. Das musste bald ein Ende haben. Und je mehr ihm bewusst wurde, auf die Gunst und Hilfe der Schwestern angewiesen zu sein, wurde ihm das alles zuwider. Eigentlich konnte nur er selbst sich helfen, das wurde ihm ganz allmählich klar.

Er schaltete die Nachtlampe aus. So fühlte er sich etwas unbeobachteter. Plötzlich klopfte es leise und eine Schwester kam herein. »Guten Abend, ich bin Nachtschwester Madlaine. Herr Faber, wir machen heute eine kleine Weihnachtsfeier im großen Aufenthaltsraum und möchten Sie herzlichst dazu einladen«, sagte sie mit piepsiger Stimme. Zielstrebig lenkte sie den mitgebrachten Rollstuhl auf Ronnys Bett zu. Er drehte sich um und sah zur Tür.

»Nein«, brummte Ronny entschlossen.

Die Schwester blieb stehen und sah ihn verwundert an. »Sind Sie sicher, Herr Faber? Es würde Ihnen guttun … und es ist doch Weihnachten«, erwiderte Madelaine und ging weiter auf ihn zu. »Ich kann sie begleiten. Etwas Abwechslung wird Ihnen guttun.«

Soeben wollte sie ihn am Arm nehmen, doch abrupt entriss er ihn ihr. »Ich sagte Ihnen schon, ich will das nicht! Wenn ich etwas brauche, melde ich mich«, entgegnete Ronny ungehalten.

Seine Augen vermittelten ihr einen baldigen Wutausbruch ohne Gleichen, würde sie ihm weiter ihren Willen aufzwingen. Erschrocken trat sie den Rückzug an. An der Tür drehte sie sich noch einmal um und fragte vorsichtig: »Haben Sie sonst noch einen Wunsch, Herr Faber? Heute ist Weihnachten!«

Zunächst wollte er einen Wutschrei ausrufen, doch zum Glück beruhigte er sich schnell wieder und überlegte kurz:

»Ja, etwas zu Essen wäre nicht schlecht!« Seine Stimme klang nun etwas freundlicher und Madlaines Herzschlag beruhigte sich allmählich wieder.

»Wird gemacht«, versicherte sie beim Hinausgehen und schloss die Tür.

Argwöhnisch starrte er auf dieses Ungetüm von Rollstuhl, das die nette Schwester neben seinem Bett stehen gelassen hatte. Dann wandte er seinen Blick ab und sah sich im Zimmer um. Spontan fiel ihm die kleine Sitzgruppe auf, nicht weit von ihm entfernt. Sie sah plötzlich so einladend aus. Ronny zögerte. Es überkamen ihn ganz andere Gedanken, als die, die ihn vorher immer wieder so deprimierten. Er verspürte den dringenden Wunsch, sein Bett eigenständig verlassen zu wollen. Kurz wägte er das Risiko einer weiteren Niederlage ab und setzte sich entschlossen auf die Bettkante. Langsam hob er ein Bein nach dem anderen auf den Boden. Dann stellte er sich hin. Seine Beine zitterten und fühlten sich an wie Pudding. Zaghaft zog er ein Bein nach vorne. Mit den Händen suchte er Halt an der Bettkante. Nur langsam konnte er das zweite Bein hinterherziehen. So tastete er sich voran. Sein Ziel war es, den Sessel dort drüben am anderen Zimmerende zu erreichen. Er war nicht weit entfernt, doch für Ronny schien er unerreichbar, denn seine Beine versagten ihm den Dienst. Nur mit einem schnellen Schwung bäuchlings auf das Bett konnte er Halt finden.

Er blieb einige Zeit so liegen. »Verdammt!«, fluchte er. »Mein eigener Körper gehorcht mir nicht mehr!« Seine geballten Fäuste prallten in die Kissen. Er hatte die Wahl zwischen einem Tobsuchtsanfall oder einem zweiten Versuch. Kurz entschlossen wählte er den zweiten Versuch.

Wenigstens in meinen Armen habe ich noch Kraft, dachte er beruhigt.

Mit viel Mühe brachte er sich in seine Ausgangsposition auf den Bettrand zurück. Dann atmete er tief durch und senkte den Kopf. Enttäuscht hielt er sich mit einer Hand am Bettgestell des Fußendes fest. Schweißperlen standen ihm auf der Stirn.

Wieder öffnete sich die Tür. Die Nachtschwester brachte ein Tablett mit Abendbrot.

»Soll ich es Ihnen ans Bett stellen?«, fragte sie höflich. Sie beobachtete ihn kritisch. Dieser Mann flößte ihr Angst ein. Aber da musste sie durch, wenn sie in diesem Beruf als Krankenschwester bestehen wollte, zumal sie gerade erst ihre Prüfung geschafft hatte.

»Nein, auf den Tisch dort drüben«, erwiderte Ronny und zeigte auf die gemütliche Sitzgruppe in der Fensternische.

Schwester Madlaine sah ihn verblüfft an. Ohne sie anzusehen, blieb er regungslos dort sitzen, wo er war.

»Soll ich Ihnen hinüberhelfen?«, erkundigte sie sich wie selbstverständlich und stellte das Tablett auf dem kleinen Tischchen ab.

»Nein«, kam wieder die Antwort seinerseits, »es ist schon okay!«

»Aber ich kann Ihnen doch ...«, wollte sie abermals ihre Hilfe anbieten.

Doch Ronny fiel ihr ins Wort: »Nein, das ist schon okay so. Gute Nacht!«

Madlaine war sich unschlüssig, was sie nun tun sollte. Da sie ihn nicht noch mehr verärgern wollte, ging sie ohne ein weiteres Wort schnell hinaus und schloss die Tür hinter sich.

Leicht gereizt atmete Ronny tief durch. *Keinen Schritt kann man hier unbeobachtet machen. Es wird höchste Zeit, dass ich hier rauskomme,* dachte er und startete einen weiteren Versuch, sein Bett eigenständig zu verlassen. Er wollte heute dort drüben, in der Fensternische, sein Abendbrot genießen. Den Rollstuhl zog er dennoch keinesfalls als nötiges Hilfsmittel in Betracht. Er nahm all seinen Mut zusammen und biss die Zähne aufeinander. Mit großem Zeitaufwand und mit viel Mühe erreichte er bald darauf sein Ziel.

Als er sich endlich in dem gemütlichen Sessel auf der anderen Zimmerseite hinsetzen konnte, brauchte er erst einmal eine Verschnaufpause. Schweißperlen hatten sich wieder auf seiner Stirn gebildet. Zurückgelehnt genoss er den ungewohnten Blickwinkel in das Zimmer, der sich ihm jetzt bot. Kurz ließ er die Zeit, in der er ans Bett gefesselt war, Revue passieren. Eine Zeit, überschattet von vielen unangenehmen Gefühlen, Peinlichkeiten und Verzweiflung; mit starker Übelkeit und Erbrechen … oder diesem angeschnallt sein, weil er wieder mal einen Tobsuchtsanfall hatte … und den Medikamenten, die ihn immer so müde machten. Die meiste Zeit hier hatte er verschlafen. Und wenn ihn nicht immer diese Albträume begleiten würden, wäre alles viel erträglicher gewesen.

Das sind wohl immer noch Entzugserscheinungen oder sind es mittlerweile schon dauerhafte Depressionen? *Egal, da muss ich jetzt durch, koste es, was es wolle. Ich will hier endlich raus!* Sein Entschluss stand fest. Er war überzeugt davon, auf dem besten Weg dorthin zu sein. Die Zeit, in der ihm alles egal war und in der er lieber hätte sterben wollen, schien vorüber zu sein.

Er hatte sogar das Gefühl, sein Körper hätte sich für geraume Zeit von ihm getrennt. Sonst müsste er ihm doch widerstandslos gehorchen. Dem war aber nicht so und er nahm sich vor, daran zu arbeiten.

Doch jetzt, wo er hier saß und er das ohne fremde Hilfe geschafft hatte, fühlte er sich gut und ihn erfasste ein neues ungeahntes Lebensgefühl. Er glaubte, den ersten Schritt in die richtige Richtung, zurück in sein eigenes Leben, getan zu haben. Die lange und qualvolle Zeit würde bald ein Ende haben.

Plötzlich bemerkte er, dass er keine Kopfschmerzen mehr verspürte. Ronny atmete tief durch und ließ die Luft durch seinen ganzen Körper fließen. Das hatte er irgendwo mal im Zusammenhang mit japanischer Lebenskunst gelesen. Es sollte zur Entspannung dienen. Ronny schloss die Augen und vollzog drei bis vier Mal diese Atemübungen und siehe da, … er fühlte sich leichter. Als er die Augen öffnete, empfand er ein riesiges Glücksgefühl, und nur noch ein Gedanke schoss ihm durch den Kopf: *Ich lebe!*

Ein Lächeln huschte über seine Lippen und seine saphirblauen Augen strahlten, wie schon lange nicht mehr. Nur schade, dass es niemand sah. Das Abendbrottablett war gefüllt mit einer üppigen Mahlzeit. Schon länger hatte er seine Mahlzeiten verweigert und sein Magen war solch ein gutes Essen nicht mehr gewohnt.

Auf dem Tablett standen eine kleine Kanne Tee, zwei Scheiben Toast, Käse sowie Marmelade und Nuss-Nougatcreme. Ebenso ein kleiner Tannenbaum aus grün gefärbter Goldfolie. Der kleine Baum schimmerte im kargen Licht der Wandlampe und verlieh Ronny einen kleinen Hauch von Sentimentalität und Harmonie, was etwas Melancholie nicht ausschloss. Er nahm den kleinen Weihnachtsbaum in die Hand und betrachtete ihn. *Was habe ich aus meinem Leben eigentlich gemacht?*, dachte er. Gut, er war kurze Zeit am Ziel seiner Träume angelangt! Das Publikum umjubelte ihn und sie nannten ihn den *Champ of the Ring*, oder jetzt vielleicht nicht mehr?

Jedenfalls hatte er Erfolg und wurde als Sieger gefeiert. Obwohl dieser ganze Prominentenrummel eigentlich nicht sein Stil war, stärkte es unsagbar das Selbstbewusstsein und es war auch ein gutes Gefühl, begehrt zu sein. Das konnte ihm keiner nehmen!

Allerdings hatte er hier gar nichts davon. Es müssten schon fast zwei Monate sein, die er einsam in diesem Krankenzimmer gefangen war. Mit Ausnahme einiger Besuche von Schwester Madlaine und ähnlichen Gestalten, auf die er gern verzichtet hätte. Ansonsten war niemand in der ganzen Zeit hier gewesen, um nach ihm zu sehen.

Da fiel ihm John und seine ganze Boxmannschaft ein. Wo waren sie alle, warum kam ihn keiner besuchen? Wo waren seine Freunde?

Langsam kamen ihm Zweifel daran, ob er wirklich so begehrt war. Was hatte er falsch gemacht? War er sich Johns Freundschaft zu sicher gewesen und hatte ihn am Ende enttäuscht? So gab es John ihm zuletzt jedenfalls zu verstehen. Aber meinte er es wirklich ernst und würde er ihn fallen lassen?

Das konnte er sich nicht vorstellen. Wenn John nicht zu ihm kam, musste er zu ihm kommen ... Er sah an sich herunter und runzelte die Stirn. Da müsste er wohl vorher noch an sich arbeiten, denn solange seine Beine ihm den Dienst versagten, war gar nicht daran zu denken.

Heute jedenfalls fühlte er sich gut, auch wenn sein Körper nicht fit war. Mit dem guten Willen, den er soeben gefasst hatte, würde es bald bergauf gehen.

Automatisch ging er mehrere Abschnitte seines Lebens in Gedanken durch und fragte sich nach dem Sinn darin. Es war immer ein auf und ab, doch meistens musste er gar nicht so hart kämpfen, um Erfolg zu haben.

Jetzt war es zum ersten Mal anders. So tief unten war er noch niemals angelangt und er wollte nicht länger auf fremde Hilfe angewiesen sein. Damit sollte Schluss sein. Als Allererstes musste er seinen Körper trainieren. Der Mann, der hier im Sessel saß, hatte zwar einen starken Willen, doch sein Körper war ein Wrack. Zumindest sein Geist schien endlich aus einem sehr langen bösen Traum erwacht zu sein und diese Feststellung munterte ihn auf.

Ihm wurde bewusst, dass er wohl an einem entscheidenden Punkt seines Lebens angekommen sein musste. Er überlegte: *War ein anderer Mensch aus ihm geworden? Oder hatte der Entzug ihn wachgerüttelt und ihm gezeigt, dass sein Leben so nicht weitergehen konnte? Plötzlich freute er sich nämlich über winzige Kleinigkeiten und er empfand es als sehr wichtig, für sich selbst da zu sein. Auf wen sollte er sich auch sonst verlassen?*

Er seufzte leise, warf den Kopf in den Nacken und hielt die Hände einige Zeit vors Gesicht. Dann wischte er sich die Augen trocken und atmete tief durch. Als er merkte, dass er eigentlich nur sich bemitleidete und ihn sowieso niemand hörte, schalt er sich selbst:

Was ist nur aus dir geworden? Komm, nimm dein Leben in die Hand! Das kann doch nicht so schwer sein. Trübsal blasen hat keinen Sinn! Früher hätte er sich nie mit solchen Gedanken herumgeschlagen, für ihn war das alles Kinderkram. Doch nun musste er feststellen, dass ein Mensch von sehr vielen verschiedenen Gefühlen geleitet werden konnte und nicht alles wie von selbst läuft. Warum hatte er das nicht schon eher bemerkt? Seine Kindheit war nicht die Schönste gewesen. Damals hatte er sich allerdings ein Schutzschild aufgebaut. Wenn er cool war und so wenig wie möglich, von sich selbst preisgab, kam er bei seinen Mitmenschen an und alles lief gut. Diese Phase hatte er eigentlich bis jetzt durchgezogen und alles war normal. Wieso funktionierte auf einmal alles nicht mehr wie zuvor? Hatte er sich zu sehr von John leiten lassen?

Obwohl, er musste wohl gut gewesen sein, denn er war *Der Champ*. Er hatte es genossen, wenn der Schiedsrichter seinen Arm hochhielt und es aus den Lautsprechern dröhnte:»The Winner is ... Ronny Faber, the great man. The Champ of the Ring!« ... oder die Jubelrufe und Umarmungen der Zuschauermenge.

Seine Augen waren jedes Mal zugeschwollen und sein Körper geschwächt. Schmerzstillende Mittel waren sein ständiger Begleiter. Und jetzt? Bei dem bloßen Gedanken daran drehte sich sein Magen um und er glaubte, sich gleich übergeben zu müssen. Schlagartig wurde ihm bewusst, dass er im Sessel saß und weder die Klingel für die Schwester, noch eine passende Schale für den Notfall in der Nähe hatte. Denn schließlich hatte er sein Bett eigenständig verlassen. Sozusagen auf eigene Gefahr!

Leichte Panik stieg in ihm auf. Ihm blieb keine Wahl. Entweder riskierte er einen weiteren peinlichen Zwischenfall, aus dem die Schwester ihn wieder erlösen musste, oder er versuchte, sich zu beruhigen. Er lehnte sich zurück, legte die Beine zur Entspannung über die Tischkante und atmete mehrmals tief durch. Langsam beruhigte er sich und die Übelkeit ging tatsächlich vorüber.

Was war das nur für ein Leben?, dachte er resigniert. Sein gesamter Körper war ihm fremd geworden. Selbst den sehr privaten Toilettengang schaffte er nicht ohne fremde Hilfe. Wieder einmal übermannte ihn ein ausgeprägtes Gefühl der Erniedrigung. Viele Gedanken strömten auf ihn ein. In seinem ganzen bisherigen Leben hatte er nicht so viele Peinlichkeiten erlebt, wie in diesen zwei Monaten. Er war nicht mehr er selbst.

Viel wichtiger war aber die Frage: Konnte er es wieder werden? War es überhaupt erstrebenswert, wieder der Alte zu werden? Oder sollte er ganz von vorne beginnen? Und wo sollte er anfangen?

Ronnys Blick streifte das Tablett mit dem Abendbrot. Sein Hungergefühl meldete sich verstärkt.

Vielleicht sollte er mit dem Einfachsten von der Welt anfangen. Regelmäßige Essensaufnahmen könnten eine baldige Genesung begünstigen ... nein, es könnte nicht nur, das würde es sogar! Er fasste einen Entschluss.

Dann begann er ein Brot mit Margarine zu bestreichen und von jeder Köstlichkeit zu probieren, die die Schwester ihm hingestellt hatte. Während er so genüsslich dort aß, schwelgten seine Gedanken wieder in die Vergangenheit.

Plötzlich fiel ihm eine Zeit ein, die er mit einem Mädchen verbracht hatte. *Sie war schon etwas Besonderes, obwohl sie noch sehr jung gewesen war und eigentlich gar nicht in seine damalige Welt passte. Sie war sehr verträumt und ein-*

fach zu lieb für diese Welt, denn da wo er herkam, herrschten eher raue Sitten.

Sie waren eine Zeit lang zusammen gewesen. Irgendwie passte das damals so gar nicht und doch fühlte er sich in ihrer Nähe geborgen. Fast wäre er bereit gewesen, sich für länger zu binden, ... wenn nicht diese Chance auf den riesengroßen Erfolg als Boxchampion dazwischen gekommen wäre. Diese musste er damals einfach nutzen.

Ronny schmunzelte und überlegte, wie dieses Mädchen hieß? Doch ihm fiel der Name nicht ein. *Wahrscheinlich waren es im Nachhinein zu viele Mädchen, die er kennengelernt hatte. Schon in der Schulzeit meinte er, mit zu den beliebtesten Jungen zu gehören. So hatte es jedenfalls den Anschein gehabt.*

In seiner Karriere als Boxer und später als Champion umringten ihn die Mädchen mehr denn je. Die ganze Atmosphäre im Boxring und rundherum, der Jubel und alle anderen prickelnden Eindrücke rieselten meist wie ein warmer Regen auf ihn ein. An einzelne Situationen konnte er sich allerdings kaum erinnern.

Manchmal klinkte er sich sowieso von den Partys aus. Er genoss es zwar, umschwärmt zu werden, aber eigentlich war er nicht der Mensch, der Nähe gern zuließ. Wenn es ihm zu eng wurde, machte er sich auf und davon. Das schien sein Schicksal zu sein.

Nachdem er zu Ende gegessen hatte, lehnte er sich entspannt zurück und legte zufrieden seine Hände auf den Bauch. Ronny sah in das Halbdunkel des Zimmers hinein und lächelte. Wieder musste er beglückt feststellen, wie gut es ihm mittlerweile ging. Vor allem konnte er wieder klarer denken und alles zog nicht mehr nur an ihm vorbei. Viel bewusster nahm er seine Umgebung wahr. Es gab nur eines, das ihm inzwischen so vertraut geworden war, wenn er aus seinen Träumen erwachte und nicht wusste, wo er war und was er hier eigentlich sollte. Das war das Licht der Laterne, das zu seinem Fenster hinauf schien. In so mancher Nacht bot es ihm die einzige Orientierung.

Er blickte hinaus und es überkam ihn eine unbeschreibliche Sehnsucht. Der Wunsch, nach draußen zu gehen, raus aus dem Krankenhaus und aus seiner momentanen Situation, wurde immer stärker.

Da gab es nur eine Chance und diese musste er wahrnehmen. Auf eigenen Beinen hier hinaus marschieren und aus eigener Kraft in ein anderes Leben zu gehen – in sein neues Leben!

Das bedeutete, seine schwachen Muskeln trainieren, fit werden und neue Lebensziele fassen.

Ja, das ist es, ich werde morgen ausführlich mit dem Arzt sprechen, sagte er zu sich selbst und begann sich aufzurichten.

Erst einmal musste er zurück in sein Bett und der Weg bis dahin war mit großer körperlicher Anstrengung verbunden. Langsam setzte er einen Fuß vor den anderen, während er sich an allen hilfreichen Gegenständen festhielt.

Das wird nicht einfach, doch wo ein Wille ist, da auch ein Weg, motivierte er sich selbst und nach einiger Zeit erreichte er das rettende Ufer; sein Bett. Er ließ sich mit dem Oberkörper darauf fallen und durch mehrere drehende Bewegungen brachte er sich in eine sitzende Position. Er legte sich, so bequem es ging, in die Kissen und atmete erleichtert auf. Noch einmal blickte er zurück zum Sessel. Er hatte es geschafft und war sehr zufrieden mit sich, über die winzigen, aber sehr bedeutenden Schritte, die er heute gemacht hatte. Erschöpft schloss er die Augen.

Plötzlich fiel ihm ein, dass er vergessen hatte, das kleine Licht drüben an der Wand zu löschen. Er öffnete die Augen wieder und erhob seinen Oberkörper, soweit es ging, um über die Bettkante sehen zu können. Leise stöhnte er auf. Genervt warf er seinen Kopf in den Nacken und kam zu dem Schluss, dass er heute wohl nicht mehr die Kraft haben würde, diese kleine Lampe dort drüben selbst zu löschen. Im kleinen Lichterschein glitzerte der grüne Tannenbaum, der auf dem Tablett stand.

Ach ja, es ist Weihnachten, war sein letzter Gedanke, bevor ihm die Augen endgültig zufielen und Ronny in einen entspannten Schlaf fiel.

Diesmal hatte er einen sehr intensiven und schönen Traum. Vor seinem inneren Auge sah er eine weite Winterlandschaft. Mühsam stapfte er voran, denn der Schnee war bereits kniehoch. Immer wieder sackte er ein. In einiger Entfernung war eine hell erleuchtete Stadt zu sehen, mit funkelnden und immer wieder aufleuchtenden Lichtern. Je mehr er sich durch den Schnee kämpfte, umso näher kam er diesen Lichtern.

Wilde Musik und grölende Stimmen drangen an sein Ohr. Er sah viele Menschen, die auf den Straßen tanzten und unverständliche Worte riefen. Die Hände in den Taschen verstaut, setzte er seinen Weg fort. Labyrinth - ähnliche Wege waren zu erkennen, die zu den einzelnen Häusern führten. Ronny sah sich um und suchte eine Tür, die er öffnen könnte. Doch jede von ihnen war verschlossen. Das Getöse der Menschenmenge hier auf den Straßen wurde immer lauter und er wollte dem Ganzen entfliehen.

Plötzlich stand er vor einer sehr alten und abgenutzten Tür, die sich öffnen ließ. Über dem Eingang hing eine kleine Lampe, die nur noch spärlich befestigt war. Ronny ging einen sehr langen dunklen Flur entlang, der ins Ungewisse führte. Am Ende des Flures hörte er Stimmen. Sie kamen ihm bekannt vor. Er öffnete die letzte Tür.

Unverhofft kamen drei Männer auf ihn zu und fassten ihn an den Armen, sodass er sich nicht wehren konnte. Unter diesen Männern war auch sein Trainer John Hunter. Alle redeten auf ihn ein und schleiften ihn weiter. Ronny fragte sich, was er hier sollte, doch er leistete keinen Widerstand. Er ließ es geschehen und war gespannt, was ihn erwartete. Jubelschreie und Anfeuerungsrufe waren zu hören, gemischt mit lauter Musik. Auch seinen Namen konnte er heraushören.

»Ja, versetz ihm noch nen Haken. Weiter, Ronny! Du bist *der Champ*!«

Als die Tür vor Ronny und seinen Begleitern aufflog, blendete ihn helles Scheinwerferlicht. Die grölende Menge empfing ihn mit weiteren Zurufen: »Wir wollen den *Champ*!«

Ronny wollte dem Ganzen entfliehen. Doch er war außer Stande fortzulaufen. Die Männer hatten ihn immer noch fest im Griff und während sie ihn nun losließen, wurde er über den Köpfen der Leute hinweggehoben und weitergereicht. Die Menschen zerrten an ihm herum. Nach und nach rissen sie ihm förmlich seine Kleidungsstücke vom Leib. Weil er seine Boxhandschuhe an den Händen trug, konnte er sich nicht dagegen wehren. Als sie ihn über die Bande des Boxringes hoben, war er nur noch mit Boxhandschuhen und Boxershorts bekleidet. Alles ging ganz schnell und seine Fans warfen ihn in den Ring.

Aber wider Erwarten fiel er nicht auf den gefederten Boden des Boxringes, sondern in ein riesiges Schwimmbecken, das bis zum Rand mit Wasser gefüllt war. Nachdem er wieder auftauchte, begrüßten ihn fünf hübsche

Mädchen. Sie waren nur mit knappen Bikinis bekleidet und umringten ihn. Sie zogen ihn an den Beckenrand und hielten ihn fest. Er hatte nur noch Beinfreiheit. Doch noch bevor er sich seiner Gefangenschaft bewusst wurde, begannen sie, seinen Körper an allen empfindsamen Stellen zu berühren. Eine von ihnen hängte sich ihm an den Hals und liebkoste sein Ohr, seine Wange, bis hin zum Mund. Dabei wuselte sie durch sein Haar. Die Zweite streichelte hingebungsvoll seine leicht behaarte Brust. Die Nächste massierte seine Schultern, während wieder eine Andere sich an seinen Oberschenkeln zu schaffen machte. Zärtlich strich sie mit ihren Händen die Innenseiten seiner Schenkel entlang, bis sich langsam etwas an ihm regte. Zuvor hatte er noch versucht, sich zu befreien, doch als warme Wellen seinen gesamten Körper durchströmten, war sein Wille zur Gegenwehr endgültig gebrochen.

Die Mädchen hatten es wirklich drauf, einen Mann willenlos zu machen und ihn sanft zu verführen. Somit machte es es ihm auch nichts mehr aus, dass sie ihn weiter entblößten. Ronny schloss die Augen und genoss, was mit ihm geschah. Spürbar wurden die erotischen Wellen größer, die ihn umgaben. Überall spürte er zarte Hände, die in regelmäßigen Bewegungen über seinen Körper glitten. Er war nicht länger Herr seiner Mächte und es war um ihn geschehen. Erlösend stöhnte er auf und ließ sich mit der nächsten Welle treiben.

Plötzlich war es still um ihn herum und er trieb allein in Rückenlage über das Wasser bis an den Beckenrand. Er stieg aus dem Wasser und hüllte sich in einen Mantel. Er war allein. Keine Spur mehr von den kurz zuvor noch anwesenden Bikinigirls oder von John und seinen

Männern. Ronny sah sich um und suchte nach einem weiteren Weg. Er ging zur nächsten Tür und öffnete sie. Endlich führte ein Weg nach draußen. Grelles Sonnenlicht strahlte in sein Gesicht und geblendet hielt er schützend einen Arm vor seine Augen, bis sie sich an die Helligkeit gewöhnt hatten. Er stand inmitten einer Schneelandschaft. Ihm fröstelte.

Wohlklingende vertraute Musik drang an sein Ohr. Doch er wusste nicht, woher sie kam.

Aus weiter Ferne näherte sich etwas Gewaltiges. Bei genauerem Hinsehen erkannte er ein Pferd, einen Grauschimmel. Der Reiter musste eine Frau sein. Ihre langen schwarzen Haare wehten im Wind. Im schnellen Galopp flog sie über die Schneedecke, kam immer näher. Ihr langer dunkelblauer Umhang passte sich ebenfalls den wilden Bewegungen des Pferdes an. Immer noch hörte er leise, harmonische Musik.

Bald darauf erreichte sie ihn. Ihr Pferd kam in unmittelbarer Nähe vor ihm zum Stehen. Sie zog die Zügel an, doch das Ross blieb nicht ruhig. Es stellte sich auf die Hinterbeine und schwenkte mit dem Kopf abwechselnd zur rechten und zur linken Seite. Es lief um Ronny herum und bäumte sich anschließend wieder vor ihm auf. Das Mädchen auf dem Pferd reichte ihm immer wieder die Hand. Hin und her gerissen zwischen der Angst, vom Pferd umgestoßen zu werden und entzückt von der Reiterin, stand er fassungslos da und wusste nicht, wie er reagieren sollte.

Er blickte in ihr Gesicht und ihn lächelten zwei faszinierend grüne Augen an. Ihr zartgeformter Mund sagte immer wieder: »Komm mit mir, Ronny! Komm nach Hause!«

So leicht wäre es gewesen, ihr seine Hand entgegenzustrecken und mit aufs Pferd zu steigen. Doch er konnte sich nicht rühren. Ihr Gesicht wirkte so sinnlich verspielt und unendlich vertraut. Er konnte es aber keiner bestimmten Person zuordnen. So sehr er sich auch anstrengte, er wusste nicht, wer sie war?

Wieder rief sie:»Komm Ronny, komm mit!«
Doch er sah sie nur an. Dann gab sie ihrem Pferd die Sporen. Das Tier stieg wiehernd in die Höhe und preschte davon. Die Hufe des Pferdes stoben den weißen Schnee hinter sich auf und das Tier verschwand samt seiner bezaubernden Reiterin. Als Ronny ihr endlich die Hand reichen wollte, konnte er sie nicht mehr erreichen. Es war zu spät. Nur ihr Mantel flatterte wild im winterlichen Wind, bis sie am Horizont verschwand.

Niedergeschlagen sank er in den kalten Schnee. Er zog den Mantel enger um sich, denn eine eisige Kälte stieg in ihm auf. Selbst die Sonne schaffte es nicht, ihm genug Wärme zu spenden.

Plötzlich öffnete er die Augen. Er sah sich um und registrierte, dass er in seinem Bett in der Klinik lag. Die Lampe an der gegenüberliegenden Wand warf ein spärliches Licht herüber. Ronny dachte nach. *Natürlich, wo sollte er auch sonst sein, weit weg von zu Hause ... Welches Zuhause eigentlich? Und wer war diese Reiterin?*
Er erinnerte sich an seinen Traum. *Dieses Mädchen war ihm sehr vertraut und er war ihr schon einmal begegnet. Doch wo? Ihr Gesicht konnte er immer noch nicht zuordnen.* Kurzerhand verwarf er die Gedanken an das zuvor Geträumte und versuchte, wieder einzuschlafen. Wahrscheinlich hatte seine Phantasie ihm wieder einen Streich gespielt und ihm diesmal nur einen wirren Traum der harmlosen Art präsentiert.

8

Eileen wachte auf; sie war wohl auf der Couch eingeschlafen. *Ich habe an Ronny gedacht,* kam es ihr in den Sinn. *Ja, so
war es wohl.* Sofort wurde ihr klar, dass sie wieder mal
viel zu viele Gedanken an ihn verschwendet hatte. Sie
lebte jetzt und hier. *Eigentlich ist es gut so, wie es jetzt ist.*
Sie hatte ihren Weg gefunden und war glücklich mit
Louis. Das wollte sie nicht missen. Gut, sie verdiente nicht
sehr viel Geld. Doch seitdem sie abwechselnd im Supermarkt und in der Massagepraxis des hier ansässigen Sport-
zentrums arbeitete, kam sie ganz gut über die Runden.

Noch bevor sie die Kaffeemaschine für den ersten Kaffee an diesem Vorweihnachtsmorgen anstellen konnte,
kam Louis schon die Treppe heruntergesprungen. Freudig rannte er in ihre Arme und begrüßte sie mit einem
lauten: »Guten Morgen, Mama«, begleitet von einem
etwas feuchten Schmatz auf die Wange. »Ist heute Weihnachten? Wann kommt der Weihnachtsmann und wie
lange dauert es, bis Tante Tina kommt?«, fragte er wie
ein sprudelnder Wasserfall.

»Immer der Reihe nach«, bremste Eileen ihn behutsam
und streichelte ihm über den Kopf. Dann kniete sie sich
neben ihn und sah in seine saphirblauen Augen.

»Also, heute ist Heiligabend«, erklärte sie langsam.
»Tante Tina kommt am späten Nachmittag und der

Weihnachtsmann kommt erst, wenn es dunkel ist. So lange musst du dich noch gedulden … Möchtest du Cornflakes oder lieber ein Brot zum Frühstück, Louis«, ging sie dann zur alltäglichen Routine über.

»Cornflakes mit Milch natürlich!« Dabei hüpfte er pfeifend um den Tisch und setzte sich nach ein paar Runden endlich auf seinen Platz.

Eileen erhob sich aus ihrer hockenden Stellung und meinte: »Wird sofort erledigt, Sir!« Dabei hob sie die Hand im Marinestyle zum Gruße an den Kopf. Louis versteckte ein belustigtes Kichern hinter vorgehaltener Hand und wartete geduldig auf sein Frühstück.

Die junge Mutter setzte sich mit ihrer Tasse Kaffee zu ihrem Sohn an den Tisch. Während er seine Cornflakes löffelte, beobachtete sie ihn. Sie stellte schweigend fest: Louis war seinem Vater wirklich wie aus dem Gesicht geschnitten. Vor allem sein dunkelblondes volles Haar und die saphirblauen Augen verrieten eindeutig seine väterlichen Gene.

Nur sein aufgewecktes Wesen ließ mehr auf mütterliche Erbmasse schließen. Ronny hatte immer ein zurückgezogenes und stures Verhalten an den Tag gelegt. Louis dagegen sprudelte nur so vor Lebensfreude und Energie. Er ließ auch keine Gelegenheit aus, einen Scherz im richtigen Moment zu bringen. Er lebte seine Gefühle aus, genauso wie Eileen es häufig tat und das war auch gut so. Louis hatte diesbezüglich nichts von Ronny, der eher mit einem verschwiegenen Buch zu vergleichen war.

Louis' Augen erzählten Geschichten in allen lebendigen Farben, die es überhaupt gab. Dabei war der Schalk darin nicht zu übersehen. Ronnys Augen strahlten hin und wieder auch, doch wirkten sie geheimnisvoller und irgendwie unergründlich. Daran konnte sie sich gut erinnern, denn das gefiel ihr immer besonders an ihm.

Kaum war Louis mit seinem Frühstück fertig, sprang er auf und rannte in den Flur. Seine sieben Sachen zusammensuchend, rief er: »Mami, ich gehe raus. Ich habe in diesem Jahr noch keinen Schneemann gebaut. Tschüss, ruf mich zum Mittagessen!«
Noch bevor Eileen etwas entgegnen konnte, fiel die Tür wieder ins Schloss.

Nun gut, dann werd ich mal ausgiebig duschen gehen und hinterher alles für unsere kleine Familienfeier mit Tina und Chris vorbereiten. Entschlossen trank sie den letzten Schluck Kaffee aus und ging nach oben. *Louis kann beruhigt draußen spielen, dachte sie kurz. Sein Vorhaben, einen Schneemann zu bauen, würde ihn ohnehin länger beschäftigen und falls er wieder hereinwollte, war die Verandatür ja nicht verschlossen.*

Die Dusche tat gut und wischte auch die meisten deprimierenden Erinnerungen der vergangenen Nacht fort. Eileen blieb lange mit geschlossenen Augen unter dem prickelnden Wasserstrahl stehen und genoss jeden einzelnen Tropfen, der ihre Haut erfrischte. Frohen Mutes stieg sie aus der Duschkabine und schlüpfte in den warmen Bademantel.

Sie machte sich an die Arbeit: Die obere Etage musste noch aufgeräumt werden ... Louis' Zimmer, ihr Schlafzimmer, ein kleiner Flur und das Bad mit eingebauter Dusche ...

Ihr Schlafzimmer diente die nächsten Tage als Gästezimmer, denn wie jedes Jahr blieben Tina und Chris über die Feiertage bei Louis und ihr. So verbrachten sie die Zeit in gemütlich-familiärer Atmosphäre und Tina und Eileen hatten sich meist viel zu erzählen. Obwohl Tina nur wenige Kilometer von Eileen und Louis entfernt wohnte, waren die Weihnachtstage die Schönsten, denn alle hatten viel Zeit füreinander.

Eine Weihnachtsmelodie pfeifend setzte Eileen ihre Arbeit fort. Allmählich stimmte sie sich immer mehr auf das Weihnachtsfest ein. Schon bald war alles, was sie sich vorgenommen hatte, erledigt und sie ging nach unten in die Küche, um das Essen für den Abend vorzubereiten. Gerade als sie sich dem Kühlschrank zuwendete, um die gerupfte Ente herauszuholen, flog die Verandatür auf und Louis kam hereingeschneit.

»Mama, wir haben Besuch. Eric hat mir geholfen, die dicken Schneebälle zusammenzurollen. Gleich ist der Schneemann fertig. Ich brauche nur noch eine Möhre und ein paar Knöpfe und Eric will einen Kaffee zum Aufwärmen«, verkündete Louis in einem Atemzug. Noch bevor Eileen etwas antworten konnte, war ihr Sohn wieder draußen.

Also stand sie nun völlig überrascht, im Morgenmantel und mit dicken Socken bekleidet, die nackte Ente in der Hand haltend vor diesem Mann, der obendrein noch ihr Chef war.

Eric hatte sich vor einiger Zeit im nahe gelegenen Sportzentrum eine Massagepraxis eingerichtet. Dort konnte Eileen zeitweise aushelfen. Sie war durch Zufall an diesen Job gekommen. Eric, auch ein sehr guter Freund von Chris, erzählte ihm, er suche eine Mitarbeiterin, die ihm kleinere und zeitaufwendige Arbeiten abnahm. Sie war nun diejenige, die Fangopackungen vorbereitete, Termine mit den Kunden vereinbarte und anderes erledigte, was Eric von der intensiven Betreuung seiner Massagepatienten abhielt.

Eileen und Eric arbeiteten meist Hand in Hand und ergänzten sich prima. Hin und wieder zeigte er ihr auch einige Massagegriffe und lernte sie so ein wenig in seinem Handwerk an.

Immer noch standen sie sich gegenüber und scheinbar wartete jeder auf eine Reaktion des anderen. Eric rettete die unglückliche Situation. »Dein Sohn ließ mir keine andere Wahl. Er lud mich zum Kaffee ein und meinte, du hättest nichts dagegen. Aber ich kann auch wieder gehen, wenn es dir unpassend ist.« »Nein, nein, das ist kein Problem«, entspannte sich Eileen schnell. »Ich muss mir nur etwas Wärmeres anziehen und diese Ente hier für heute Abend zubereiten.« Kurz entschlossen drückte sie ihm die Ente in die Hand und stürmte nach oben. »Ach, koch doch schon mal einen frischen Kaffee oder einen Tee, was du magst. Du kennst dich hier ja aus«, rief sie ihm auf der Treppe zu. Sie beeilte sich, nach oben zu kommen. Eric sah ihr schmunzelnd nach und blickte dann stirnrunzelnd auf die glitschige Ente in den Händen, bevor er sich entschied, sie auf der Spüle abzulegen.

So ein Mist, dachte sie irritiert. »An Eric habe ich überhaupt nicht mehr gedacht!«

Dabei hatte sie ihn selbst beauftragt, ihr ein Schnupperticket für verschiedene Sportarten zu besorgen. Es sollte ein Weihnachtsgeschenk für Louis werden. Dass Eric heute noch vorbeikommen würde, hatte sie ganz und gar vergessen. Sonst wäre sie ihm bestimmt nicht in Bademantel und Socken unter die Augen getreten. Aber daran war nun auch nichts mehr zu ändern.

Sie stand vor ihrem Kleiderschrank und wusste auf die Schnelle nicht, was sie anziehen sollte. Einfache Jeans und einen alten bequemen Pulli oder ein etwas figurbetontes Outfit?

Nach kurzer Überlegung entschied sie sich für bequeme Jeans und einen Langarmbody. Darin fühlte sie sich wohl und trotzdem verlieh es ihrem schlanken Körper die entsprechende Weiblichkeit.

Plötzlich kam ihr ein ungewohnter Gedanke: *Wieso lege ich gerade heute so viel Wert auf figurbetonte Kleidung? Ich will doch Eric nicht beeindrucken.* Schmunzelnd sah sie in den Spiegel und schüttelte dann den Kopf. Was sollte das? Sie mochte Eric und hatte einen lockeren Umgang mit ihm. Diesen erwiderte er ebenfalls und auch zu Louis gab er sich herzlich und ungezwungen. Warum sollte sich daran etwas ändern? Ihr freundschaftliches Verhältnis schien ihm auch wichtig zu sein, denn er hatte sich ihr gegenüber noch niemals wirklich als Chef aufgespielt.

Eric war häufig für Eileen da, wenn sie Hilfe brauchte. Manchmal spielte er den Babysitter, wenn die junge Frau mal wieder einen Elternabend besuchte oder länger im Supermarkt arbeiten musste. Dieser Mann war ein Allroundtalent und half ihr auch bei Reparaturen am Haus. Eileen genoss es meist sehr, wenn Eric und sie an lauen Sommerabenden gemeinsam auf der Veranda saßen und über Gott und die Welt plaudern konnten.

Wenn sie recht überlegte, war Eric aus ihrer kleinen Wohngemeinschaft gar nicht mehr wegzudenken. Louis war ebenfalls immer begeistert, wenn Eric mit ihm etwas unternahm oder er ihm bei kleineren Arbeiten helfen konnte. Er blieb dann auch häufig zum Abendessen und sie ließen den Abend gemeinsam ausklingen. Louis ließ Eric dann meist nur ungern wieder nach Hause fahren. Wahrscheinlich sah er in ihm eine Art Vaterersatz, den Eileen so bisher nicht bieten konnte.

Eric war ein attraktiver und liebenswerter Mann und auch sie mochte ihn. Doch mehr war da nicht. Das war bisher so und in den eineinhalb Jahren, die sie sich jetzt kannten, waren alle damit zufrieden. Also warum sollte sich nun etwas daran ändern?

Gedankenversunken blickte sie in den Spiegel, kämmte ihr lockiges schwarzes Haar, zupfte noch ein paar widerspenstige Strähnen zurecht und machte sich auf den Weg nach unten.

Ihr Chef saß in der Küche und wartete auf sie. Der fertige Tee stand auf dem Tisch und duftete verführerisch. Sie hob den Deckel der Teekanne hoch und nahm eine Nase voll davon.

»Mmh, der ist dir aber gut gelungen«, sagte sie genießerisch und gab Eric einen kumpelhaften Klaps auf die Schulter. »Jetzt fehlen nur noch ein paar leckere Kekse«, entschied sie und holte die alte Keksdose von ihrer Grandma, mit selbst gebackenen Plätzchen hervor. Diese stellte sie direkt vor Eric auf den Küchentisch und platzierte noch eine andere kleine Dose daneben.

Diese hatte ein Weihnachtsmotiv und war mit einer dekorativen Schleife zugebunden.

»Bitte schön! Die ist für dich. Ich wünsche dir eine süße Weihnachtszeit!

Ich hatte bisher noch keine Gelegenheit, dir mein Geschenk zu geben. Denn das Leckere, das sich darin befindet, musste ich gestern erst noch zubereiten.«

Eric sah sie überrascht und mit strahlenden Augen an. »Danke, habe ich das denn verdient?«, fragte er bedächtig.

»Aber warum denn nicht? Es ist auch wirklich nur eine Kleinigkeit«, erwiderte Eileen prompt und setzte sich zu ihm an den Küchentisch.

Er lächelte und meinte: »Du machst mich neugierig, darf ich es jetzt schon auspacken?«

»Ganz wie du willst«, äußerte Eileen achselzuckend und goss sich beiden eine Tasse Tee ein.

Eric öffnete vorsichtig die Schleife und danach den Deckel. »Marzipankugeln, die sehen aber lecker aus. Schmecken die auch so gut, wie sie aussehen?«, fragte er.

»Koste sie einfach. Ich habe sie nach einem altbewährten Rezept meiner Großmutter gemacht. Diese Kugeln haben wir zu Hause alle immer schon geliebt.« Er nahm sich eine und schob sie in den Mund. Genießerisch bewegte er die Mundwinkel.

»Und?«, fragte Eileen. »Sind sie gut?«

»Probier sie doch selbst«, meinte er nur und reichte ihr eine Kugel auf der flachen Hand. Als sie sie nehmen wollte, zog er seine Hand weg.

»Soll ich nun probieren oder nicht«, fragte sie ungeduldig.

»Genieße es einfach«, sagte er nur und streckte seine Hand wieder aus.

»Wie denn, wenn du sie mir nicht gibst«, entgegnete Eileen leicht verärgert.

»Ganz einfach«, antwortete er. »Lege deine Hände auf den Rücken, schließe die Augen und öffne deinen Mund.«

Zögernd sah sie ihn an. Doch als sie seinen abwartenden Blick bemerkte, tat sie, um was er sie bat. Dabei beugte sie sich leicht über den Tisch und suchte unsicher mit ihren Lippen nach der Leckerei. *Im Großen und Ganzen vertraute sie Eric. Doch ihm blind vertrauen? Nein, das konnte sie nicht.* Also blinzelte sie ein wenig.

Vertrauen war eine Sache für sich. Damit hatte sie bisher keine guten Erfahrungen gemacht. Zu oft war sie von Menschen, die sie liebte und denen sie vertraut hatte, enttäuscht worden. Da waren zum Beispiel, vor gar nicht allzu langer Zeit, ihre Eltern und natürlich Ronny.

»Trau dich«, flüsterte Eric und legte seine Fingerspitzen führend unter ihr Kinn.

Als Eileen seine zärtliche Berührung fühlte, ließ sie sich zögernd darauf ein. Als sie die süßliche Masse nun an ihren Lippen spürte, öffnete sie ihren Mund weiter und aß die präsentierte Köstlichkeit.

Eric beobachtete sie fasziniert. *Was für eine bezaubernde Frau sie war?* Zu gern hätte er sie einfach geküsst, doch er bemerkte ihre Anspannung und wagte es nicht.

»Mmh«, äußerte sie sich wieder aufrichtend, »die ist besonders lecker!« Schnell öffnete sie ihre Augen. Als Eileen den sehnsüchtigen Blick in seinen Augen sah, wurde ihr warm und die Röte stieg ihr ins Gesicht.

»Ja, das ist auch meine Meinung«, antwortete er und hielt ihrem Blick stand.

Eileen wusste sein Verhalten nicht einzuordnen. So romantisch hatte sie ihn noch nie erlebt. Irritiert wendete sie sich ab und um die Situation zu retten, begann sie: »Was ist los mit dir? Ich sagte dir doch, Großmutters Marzipankugeln sind einfach umwerfend.«

»Was soll los sein, Eileen? Es ist Weihnachten«, sagte Eric nur.

Immer noch fühlte sich Eileen nicht wohl in ihrer Haut. Sie nahm einen großen Schluck Tee und sah auf ihre Tasse.

Nun erwachte aber auch Eric aus seiner Sentimentalität und trank verlegen seinen Tee. Es vergingen schweigende Minuten, die ihr wie eine Ewigkeit vorkamen.

Die Haustür flog auf und Louis stapfte herein. Er war der Retter der Situation. Von oben bis unten in Schnee gebadet, stand er vor ihnen.

»Sind noch ein paar Kekse für mich da?«, fragte er.

Dankbar sprang Eileen vom Tisch auf und ging ihrem Sohn entgegen. »Na klar, mein Schatz, aber zuerst ziehst du bitte die nassen Sachen aus. Du bist bestimmt ganz durchgefroren!« Sie half ihm aus dem Schneeanzug und gab ihm seine Puschen, die er sich an die Füße zog.

Eric holte ohne Aufforderung noch eine weitere Tasse aus dem Schrank und fragte: »Möchtest du auch eine Tasse Tee dazu?«

»Na klar«, antwortete Louis und setzte sich mit an den Tisch. »Kommt Tante Tina gleich?«, wollte er sogleich wissen.

»Ja, in drei Stunden wird sie wohl mit Chris hier eintrudeln«, gab Eileen zur Antwort. »Ach, da fällt mir die Ente ein. Die muss noch in den Ofen.«

Während sie den Schneeanzug zum Trocknen aufhängte, begann Louis munter mit Eric zu plaudern. Eileen ging währenddessen zur Spüle und widmete sich der Ente. Nur beiläufig lauschte sie dem Gespräch der beiden.

Louis fragte Eric über seine Arbeit in der Praxis aus und wollte wissen, welche berühmten Sportler ihn schon in seiner Praxis besucht hatten.

Der Masseur beantwortete dem Jungen alle Fragen, bis auf eine Frage, denn die konnte nur Eileen beantworten: »Eric, bleibst du bis zur Bescherung und isst mit uns zu Abend?«

»Wenn deine Mutter nichts dagegen hat«, antwortete er überrascht. Er wusste zwar, dass Louis ihn mochte, aber dass es dem Jungen wichtig war, den Weihnachtsabend mit ihm zu verbringen, hätte er nicht gedacht.

Louis stand auf und rannte zu seiner Mutter. »Bitte, Mama, das wäre doch toll, wenn Eric auch dabei wäre«, bettelte der Junge mit großen leuchtenden Augen. Eileen drehte sich um und sah abwechselnd von ihrem Sohn zu ihrem Chef.

Eric begegnete ihrem Blick und sah sie fragend an.

Die Frau überlegte kurz und sagte dann: »Meinetwegen, wenn der Weihnachtsmann auch ein Geschenk für Eric mitbringt, wird das bestimmt ein schöner Abend für uns alle.«

Louis machte sich sofort auf den Weg nach oben. »Dafür werde ich schon sorgen«, war alles, was man von ihm noch hören konnte, bevor er in seinem Zimmer verschwand und geheimnisvoll die Tür hinter sich schloss.

Warum eigentlich nicht, überlegte sie. *Eric hat keine Familie in der Nähe, mit der er Weihnachten verbringen konnte und zu Hause wartet nur sein Hund auf ihn.* Bewusst sah sie ihm in die Augen und betonte noch einmal höflich: »Louis hat recht. Bevor du Weihnachten alleine zu Hause verbringst, kannst du mit uns zusammen feiern. Tina und Chris haben bestimmt auch nichts dagegen. Ihr kennt euch ja alle schon lange genug.«

»Ich komme gern«, erwiderte ihr Chef nun erfreut und nahm seine Jacke vom Stuhl. »Vorher muss ich aber erst noch mal nach Hause und Louis' Weihnachtsgeschenk holen. Ich hoffe, du bist damit einverstanden, wenn ich ihm einen von meinen beiden Welpen schenke. Dann hätte Louis einen Spielgefährten auf Zeit und jemanden, um den er sich kümmern könnte?«

»Das kommt zwar sehr überraschend, aber ich glaube, darüber würde Louis sich sehr freuen.«

»Gut, dann bis nachher«, sagte er schließlich, lächelte und stapfte in den Schnee hinaus. Er drehte sich noch einmal kurz um und winkte ihr zu.

Eileen winkte zurück und sah ihm nachdenklich hinterher.

Irgendetwas ist heute anders, grübelte sie. *Eric verhielt sich nicht so wie immer. Er war durchaus charmant und höflich, doch in seinen Augen las sie heute etwas Unbekanntes und Geheimnisvolles. Was sollte das nur bedeuten? ... Aber heute war schließlich Weihnachten und da gab es immer Geheimnisse, für alle und für jeden.*

Mit einem flüchtigen Blick auf die Uhr vertrieb sie schnell die verträumten Gedanken und widmete sich zügig den Vorbereitungen für das Abendessen. Schließlich würde es nun nicht mehr lange dauern, bis ihre Gäste kamen.

Etwa eine Stunde später klopfte es am Küchenfenster. Ihre Freundin Tina und ihr Lebenspartner Chris standen davor. Sie hatten nicht geklingelt, weil sie die Geschenke für Louis noch verstecken wollten. Eileen öffnete die Tür, die beiden Gäste stürmten herein und legten die Geschenke hinter die Couch. Nun erst waren sie bereit für eine ordentliche Begrüßung.

Eileen rief:»Louis, komm herunter, Tante Tina und Chris sind da!«

Das darauffolgende Gepolter die gesamte Treppe entlang ließ erraten, wie sehr sich Louis auf Tante Tina und Chris gefreut hatte. Er sprang erst Tina, seiner Patentante, in die Arme und ließ sich danach von Chris herzlich drücken. Selbst ein Küsschen hatte er für sie übrig.

Tina freute es, dass auch sie eine wichtige Rolle in Louis'Leben zu spielen schien. Sie erinnerte sich: *Damals als Louis geboren wurde, war sie Tag und Nacht zur Stelle, wenn Eileen und er sie brauchten. Es gab ja auch niemanden mehr, den sie hätte um Hilfe bitten können. Tina war in der Zeit auch gerade solo und so hatte sie eine Aufgabe, um nicht mehr über ihren Liebeskummer nachdenken zu müssen.*

Die Erfahrung, die sie durch Louis' Geburt miterleben durfte, erfüllte sie mit Stolz und Freude, auch wenn sie eigentlich in keiner sogenannten familiären Bindung zu Eileen und dem Baby stand. Doch durch ihr Zusammenleben entwickelte sich mehr als Freundschaft daraus. Würde das Gesetz es erlauben, sich selbst zu Geschwistern zu ernennen, hätten sie es damals getan. Jedenfalls waren sie ein tolles Team und daran hatte sich bis heute nichts geändert, auch wenn sie nun nicht mehr zusammenlebten.

Zur Begrüßung musste sie ihre Wahlschwester erst einmal in die Arme nehmen und Chris natürlich auch.

Schon lange war auch er als volles Familienmitglied akzeptiert. Louis schloss ihn sofort in seine Planung für den Weihnachtsabend mit ein und lockte ihn mit in sein Zimmer. »Komm mal mit, ich habe da etwas mit dir unter Männern zu besprechen«, meinte er nur und beide verschwanden nach oben. Nun hatten auch die beiden Frauen endlich Zeit füreinander.

»Soll ich dir noch etwas helfen, in unserem alten Haushalt?«, fragte Tina.

»Gern, du könntest den Tisch decken. Das Essen ist gleich fertig«, antwortete Eileen.

»Und wie geht es euch? Was gibt es Neues, liebe Eileen«, begann Tina ein Gespräch ganz unter Frauen.

»Ach, was soll es Neues geben? Uns geht es gut, besonders, wenn ihr da seid und sonst weißt du doch eigentlich alles über uns«, plauderte Eileen, während sie das Gemüse im Topf rührte, damit es nicht anbrannte. »Ach leg doch bitte ein Gedeck mehr auf. Eric kommt gleich noch dazu.«

Interessiert sah Tina ihre Wahlschwester an. »Aha, Eric kommt gleich noch dazu«, wiederholte sie den Satz im gleichen Wortlaut. »Und du erzählst mir, es gibt nichts Neues? Wie nah seid ihr euch denn schon gekommen«, neckte sie schmunzelnd.

Eileen drehte sich um und sah ihre beste Freundin entrüstet an. »Nun mach aber mal halblang. Eric ist immer noch nur ein Freund und außerdem mein Chef! Aber warum soll er Weihnachten alleine verbringen? Übrigens hat Louis ihn eingeladen. Du weißt doch, wie sehr er an ihm hängt.«

»Na eben drum«, entgegnete Tina, »Eric geht hier schon ein und aus, als wäre er zu Hause. Warum könntest du nicht auch so an ihm hängen, wie Louis? Er ist doch sehr nett! Oder? Ihr würdet bestimmt ein schönes

Pärchen abgeben, abgesehen davon, dass ihr Louis ebenfalls damit glücklich machen würdet.«

»Tina«, äußerte Eileen nun vorwurfsvoll,»Eric ist schon sehr nett. Aber wir beide; ein Paar? Ich weiß nicht … Louis und ich kommen auch so ganz gut zurecht. Was will ich mehr?«

»Liebe, Sehnsucht, Leidenschaft«, antwortete Tina verschmitzt.»Ein netter und fürsorglicher Partner an deiner Seite würde eure kleine Familie bestimmt noch glücklicher machen. Louis hat ihn doch sowieso schon ins Herz geschlossen und wenn man die zwei so miteinander zusammensieht, könnte es glatt der Vater deines Kindes sein.«

Eileen schien ihr gar nicht richtig zugehört zu haben, denn die einzige Antwort von ihr war:»Übrigens, weißt du, was Louis' allergrößter Wunsch ist? Der Weihnachtsmann soll ihm seinen Vater bringen! Kannst du mir mal sagen, wo ich den herzaubern soll? Ganz zu schweigen davon, einen sinnvollen Vaterersatz …?« Eileen machte eine Pause und plötzlich reimte sich ihr Einiges zusammen. Laut führte sie ihren Gedankengang fort:»Dieser Schlingel! Louis hat sich seinen Wunsch schon selbst erfüllt, indem er Eric für heute Abend eingeladen hat. Louis wollte nicht irgendeinen Vater, sondern er hat Eric als Vater ausgesucht.« Verblüfft sah sie Tina an. Ihre Freundin stöhnte leise in sich hinein:»Na, dämmert es langsam?«

»Meinst du etwa auch …«, fragte sie Tina stirnrunzelnd.

Ihre Freundin zog unwissentlich die Schultern hoch:»Warum nicht? Louis mag ihn, du magst ihn! Und wie ich Eric einschätze, bist du ihm auch nicht ganz gleichgültig. Das ist doch schon mal eine gute Basis.«

»Ich weiß nicht recht, das mit Ronny ist auch schiefgegangen«, wandte Eileen ein.

»Ronny!«, reagierte Tina schon fast allergisch. »Wer ist Ronny? ... Meine liebe Eileen, Ronny hat dich verlassen. Das ist Fakt. Er ist ohne dich nach Frankfurt gegangen um berühmt und reich zu werden. Ohne dich, das solltest du nicht vergessen. Vielleicht ist er es ja auch geworden? Wer will das schon wissen? Also, was erwartest du? Denk doch auch mal an dich! Gute sechs Jahre ist das alles her. Du bist älter geworden und hoffentlich auch reifer. Dieser Mann kann doch nur noch ein grauer Schatten im tiefsten Keller deines Gehirns sein. Was hast du denn jemals von ihm gehabt?«

»Ein wunderschönes gemeinsames Jahr, ... und Louis«, flüsterte Eileen und ihre Augen wurden feucht.

»Entschuldige, Eileen«, beruhigte sich Tina langsam wieder. »Du weißt, ich meine es nur gut mit dir, aber was ist ein Jahr gegen ein ganzes weiteres Leben mit Louis und eventuell mit einem passenden Partner für euch beide?«

Eileen drehte sich um und umarmte ihre Freundin. Nun rollten doch ein paar Tränen willenlos daher.

»Du hast ja recht«, sagte Eileen mit tränenerstickter Stimme.

»Ich weiß«, äußerte Tina keck, »es ist auch nur ein Rat. Entscheiden musst du sowieso alleine. Ich habe nämlich schon einen Vater für meine Kinder.«

Beide Frauen drückten sich schwesterlich und sie ließen ihren Tränen freien Lauf. Plötzlich wurde Eileen bewusst, was Tina soeben gesagt hatte, und löste sich aus der Umarmung. Sie sah ihre Freundin überrascht an.

»Bist du schwanger?«, sprudelte es aus ihr heraus.

Tina nickte. »Gestern war ich beim Arzt. Ich bin in der zehnten Woche. Chris weiß noch nichts davon. Ich wollte es ihm nachher unter dem Weihnachtsbaum sagen!«

Eileen wischte sich die Tränen fort und nahm Tina erneut herzlich in den Arm. »Das ist ja toll, darf ich dann

Patentante werden?«, rief sie erfreut aus und fügte schelmisch hinzu:»Meinst du, Chris krabbelt extra mit dir unter den Tannenbaum, um zu erfahren, dass er Vater wird?«

Tina gab ihr einen freundschaftlichen Klaps auf den Rücken.»Immer noch die Alte und immer einen Scherz auf den Lippen. Das mit der Patentante werde ich mir wohl noch mal überlegen!«

Spontan war die trübe Stimmung von vorhin wie weggeblasen und beide Frauen lachten.

Nun schlug die Wanduhr sechs Mal.

Eileen sah auf ihre Armbanduhr und meinte freudig:»Oh, es wird Zeit für die vielen Geschenke! Ich denke, wir holen jetzt deine Koffer herein und machen uns frisch für unser gemeinsames Weihnachtsfest.«

»Das ist eine gute Idee«, gab Tina zurück.

Vollbepackt kamen beide wieder herein und schleppten alles nach oben. Eileen suchte frische Kleidung für Louis heraus und schickte ihn unter die Dusche. Selbst zog sie sich etwas Festliches an. Zufällig hatte sie sich für heute etwas Neues gekauft. Es war nicht teuer gewesen. Die silbergraue, figurbetonte Seidenbluse sah aber so schick aus, dass sie nicht daran vorbeigehen konnte. Sie bürstete ihre Haare, bis sie glänzten. Heute Abend würde sie es offen tragen.

Eileen betrachtete sich im Spiegel. Nicht wissend, aus welcher Laune heraus sie dieses Kleidungsstück gekauft hatte, gefiel es ihr sehr gut an ihr. Zuletzt legte sie noch etwas Rouge und Lippenstift auf. Mit einem letzten Blick in den Spiegel zwinkerte sie sich zu und sagte leise:»Jetzt kann der Weihnachtsmann kommen!«

9

Es klingelte. Louis war fertig. Chris und Tina hatten sich ebenfalls umgezogen und waren bereit für den Weihnachtsabend. Gemeinsam machten sie sich auf den Weg nach unten. Louis stürmte voraus.

»Das ist bestimmt der Weihnachtsmann. Ich mache ihm auf«, rief er schnell und war schon an der Tür.

»Kommt der Weihnachtsmann nicht durch den Schornstein?«, fragte Chris verwundert. Die beiden Frauen mussten lachen.

Louis öffnete die Tür einen Spalt und lugte hinaus. Im Schatten der Hauslaterne stand eine große Gestalt mit etwas Wolligem unterm Arm, das sich bewegte und leise winselte.

»Komm herein, lieber Weihnachtsmann«, rief der Junge und riss die Tür weit auf. Dabei kicherte er mit vorgehaltener Hand. Natürlich erkannte er Eric auf Anhieb, schließlich war er nicht verkleidet. Der Mann, den er mochte, hielt einen kleinen Hund im Arm. Er hatte ihn mit seinem Mantel warm zugedeckt, um ihn vor der Kälte zu schützen.

»Oh, ist der für mich?«, rief er erfreut aus und hielt ihm seine offenen Arme entgegen.

»Aber sicher doch, der ist für dich! Fröhliche Weihnachten, Louis!« Er legte den Welpen vorsichtig in die Arme des Jungen.

Sofort schmiegte Louis seine Wange an das wuschelig weiche Fell des Hundes und es schien Liebe auf den ersten Blick zu sein. »Mama, sieh mal, was Eric mir mitgebracht hat«, rief er aufgeregt und lief zu seiner Mutter. Eileen kniete sich neben ihren Sohn und streichelte das weiche Fell des Tieres.

»Jetzt hast du ja einen ganz besonderen Freund. Am besten, du baust ihm erst einmal eine warme und kuschelige Ecke, damit er sich bei uns wohlfühlen kann.«

»Hallo, komm doch herein. Das Essen ist gleich fertig und die Familie beisammen«, wendete sie sich nun an Eric und schenkte ihm ein zauberhaftes Lächeln.

Heute war es eine völlig andere Atmosphäre, die sie beide umgab. Als sie ihm die Hand zur Begrüßung reichte, zitterte sie ein wenig. Sie wusste nur nicht, ob es vor Freude oder Unsicherheit war. Ihre Aufregung war ihr anzumerken.

Aber auch Eric ließ das alles nicht kalt. Während er hin und her überlegte, Eileen einen Begrüßungskuss zu geben oder nicht, hatte er die Chance verpasst, denn Eileen entzog ihm rasch wieder ihre Hand. Schnell schloss sie die Tür hinter ihm und stellte sich mit ein wenig Abstand und ausgebreiteten Armen vor ihm hin, um seinen Mantel entgegenzunehmen.

Abgelenkt von der Schönheit dieser Frau, die ihm heute besonders auffiel, sah er sie nur strahlend an.

»Gib mir deinen Mantel oder ist es dir zu kalt hier«, meinte sie amüsiert.

»Nein, nein«, sagte er schnell und zog umständlich den Mantel aus.

Nun hatte Eileen Gelegenheit, ihn ein wenig zu beobachten. Auch Eric schien das Beste aus seinem Kleiderschrank hervorgekramt zu haben. Er trug ein bordeauxfarbenes Seidenhemd und eine elegante schwarze Hose. Die oberen beiden Hemdknöpfe waren geöffnet. Erics gebräunte Haut wirkte noch dunkler im kargen Licht des Flures.

Er sieht wirklich verführerisch aus, dachte sie und zu gern hätte sie ihm sacht über die kleinen Lachfalten in seinem Gesicht gestrichen. Doch sie beherrschte sich und nahm ihm schnell seinen Mantel ab. So musste sie nicht länger in seiner Nähe verweilen als nötig.

Eigentlich wunderte sie sich über sich selbst. Noch gestern hätte sie schwören können, Eric wäre nur als Freund der Familie für sie interessant, obwohl ihr seine Attraktivität nicht entgangen war. War vielleicht Louis' Wunsch nach einem Vater und Tinas Fürsprache gegenüber Eric, der Auslöser, endlich andere Gefühle zuzulassen?

Innerlich schüttelte sie den Kopf und wunderte sich darüber, wie unverhofft sich Situationen ändern konnten und wie verschieden Menschen damit umgingen. Denn sie bemerkte auch, dass Eric sich zurückhaltender verhielt als sonst. Obwohl er kein Fremder in diesem Haus war und er Tina und Chris kannte. Chris und Eric waren schon lange vorher gut befreundet gewesen und nur durch Chris hatte sie Eric überhaupt erst kennengelernt.

Dann bat sie alle zu Tisch. Tina zündete die restlichen Kerzen auf dem schön gedeckten Tisch an, während alle Platz nahmen. Mit Ausnahme von Louis, der sich immer noch liebevoll um den kleinen Hund kümmerte.

»Ich glaube, die restliche Bescherung können wir sowieso auf später verlegen. Dann hat Louis genug Zeit, seinen neuen Freund in den Schlaf zu singen«, meinte Eileen mit einem Blick auf ihren Sohn.

Während des Essens plauderten alle über dies und jenes und der Gesprächsstoff ging nicht so schnell aus. Chris lobte Eileens hervorragend gelungene Ente. Sie bedankte sich und bot Eric das letzte Stück Entenbraten an.

Aber anstatt ihn anzunehmen, frotzelte er:»Ich hätte nicht gedacht, dass aus dem nackten Etwas, das ich heute Mittag in meinen Händen hielt, so ein Kunstwerk werden würde.«

Das war ein Fehler von Eric, denn ehe er sich versah, legte Eileen nun das Bratenstück auf ihren Teller.»Und ich hätte nicht gedacht, dass du an meinen Kochkünsten zweifelst«, entgegnete sie darauf.»Wenn du ihn nicht willst, mir schmeckt er auch sehr gut!« Mit einem schelmischen Grinsen in Erics Richtung aß sie mit übertrieben zur Schau gestelltem Genuss das letzte Stück Entenbraten.»Mmh«, sagte sie dann, um alles noch ein wenig zu unterstreichen.»Der war wirklich gut.«

Eric verzog leicht das Gesicht. Er hob sein Weinglas und sagte:»Prost, auf einen schönen Abend und darauf, dass wir uns vertragen, liebe Eileen.«

Alle prosteten ihm zu und Eileen antwortete mit einem kleinen Grinsen:»Wir werden sehen!« Der Wein zeigte bei ihr schon eine leichte Wirkung und sie merkte, dass sie übermütig wurde. Sie nahm sich vor, ab jetzt besser darauf zu achten, was sie sagte, denn sie hatte den Eindruck, Eric soeben verletzt zu haben. Obwohl alle diese flapsigen Wortspiele bei Eric und Eileen gewohnt waren, kamen sie heute nicht so unkompliziert rüber wie sonst. *Warum ist das auf einmal alles so schwer?*, überlegte sie. Eigentlich war die Zeit mit Eric zuvor so lustig und problemlos gewesen. Allerdings dachte sie vorher auch immer, dass eine engere Beziehung zu Eric für sie nicht in Frage kommen würde. Und jetzt? Selbst Eric schien heute seine Meinung darüber geändert zu haben. Warum hätte er sonst heute Nachmittag, so eine Aktion mit den Marzipankugeln gestartet? Oder spielte er schon länger mit einem ganz andern Gedanken? Eileen wollte aufhören zu grübeln. Wieso sollte sie sich jetzt damit quälen, heute am Weihnachtsabend?

Um sich selbst auf andere Gedanken zu bringen, klatschte sie in die Hände und rief in die Runde:»So, ihr Lieben, es ist soweit … Es ist Zeit für die Bescherung!« Louis trennte sich kurz von seinem Hund, der bereits eingeschlafen war, und stellte sich zu seiner Mutter. Erst jetzt bemerkte er, dass unter dem Weihnachtsbaum viele kleine und große verdeckte Hügel lagen.

»War der Weihnachtsmann wirklich schon da?«, rief er aufgeregt und bückte sich, um die Decke von den Geschenken zu ziehen.

Eileen konnte ihn gerade noch davon abhalten und meinte:»Warte noch, erst wollen wir ein Lied singen und den neuen Baumanhänger vom Weihnachtsmarkt aufhängen.« Schnell holte Louis den Anhänger vom Kaminsims und alle begannen zu singen.

»Jingle Bells, Jingle Bells …«, tönte es in allen Stimmlagen durch das kleine Haus. Dann reihten sich alle enger um den Baum und Eileen verteilte mit Louis die Geschenke. Im Auspacken war Louis der Schnellste. Immer wieder hörte man die Ausrufe:»Frohe Weihnachten«, oder»Danke, Tante Tina!« und»Oh, Mama, sieh mal!« Eileen sah sich alles an und freute sich, dass alle so fröhlich beisammen waren, und auch sie war sehr glücklich.

Plötzlich musste sie an ihre Großmutter denken, so wie sie damals immer in ihrem hohen Lehnstuhl saß. Eileen selbst kniete neben ihr auf dem Boden und beide naschten Kekse aus einer sehr alten Keksdose. Der beleuchtete Tannenbaum stand neben ihnen und Grandma erzählte ihr Weihnachtsgeschichten.

Eric trat hinter sie, legte einen Arm um ihre Taille und raunte ihr ins Ohr:»Fröhliche Weihnachten, Eileen.« Dabei berührten seine Lippen ganz sacht ihr Ohr.

Die junge Frau erschrak und war wie erstarrt. Die zärtliche Berührung ließ sie erzittern. Sie wollte sich aus seiner Umarmung lösen, doch diesmal gelang es ihr nicht. Sie war nicht fähig, sich zu bewegen und musste es geschehen lassen. Ohne seinen Arm von ihrer Hüfte zu nehmen, reichte er ihr mit der anderen Hand ein kleines Geschenk, weihnachtlich verpackt. Somit war sie nun vollends in seiner Umarmung gefangen.

Eileen nahm das Geschenk an, drehte sich ihm leicht zu und gab ihm einen kleinen Kuss auf die Wange. »Danke«, sagte sie ebenfalls leise.

Verdutzt über den spontanen Kuss ließ Eric sie los.

Eileen setzte sich auf die Couch und packte ihr Geschenk aus. Er folgte ihr und rutschte auf die Lehne, direkt neben sie. Eine Musik-CD mit romantischen Rockballaden.

Eric weiß wohl, was mir gefällt, dachte sie und lächelte ihn an. Dann stand sie auf und sagte: »Danke, das ist genau mein Geschmack! Die werden wir gleich hören.«

Obwohl Erics Nähe sie sonderlich nervös machte, nahm sie allen Mut zusammen und setzte sich wieder auf ihren alten Platz, neben ihn, der sich keinen Zentimeter von der Stelle wegbewegt hatte. So saßen sie wieder nebeneinander. Irgendwie gefiel es ihr, wie sich Eric um sie bemühte, doch es war noch so ungewohnt.

Louis kam auf sie zu. Sein Strahlen in den Augen war bald heller, als die gesamte Weihnachtsbaumbeleuchtung und seine Mundwinkel erreichten fast seine Ohren. Er setzte sich neben seine Mutter und stützte seine Ellenbogen auf ihren Knien ab.

Dann zeigte er ihnen den Gutschein und fragte: »Ist der vom Sportzentrum? Was kann ich damit machen?«

Eileen streichelte ihm über den Kopf und antwortete: »Damit kannst du alle Sportarten, die im Zentrum angeboten werden, ausprobieren. Vielleicht findest du ja eine, die dir Spaß macht und die du später eventuell trainieren möchtest?«

»Wann kann ich damit anfangen?«, war seine nächste Frage. Nun legte Eric einen Arm auf die Rückenlehne hinter Eileen und beugte sich ein wenig über sie. In Eileen baute sich eine ungewohnte Spannung auf und mit genießenden, aber auch ängstlichen Gefühlen, wurde sie sich Erics Nähe bewusst. Sie konnte sein Haar riechen und sie hätte nur ihre Hand heben müssen, um sein Ohrläppchen berühren zu können. Eric sprach den Jungen an, der auf der anderen Seite des Sofas neben Eileen saß. »Zeig mir mal das Ticket. Ich glaube, nach den Winterferien beginnen die neuen Kurse. Da kannst du dir alles ansehen. Weißt du denn schon, was du ausprobieren möchtest?«

Louis überlegte kurz. »Boxen wäre toll!«

Eileen fiel aus allen Wolken. »Boxen, wie kommst du denn darauf? Ist das nicht etwas für völlige Chaoten?«, rief sie total empört.

Durch Eileens unverhofft lauten und entsetzten Ausruf, den Louis und Eric sich nicht erklären konnten, wich Eric zurück und war Eileen nun nicht mehr so nah wie zuvor. Ungläubig sahen sie Eileen an. Augenblicklich wurde ihr bewusst, dass außer Tina, niemand so recht von ihrer Abneigung gegenüber dem Boxsport wissen konnte. Sie bemerkte ihre Fehlreaktion und holte tief Luft, um sich wieder zu beruhigen.

Enttäuscht meinte Louis: »Wieso? Ich finde Boxen cool!«

Spontan sprang er auf und schlug ein paar Faustschläge in die Luft. Weil er merkte, dass Eileen seine Begeisterung nicht teilen konnte, plauderte er mit Eric weiter. Eileen erhob sich nun endlich von ihrem Platz und ging Richtung Küche. Sie malte sich in Gedanken aus, wie sie auf der Zuschauertribüne saß und ihrem Sohn im Boxring zusah. Allzu deutlich kamen die Erinnerungen an Ronny zurück, wie er damals im Ring stand.

Anfangs hatte sie dort zuschauen können, aber später ertrug sie es einfach nicht mehr, mit anzusehen, wie er immer wieder Schläge ins Gesicht bekam. Es war schlimm genug, ihn nach dem Kampf, mit blutiger Nase, aufgeplatzten Schläfen und Blutergüssen am ganzen Körper, ins Krankenhaus begleiten zu müssen. *Wenn eine liebende Freundin sich so etwas nicht antun konnte, wie soll erst eine treusorgende Mutter damit fertig werden?*, dachte sie. Dennoch wollte sie Louis den Spaß daran nicht vorwegnehmen und entschied sich, nichts mehr zu diesem Thema zu sagen. Sie hatte die Hoffnung, dass dieser Sport ihm vielleicht doch nicht gefallen würde, wenn er sich das Ganze genauer angesehen hatte.

Abgelenkt von den Jubelschreien und stürmischen Umarmungen auf der anderen Seite des Weihnachtsbaumes, sahen alle zu Tina und Chris herüber. Chris hatte soeben sein Geschenk ausgepackt. Es waren ein Paar niedliche Babypuschen. Neugierig gesellte sich auch Louis zu den beiden.

»Wer soll die denn tragen?«, platzte es in seinem kindlichen Übermut heraus.

»Ich werde Vater«, verkündete Chris überglücklich und fassungslos zugleich.

Nun erzählten die werdenden Eltern von dem Baby, das sie erwarteten, und natürlich gab das wieder neuen abendfüllenden Gesprächsstoff. Die ganze Zeit wich Eric kaum von Eileens Seite. Die beiden Frauen tauschten vielsagende Blicke untereinander aus. So langsam fing sie an, diese neue Situation zu genießen.

Nach einiger Zeit meldete Louis sich wieder zu Wort und meinte: »Eric, ich habe für dich auch ein Geschenk.«

Eric war angenehm überrascht und wandte sich dem Jungen zu. Der Junge gab ihm einen Briefumschlag. Darin lag ein selbstgebasteltes Stück Papier. Er erklärte:»Das ist ein Gutschein für einen Spiele-Abend mit Mama und mir! Findest du das gut?«

»Oh danke, Louis, das finde ich wirklich super. Wann soll ich diesen tollen Gutschein denn einlösen?«, fragte Eric neugierig. Dabei nahm er den Jungen, der abwartend vor ihm stand, in den Arm, hob ihn hoch und setzte ihn zwischen Eileen und sich.

»Am besten morgen. Da haben wir doch noch nichts vor«, antwortete Louis keck.

»Und was meint deine Mutter dazu?«, führte Eric an.

Eileen blieb wieder mal nichts anderes übrig als unentschlossen die Schultern hochzuziehen und zu sagen: »Habt ihr das nicht längst ohne mich abgemacht?«

»Ja, Mama, danke.« Louis sprang seiner Mutter an den Hals und gab ihr einen Kuss.»Hast du gehört, Eric? Sie hat nichts dagegen«, jubelte er. Dann sprang er auf und ging zu seinem Hund, der immer noch keinen Namen hatte. Leise flüsternd erzählte er ihm auch von seinem genialen Plan mit dem Weihnachtsmann.

Tina, Chris, Eileen und Eric hatten derweil andere interessante Gespräche. Sie plauderten noch den ganzen Abend munter miteinander und so verging die Zeit wie im Fluge.

Eric ließ allerdings keine Gelegenheit aus, Eileen immer wie zufällig zu berühren.

Er bemühte sich natürlich, es für das andere Pärchen so unauffällig wie möglich anzustellen. Manchmal streifte er ihren Arm oder berührte ihre Finger, die auf der Sofalehne lagen. Jedenfalls war er so fasziniert von ihr, dass er sie immerzu ansehen musste.

Chris und Tina taten so, als bemerkten sie nichts, obschon Tinas Adlerauge sehr genau und unauffällig beobachten konnte. Sie meinte sogar, gesehen zu haben, wie die beiden hinterm Rücken Händchen gehalten hätten.

10

Als Ronny erwachte, ging bereits die Sonne auf und ihr rötlicher Schimmer verzauberte die Atmosphäre im Zimmer. Der junge Mann fühlte sich ausgeruht und zu neuen Taten bereit. Er hob den Kopf und den Oberkörper ein Stückchen in die Höhe, während er sich mit den Ellenbogen im Bett abstützte. So konnte er das Schauspiel, das sich ihm hinter der Fensterscheibe bot, genießen. Die Sonne ging gerade am Horizont auf und schimmerte in vielfältigen warmen Gold- und Rottönen. Ihn durchströmte ein angenehmes Gefühl, das ihn zufrieden stimmte.

Früher hätte ich für solche Sentimentalitäten nicht viel übrig gehabt, dachte er plötzlich. Eigentlich war das Frauensache, sich solchen sinnlichen Gedanken hinzugeben. Er wunderte sich über seine Empfindung, doch sie gefielen ihm. Für einen kurzen Moment fragte er sich, ob das wohl der erste Schritt war, verrückt zu werden? Ronny schüttelte den Kopf, strich sich mit einer Hand übers Gesicht und hielt seine langen Haare zusammen. Er hielt inne. Dann griff er wieder den Gedanken auf, ob Romantik nur Frauensache war?

Frauen … das war ein Thema für sich. Im Laufe seiner bisherigen Boxerkarriere hatte er viele Frauen kennengelernt. Romantisch veranlagte Frauen gab es natürlich auch.

Eileen und ... ach, er wusste gar nicht mehr, wie sie alle hie-
ßen. Es war ja auch mal ganz nett, sich mit ihnen Träumereien
hinzugeben, und er hatte es auch genossen, mal eine Schmu-
sestunde zu zweit, vorm lodernden Kamin zu verbringen.
Doch eigentlich war er nie jemand, der seinen Träumereien
lange hinterher hing. Für ihn war es wichtig, seine Träume in
die Realität umzusetzen und das hatte er bisher auch immer
durchgezogen.

Für ihn war klar, dass nur diese Einstellung ihm, vor nicht
allzu langer Zeit, zu großem Erfolg verholfen hatte. Abgesehen
von dem kleinen Absturz, der ihn hierhergebracht hatte. So
etwas hatte er natürlich nicht mit eingeplant. Immer noch
auf die Ellenbogen gestützt, schloss er resigniert die
Augen und atmete tief durch. Überrascht öffnete er sie
schnell wieder, denn er erinnerte sich an: *Eileen?*

Wie kam er plötzlich auf sie? Das war doch schon eine kleine
Ewigkeit her. Mit Eileen war er vor seinem großen Erfolg
zusammen. Es war recht nett. Sie war eine Meisterin in Sachen
Romantik.

Ronny musste lächeln, als er an Eileens Ideenreichtum
dachte, ihre Zweisamkeit gemütlich zu gestalten.
Doch sie war damals sehr jung und konnte sich überhaupt
nicht mit dem Boxsport anfreunden. Für ihn bedeutete dieser
Sport aber alles und als die Chance kam, in Frankfurt ganz
groß herauszukommen, beendete er die Beziehung mit Eileen
kurzerhand und reiste ab. Auf Dauer wären sie beide sowieso
nicht glücklich geworden, redete er sich ein.

Auch mit anderen Frauen hatte er nie viel Zeit verbracht,
denn wichtiger war es ihm, der Champ zu sein ... Und er hatte
es geschafft: Er war der Champ und er stand ganz oben auf
der Erfolgsleiter. Dort flogen ihm alle Herzen von selbst zu!
Das hatte ihm bisher voll und ganz gereicht. Dafür brauchte er
keine Frau und keine dauerhafte Beziehung.

Bei diesem Gedanken huschte ihm ein Schmunzeln
über die Lippen und traumversunken sah er wieder

aus dem Fenster. Die Sonne war bereits in voller Größe aufgegangen und strahlte wärmend durchs Fenster. Ein wunderschöner Anblick: die verschneite Landschaft und die reflektierende Sonne. Kein Wunder, dass ihn romantische Empfindungen überkamen.

Der Traum der vergangenen Nacht fiel ihm wieder ein und überrascht erinnerte er sich: Das Mädchen heute Nacht war Eileen. Ihre schwarzen Haare, dieser Anmut, der sich durch den Ritt auf diesem wilden Pferd widerspiegelte, alles passte auf seine Erinnerung, die er an Eileen hatte. Trotz ihrer Jugend wollte sie damals stürmisch ins Leben hinaus und war dennoch schüchtern und verletzlich.

Ja, voller naiver Träumereien, so kannte er sie. Sie suchte Halt und Geborgenheit, den sie damals in ihrer Familie nicht fand. Doch er war auf Dauer auch nicht dazu bereit gewesen.

Schließlich war er damals ebenfalls noch sehr jung und hatte sein ganzes Leben vor sich, voller vielversprechender Abenteuer ...

Wäre ich heute dazu bereit?, stellte er sich plötzlich die Frage und verwarf diese Idee ganz schnell wieder.

Eileen hatte er schon lange hinter sich gelassen. Was spielte sein Unterbewusstsein ihm da nur für einen Streich? Nur weil er sich hier immer häufiger einsam und verlassen vorkam, erinnerte er sich plötzlich an Szenen aus seiner Vergangenheit, in denen er sich gelegentlich wohlgefühlt hatte? Was sollte das?

Außerdem war es utopisch, daran zu glauben, dass Eileen gerade auf seine Rückkehr gewartet haben sollte. Schließlich lagen circa sechs Jahre dazwischen und schon damals waren sie beide so unterschiedlich gewesen. Das wäre sowieso nicht gutgegangen.

Außerdem wollte er nie eine lange Beziehung aufbauen, dafür war er zu neugierig, was das Leben ihm noch zu bieten hatte …
Oder hatte er sich so verändert, dass das nun wichtig für ihn sein könnte? Wenn er an die einsamen Tage und Nächte dachte, die er hier verbracht hatte, sehnte er sich schon nach einer lieben Umarmung oder einer vertrauten Stimme, die ihm Mut machte. Dennoch, ihn packte auf einmal die Neugier, was aus Eileen geworden sein mochte und wie sie heute wohl aussah.

Er richtete sich in seinem Bett auf und ließ die Beine aus dem Bett baumeln. Laut sagte er zu sich selbst: »Ich glaub, es wird Zeit, dass ich hier herauskomme! Sonst rastet mein Verstand noch völlig aus und ich sterbe vorzeitig an Vergangenheitsdepressionen. Das wäre mehr als grausam!«

Es dauerte nicht lange, da wurde er regelrecht aus seinen Gedanken gerissen. Die Tür flog auf und eine Schwester kam herein. Ronny war sich nicht sicher, ob es die Schwester vom Abend zuvor war. Jedenfalls wirkte sie genauso jung und unsicher. Mit einer sehr hellen Stimme rief sie: »Guten Morgen, Herr Faber! Haben Sie gut geschlafen?«

Mit einem schnellen Blick inspizierte sie sein Zimmer. Dann half sie ihm mit wenigen Handgriffen, sich auf den nächsten Stuhl zu setzen und begann, das Bett zu beziehen. Als sie die Bettdecke neu aufzog, fiel ihr Blick spontan auf die Sitzgruppe hinten im Zimmer. »Hatten Sie heute Nacht Besuch?«, fragte sie.

»Und wenn es so gewesen wäre?«, stellte er eine Gegenfrage. Dabei sah er sie mit funkelnden Augen an und legte die Stirn in Falten.

Unschlüssig stand sie vor ihm. Er flößte ihr ein wenig Angst ein, doch sie wollte sich auch keine Blöße vor dem Patienten geben. Viele Kolleginnen hatten ihr schon erzählt, wie ungehalten und aggressiv dieser Mann werden konnte. Einige vermuteten sogar, er könnte ein Frauenhasser sein. Doch sie ließ sich nicht beirren und stellte weitere Fragen:»Oder sind sie etwa alleine aufgestanden und ...?«

Nun erhob sich Ronny und sah sie aus dunklen Augen an. Er wirkte bedrohlich:»Und wenn es so wäre?«

»Aber ... aber wie ...«, stotterte sie weiter. Dabei rang sie sichtlich nach Fassung.

Ronny wollte diese nervige Fragerei beenden und sagte schließlich in schroffem Ton:»Ich will den Arzt sprechen!«

Immer noch stand sie völlig entgeistert vor seinem Bett und starrte ihn an.

»Haben Sie nicht verstanden? Sie sollen den Arzt holen«, wiederholte er seine Aufforderung laut,»oder soll ich selber gehen?« Plötzlich, aus ihrem schockartigen Zustand erwacht, machte die Schwester auf dem Absatz kehrt und rannte aus dem Zimmer. Diesmal vergaß sie wirklich, die Tür hinter sich zu schließen.

Ronny ließ sich in sein Bett zurückfallen und fasste sich an den Kopf.

»O Mann, womit habe ich denn jetzt diese Schöpfung der Natur wieder verdient?«

Nach einer halben Stunde steckte eine andere Schwester den Kopf zur Tür hinein.»Herr Faber, möchten Sie Frühstück?«, fragte sie freundlich.

Ronny lag immer noch in seinem Bett. Er drehte den Kopf zur Tür und antwortete:»Ja, das wäre gut.«

Weiter informierte sie ihn:»Wir werden Sie gleich waschen und Sie bekommen ihre Spritze.« Dann wollte sie die Tür wieder schließen.

Schnell richtete Ronny sich auf und stützte sich wieder auf den Ellenbogen ab. »Halt, einen Moment! Ich will keine Spritze mehr und kann ich nicht endlich mal duschen?«

Die Schwester, die Ronny etwas sympathischer war als die Vorherige, kam ins Zimmer. Abwartend stand sie da und hörte ihm zu. Nachdem er seinen Satz beendet hatte, antwortete sie: »Ich werde sehen, was sich machen lässt.« Ohne weitere Fragerei nahm sie das Tablett mit dem verbliebenen Abendessen vom Tisch und verließ den Raum.

Wenigsten gibt es einen normalen Menschen hier in diesem Irrenhaus, dachte er erleichtert. Trotzdem blieb ihm nichts anderes übrig, als zu warten, wer ihn als Nächstes beglücken würde.

Wenn er doch nur besser laufen könnte, kam es ihm wieder in den Sinn. Doch dann erinnerte er sich an seinen Erfolg von gestern Abend und überlegte, ob er sich nicht wieder drüben in den Sessel setzen sollte. Er entschied sich dafür und sortierte seine Beine. Dann begann wieder ein langer und beschwerlicher Weg.

Gerade, als er den Sessel erreicht und Platz genommen hatte, wurde die Tür abermals geöffnet. Herein kam wieder die junge Lernschwester von heute Morgen. Ronny machte sich schon auf neue nervige Fragen gefasst. Diesmal sagte sie aber nicht viel. Doch er bemerkte ihre Nervosität. In den Händen hielt sie ein Tablett. Das Geschirr darauf klirrte leicht aneinander. Vorsichtig stellte sie es vor ihm auf dem kleinen Tischchen ab. Ihr Patient beobachtete sie dabei belustigt.

»Guten Appetit«, murmelte sie gequält höflich und verschwand recht schnell in Richtung Ausgang.

»Vergessen Sie nicht, die Tür zu schließen«, rief er ihr nach.

Den Türgriff schon in der Hand, drehte sie sich noch einmal zu ihm um und sagte:»Ja, ja, Herr Faber.« Dann rauschte sie aus dem Zimmer. Amüsiert grinste Ronny. *Diese jungen Schwestern konnten zwar nichts dafür, aber sie gingen ihm einfach auf die Nerven. Er wusste schon verschiedene Verhaltenstechniken anzuwenden, um sich unangenehme Menschen vom Leib zu halten, auch wenn man im Endeffekt als unsympathisch galt. Das hatte er im Laufe seines bisherigen Lebens zu Genüge gelernt. Schon wenn man berühmt war, begegneten einem viele Menschen, die man am liebsten schnell wieder vergessen wollte.*

Dann widmete er sich genüsslich seinem Frühstück. Diesmal gab es schwarzen Tee mit Milch und Zucker, ein Brötchen mit Butter und Marmelade, dazu ein gekochtes Ei. Es war nicht viel, doch ihm war, als hätte er sterben wollen, hätte er dieses Frühstück verpasst.

Sterben?, dachte er vor sich hin, *wer redet hier vom Sterben? Die Zeiten sind vorbei!*

Er nahm das Ei, schlug mit dem Messer waagerecht den Kopf ab und löffelte es genüsslich. Danach lehnte er sich zufrieden in seinem Sessel zurück und wartete auf den nächsten Gast, der sein einsames Reich wohl betreten würde. Er hoffte, dass es ein Arzt sein würde, denn Ronny hatte viele Fragen und großes Interesse an seinem weiteren Werdegang.

Seine Hoffnungen wurden erfüllt. Nach einiger Zeit betrat ein Mann in weißem Kittel das Zimmer. Das musste ein Arzt sein?

»Guten Tag, Herr Faber«, sagte er freundlich, nahm sich einen Hocker, der im Raum stand und setzte sich Ronny gegenüber. Er lächelte und begann das Gespräch: »Wie geht es Ihnen?«

»Ich denke, es geht langsam aufwärts«, antwortete Ronny. »Wie ich sehe und auch von der Nachtschwester hörte, haben Sie sich schon auf den Weg gemacht«, fügte der Arzt hinzu.

Irritiert fragte Ronny nach:»Wie meinen Sie das: Auf den Weg gemacht?« Beinahe sah er sich schon wieder einem Tobsuchtsanfall nahe, weil er das Gefühl hatte, wieder nur von nervigem Klinikpersonal umgeben zu sein, und niemand ihn ernst nahm. Auf Psycho-Gerede hatte er so gar keine Lust.

Dann aber erklärte der Arzt ihm alles.»Wie Sie vielleicht schon festgestellt haben, sind in den Krankenzimmern Kameras angebracht. Die ermöglichen es uns, unsere Patienten zu überwachen und häufiger nach dem Rechten zu sehen, ohne sie immer stören zu müssen. Das ist besonders wichtig bei suizidgefährdeten Patienten und Ähnlichem. Langjährige Erfahrungen haben uns gezeigt, dass die Patienten sich besser erholen und wir Aggressionsausbrüche vermeiden können. So haben auch Sie mehr Privatsphäre. Dennoch ist uns die Möglichkeit gegeben, in Notfällen einzugreifen. Haben Sie noch Fragen?«

Das leuchtete Ronny ein und sein Gemüt beruhigte sich schnell wieder. Ebenfalls war er über so viel Offenheit des Arztes verblüfft. Dennoch wollte er sich gar nicht völlig öffnen, denn er war immer noch der Meinung, hier wie ein willenloses Tier behandelt zu werden. Das Gefühl, ein normaler und denkender Mensch zu sein, vermittelte ihm erst jetzt dieser Arzt.

»Nun, ich fühle mich gut und brauche auch keine Spritzen mehr zur Beruhigung«, meinte er entschlossen. »Nur meine Beine scheinen mir nicht zu gehören und zur Toilette möchte ich auch wieder allein gehen.«

»Das kann ich verstehen«, bestätigte der Arzt ihm und erklärte weiter:»Ihr körperlicher Gesundheitszustand und ihre Vorgeschichte erforderten allerdings solche Maßnahmen.«

»Und wie geht es jetzt weiter?«, fragte Ronny ungeduldig.

»Nun ja, das kommt darauf an, wozu Sie sich entscheiden und wie Sie mit uns zusammenarbeiten wollen«, antwortete der Arzt pflichtbewusst.

»Was heißt das konkret?«, lenkte Ronny wieder ein.

»Konkret heißt das Folgendes. Zunächst werden wir verstärkt auf die Häufigkeit von Entzugserscheinungen achten. Aber da kann ich sie beruhigen. Das scheint für Sie kein großes Problem mehr zu sein. Gespräche über ihre Zukunft und Vergangenheit mit Fachleuten sind ebenfalls wichtig«, erläuterte der Mann ihm gegenüber.

»Werde ich jemals wieder laufen und trainieren können«, unterbrach Ronny kurz.

Der Arzt erklärte geduldig weiter: »Mit anfänglichen Massagen für bessere Durchblutung und Gymnastik des Bein- und Wirbelsäulenbereiches müssten Sie, für den Anfang, als ganz normal beweglicher Mensch entlassen werden können. Doch das müssen wir erst einmal erreichen.«

»Wie lange dauert so ein Prozess?«, fragte Ronny.

»Das hängt ganz von Ihnen ab. Ein bisschen Geduld müssen Sie mit sich noch haben«, gab der Arzt zu bedenken. »Sind Sie dazu bereit, Herr Faber?«

»Aber sicher doch! Wann können wir anfangen?«, erwiderte Ronny spontan und ein erleichtertes Lächeln erhellte sein Gesicht.

Dann stand der Arzt auf und sagte zufrieden: »Herr Faber, ich sehe Ihre Bereitschaft, Ihr Leben wieder selbst in die Hand nehmen zu wollen und das gefällt mir!« Dabei legte er seine Hand aufmunternd auf Ronnys Schulter. »Ich werde alles Notwendige in die Wege leiten. Allerdings ist das erst morgen möglich, denn jetzt zu

Weihnachten ist unser Personal nur knapp besetzt. Wenn Sie keine Fragen mehr dazu haben, werde ich jetzt gehen. Ich sehe in regelmäßigen Abständen nach Ihnen.«

Dann ging er zur Tür. Unvermittelt drehte er sich nochmals zu ihm um. »Ich schicke Ihnen gleich die Schwester. Sie wird Sie dann ins Badezimmer bringen. Ich hörte, Sie wollen sich selbst ein wenig frisch machen?«

»Ja, das wäre nicht schlecht«, freute sich Ronny.

Der Arzt verabschiedete sich nun endgültig. »Machen Sie weiter so. Das ist ein guter Anfang!«

Ein guter Anfang, dass ich nicht lache, dachte Ronny ein wenig mürrisch. *Er hatte an ein schnelleres Vorankommen geglaubt. Seiner Meinung nach hatte er sowieso schon zu viel Zeit hier in diesem Zimmer verbracht. Und im Übrigen: Was sollte er mit einem Seelenklempner? Das war doch völlig überflüssig …*

Aber daran komme ich wohl nicht vorbei. Also werde ich das auch noch über mich ergehen lassen müssen, um überhaupt jemals diese Klinik verlassen zu können, grübelte er vor sich hin.

Diesmal dauerte es nicht lange, bis wieder eine Schwester kam und ihm einen Rollstuhl brachte. *Gott sei Dank ist es die Nettere,* dachte er erleichtert. Ansonsten sah er sich der Gefahr ausgesetzt, seine Beherrschung zu verlieren. Dann ging sie wieder hinaus und holte ein weiteres rollstuhlähnliches Gebilde.

Ronny sah sich die beiden fahrbaren Untersätze an und fragte verdutzt: »Und was passiert jetzt?«

Bereitwillig gab sie Antwort. »Das hier ist für die Notdurft. Der Weg zur Toilette ist zu weit für Sie. So fit sind sie noch nicht.«

»Das meinen Sie also«, entgegnete Ronny leicht ärgerlich.

Die Schwester ließ sich nicht beirren und machte ihre Arbeit, während sie weiter mit ihm redete:»Soll ich Ihnen helfen, wieder ins Bett zu kommen?«Routinemäßig reichte sie ihm ihre unterstützenden Arme. Ronny sah sie stirnrunzelnd an und überlegte: *Alleine brauche ich wirklich zu lange!*

Er ging auf ihren Vorschlag ein. Geschickt griff sie ihm unter die Arme und begleitete ihn bis zum Bett. »Das geht ja schon prima«, lobte sie ihn. Ronny verkniff sich ein Stöhnen, denn das Bewegen der Beine schmerzte noch sehr. Es kribbelte wie auf einem Ameisenhaufen in seinen Adern und die Beine zitterten merklich.

»Sind alle Schwestern hier so zuvorkommend?«, fragte er ironisch und rang sich ein Lächeln ab.

»Das gehört zu unserem Job«, antwortete sie höflich und deckte ihn mit der Bettdecke zu. Weiterhin gab sie technische Hinweise zum Benutzen des Toilettenstuhles und wies auf die Urinflasche hin, die sie ebenfalls mitgebracht hatte.

Ronny sah sie misstrauisch an. Denn er konnte sich nicht vorstellen, diese Geräte benutzen zu müssen.

»Haben Sie noch Fragen, Herr Faber?«

»Nein, nein, ist schon okay.« Er winkte schnell ab.

»Dann wollen wir mal ins Bad«, sagte sie und griff ihm erneut beistehend unter die Arme.

Schneller als er sich versah, saß er im Rollstuhl und die Schwester schob ihn aus dem Zimmer. Zum ersten Mal seit längerer Zeit verließ er bewusst sein Zimmer. Das Bad lag am anderen Ende des Flures. Ronny fühlte sich unwohl. Nach so langer Einsamkeit sah er auch zum ersten Mal wieder andere Menschen. Es war kaum zu beschreiben. Er senkte den Kopf und sah möglichst nur auf den Boden. Die Freude und das befreiende Gefühl über das Verlassen des Zimmers wurden schnell getrübt.

Der Trubel, der hier auf dem Flur herrschte, machte ihn unsicher. Außer verschiedenen Schwestern und Pflegern, die den Flur überquerten, hingen in den Ecken einige Gestalten herum. Das musste wohl die Raucherecke sein, vermutete er. Aber auch andere Personen, in Sportanzügen oder Bademänteln, wandelten an ihm vorbei. Zunächst hatte er keinerlei Orientierung und traute sich auch nicht, den Menschen ins Gesicht zu sehen. Doch dann stellte er fest, dass es ihm gar nicht peinlich sein musste, in diesem Rollstuhl und so unselbständig daher geschoben zu werden. Denn niemand nahm sonderlich Notiz von ihm. Er war einer unter vielen und jeder Einzelne zog sein Problem selbst hinter sich her.

Ihm schien, als würde er hier noch viel lernen müssen. Dabei glaubte er vorhin noch, er wäre aus dem Gröbsten heraus. Diese ganze Situation war ihm peinlich, doch er fand keine Erklärung für seine unangenehmen Gefühle. Früher hatte er sein Leben doch viel gelassener genommen. Was war nur los mit ihm? Vielleicht spielte es auch eine Rolle, dass er nicht zu der Sorte Mensch gehörte, die gern auf fremde Hilfe angewiesen war? Jetzt jedoch blieb ihm scheinbar gar nichts anderes übrig, als Hilfe anzunehmen, bis er wenigstens körperlich wieder beweglicher war.

Endlich hatten sie das Bad erreicht. Die Schwester schob ihn in einen großen gefliesten Raum. Es sah aus wie eine Gemeinschaftsdusche, denn es gab keine Duschbecken und der Boden war ebenerdig. An vier Stellen waren Abflüsse eingelassen.

»Sie können ruhig im Sitzen duschen. Hier im Spender ist Duschgel und das Handtuch hänge ich an diese Tür. Wenn Sie Hilfe brauchen, klingeln Sie bitte hier«, erklärte Sie ihm. Kurz wartete sie auf eventuelle Rückfragen und verließ dann den Raum.

Ronny war auf sich gestellt und er überlegte, wie er es anstellen sollte, im Sitzen zu duschen? Zunächst ein-

mal sah er sich um und begann dann damit, sich auszu-
ziehen. *Das ist schon sehr unpraktisch im Sitzen*, stellte er
fest und versuchte, sich hinzustellen. Als beide Füße auf
dem Boden standen, stützte er sich mit den Händen am
Rollstuhl ab und wollte sich mit etwas Schwung aufrichten. Der Versuch schlug fehl, denn der Rollstuhl bewegte
sich nach hinten weg. Zum Glück hielt er noch die Arm-
lehnen fest. Sonst hätte er wahrscheinlich das Gleichgewicht verloren und sich noch den Hals gebrochen.
Ronny reagierte schnell und ließ sich wieder in den
Stuhl fallen. Deprimiert dachte er, *das war wohl nichts!*
*Warum konnten die Schwestern seine Fähigkeiten besser ein-
schätzen als er?* Nun versuchte er doch den umständlichen
Weg und blieb im Rollstuhl sitzen. Er drehte den Wasserhahn auf und rollte sich unter die Dusche. Zögernd lehnte
er sich zurück und streckte sein Gesicht direkt unter den
Wasserstrahl. Das Wasser prasselte auf ihn nieder und er
glaubte, vergessen zu haben, wie schön das war. Jeder
einzelne Wassertropfen traf prickelnd seine Haut und
er genoss es in vollen Zügen. Ronny merkte, wie er sich
entspannte und erst nach längerer Zeit begann er, sich
zu waschen.

Zufrieden und sehr gelöst rollte er seinen Stuhl zum
Handtuchhalter, um sich anschließend abzutrocknen. Er
kleidete sich an und begab sich dann zur Tür. Plötzlich
kamen ihm Zweifel, ob die Tür vielleicht abgeschlossen
war. Doch diese Gedanken lösten sich schnell in Wohl-
gefallen auf, denn die Tür zum Flur war natürlich nicht
verschlossen. Wagemutig und entschlossen drehte er die
Räder seines Gefährtes und machte sich auf den Weg
zurück in sein Zimmer.

Im Flur angekommen bezweifelte er, selbständig
zurückzufinden, denn er kannte sich überhaupt nicht
aus. Er fuhr dennoch den Gang entlang und hoffte, dass
eine der offenen Türen zu seinem Zimmer führen würde.

Sein Hoffen wurde belohnt, denn schon bald erkannte er seinen Raum wieder. An der Tür war ein Schild mit der Nummer dreiunddreißig angebracht. Im selben Moment, als er ins Zimmer fuhr, kam auch die nette Schwester zu ihm und meinte: »Ach, da sind Sie ja schon. Es hat wohl alles geklappt?«

»Aber sicher doch«, antwortete Ronny lächelnd.

»Brauchen Sie noch Hilfe, Herr Faber?«, fragte sie nochmals höflich.

»Ich denke nicht«, antwortete er und seine Augen leuchteten, wie die Schwester es bei diesem Mann noch nie gesehen hatte. Fasziniert blieb sie einen Moment lang stehen und sah in seine saphirblauen Augen, die einfach nur strahlten. Möglichst unauffällig beobachtete sie ihn eine kurze Zeit. Sie war sich sicher, dass er nun allein zurechtkam, denn sie sah keinen mürrischen und deprimierten Mann mehr vor sich, sondern jemanden, der wieder am Leben Freude gefunden hatte. Also war er über den Berg, das machte sie glücklich. Auch wenn es nur einer von vielen Patienten war, die sie täglich zu betreuen hatte.

Ronny war zufrieden mit dem, was er heute erreicht hatte. Schon lange nicht mehr hatte er sich so wohl gefühlt! Zielstrebig rollte er sich zu seinem Bett, stellte diesmal den Rollstuhl fest und zog sich hoch. Alles lief momentan gut, als hätte er nie zuvor etwas anderes getan. Glücklich schmunzelte er, als er endlich bequem lag.

»Die ganze Aktion war zwar anstrengend, aber dennoch sehr zufriedenstellend«, sagte er laut.

»Oh nein, nicht auch das noch.« Seine Harnblase meldete Eile an und er überlegte, was er tun sollte.

Die Tür zum Toilettenraum ist zwar hier im Zimmer, aber werde ich es schnell genug dorthin schaffen?, dachte er kritisch. Kurz entschlossen griff er zur Urinflasche. *So schnell akzeptiert man Dinge, die man eigentlich gar nicht akzeptieren wollte*, stellte er erschöpft fest.

122

11

Eileen überlegte, wann sie den gemeinsamen Spielabend, den Louis Eric zu Weihnachten geschenkt hatte, einrichten sollte. Der Januar hatte viele lange Abende, an denen es früh dunkel wurde und Louis noch etwas Beschäftigung vorm Schlafen gehen suchte. In den letzten Dezembertagen des alten Jahres blieben Tina und Chris zu Gast. Eileen war schon klar, dass Louis' Geschenk an Eric so gedacht war, die Dreisamkeit zwischen Eric, Eileen und sich zu genießen. Deshalb verschoben sie alle den geplanten Spielabend auf einen langen Januarabend, an dem es draußen besonders kalt war und man es sich zu Hause gemütlich machen konnte.

Die letzten Tage im alten Jahr war das Sportzentrum noch geschlossen. Also musste Eric noch nicht in seine Massagepraxis zurück und hatte somit viel Zeit für Eileen und Louis, die er auch gerne für diese beiden lieben Menschen nutzte.

Als Erstes stand für ihn auf dem Programm, Louis in die Pflege des kleinen Hundes einzuweisen. Auch wenn der Junge sich schon häufig mit Erics großem Hund Sammy beschäftigt hatte, gab es da noch viel zu lernen. So ein kleiner Welpe brauchte noch viel mehr Fürsorge als ein Großer. Dazu gehörten auch Spaziergänge bei Wind und Wetter und natürlich an jedem Tag. Durch die kalte Jahreszeit bedingt, fielen manche Spaziergänge, die Eric und Eileen zusammen mit Louis und den Hunden unternahmen, etwas kürzer aus. Dennoch wurden sie streng eingehalten, denn schließlich sollte aus Rocky ein gesunder Hund und kein Schoßhündchen werden. Dazu boten die verschneiten Felder rings um das Haus und der nicht weit entfernte Wald, eine hervorragende Gelegenheit.

Frisch verliebt, wie Eric und Eileen waren, schauten sie nach jeder Gelegenheit für ein schnelles heimliches Küsschen oder schlenderten Händchen haltend nebeneinanderher. Louis fand das irgendwie nervig.

O Mann, die meinen wohl, ich merke nichts, dachte Louis mit einem Blick nach hinten und schlug sich leicht vor die Stirn. Dennoch ertrug er die kleinen Schmuseeinheiten der beiden mit Geduld, denn schließlich hoffte er, dass Eric und seine Mama zusammenblieben, damit er endlich einen Vater und eine Mutter hatte. Wenn er so einen tollen Papa behalten wollte, musste er ihn wohl oder übel mit seiner Mutter teilen. Der Weihnachtsmann hatte seine Aufgabe schon recht gut erfüllt, auch wenn Louis etwas nachhelfen musste.

»Wo bleibt ihr denn?«, rief er, wenn es ihm wirklich zu langsam voranging. Zügig holten Eileen und Eric ihren kleinen Ausreißer wieder ein.

So unsicher sich Eileen zuvor auch war, wenn sie an eine engere Beziehung mit Eric oder sonst wem dachte, so fühlte sie sich nach und nach immer wohler. Dieser Mann schien super in ihre kleine Familie zu passen. Sie kannten sich beide gut und waren ein tolles Team in Erics Praxis.

Alles passte zusammen. Weder Eric noch Eileen waren fest gebunden, abgesehen der Beziehung von Eric zu seiner Hündin Sammy und Eileen zu ihrem Sohn Louis. Also passte alles wie ein Puzzlespiel zusammen. Eileens Chef verstand sich mit ihrem Sohn prächtig und auch eine Art väterlichen Beistand konnte Louis von Eric immer erwarten, falls es denn mal nötig sein würde. Alles schien geradezu perfekt für die Zukunft vorbereitet zu sein, auch wenn man meinen könnte, der Weihnachtsmann hätte seine Hand dabei im Spiel gehabt. *Auch Eric scheint diese neue Art unseres gemeinsamen Umgangs zu genießen und Louis hatte ihn sich sogar vom Weihnachtsmann gewünscht*, dachte Eileen. Allmählich ließ sie sich auf die neue Situation ein. Dabei stellte sie fest, wie gut es ihr tat, ein ganz neues Familiengefühl zu erleben. Ob es immer so schön bleiben würde, wusste sie nicht. Deshalb war sie umso gespannter darauf, was das nächste Jahr für sie oder auch für ihre neue kleine Familie bringen würde. Außerdem wurde sie das Gefühl nicht los, dass *ihre Männer* das schon managen würden.

Eines Nachts wachte Eileen plötzlich auf. Starke Zahnschmerzen peinigten sie, sodass es ihr nicht möglich war, wieder einzuschlafen. Sie stand also auf, hielt Linderung suchend eine Hand an die schmerzende Wange und ging in die Küche. Dort suchte die Frau im Eisschrank nach einem Kühl-Pack. Sie fand eins, wickelte es in ein Küchentuch und legte es auf die schmerzende Stelle.

»Ob es wohl der Weisheitszahn ist?«, kam es ihr in den Sinn.

Um Louis nicht aufzuwecken, begab sie sich samt Kühl-Pack und einer Decke auf die Couch. Eileen versuchte, sich so gemütlich wie möglich einzukuscheln. Doch das wollte ihr nicht gelingen. Auch das Kühlen des schmerzenden Zahnes brachte keine zufriedenstellende Linderung. Dann überredete sie sich schweren Herzens dazu, eine Schmerztablette zu nehmen. Eileen verabscheute Medikamente und ekelte sich schon allein bei dem Gedanken an diesen bitteren Geschmack. Doch diesmal gab es keine Alternative, die Schmerzen waren einfach zu stark. Die Tablette zerbröselte sie auf einem großen Löffel, füllte Wasser hinzu und schluckte die widerliche Masse schnell herunter. Anschließend leerte sie noch ein großes Glas mit Wasser, damit der schlechte Geschmack des Medikamentes keine Chance hatte, sich zu entfalten. Die Frau legte sich wieder auf das Sofa und presste die kühlende Masse fest an ihre Wange. Endlich kam die erhoffte Linderung und sie schlief ein.

Als Louis am nächsten Morgen die Treppe herunterkam und seine Mutter auf dem Sofa vorfand, war er sehr verwundert. Er stürmte auf sie zu und gab ihr einen genauso stürmischen Kuss auf die Wange. So machte er das immer, wenn er morgens seine Mama weckte.

»Autsch«, schrie sie kurz auf.

»Mami, steh auf, es ist schon sieben Uhr«, rief er und rüttelte kräftig an ihrem Arm.

»Vorsicht, mein Schatz, mir geht es nicht gut«, konnte sie nur sagen, bevor ihr Sohn sie mit neuen Fragen löcherte.

»Was hast du denn und warum schläfst du nicht in deinem Bett?«, bohrte er weiter.

»Langsam, Louis«, stoppte sie seinen Übermut und raffte sich auf, ihm von ihren Zahnschmerzen zu erzählen.

»Wahrscheinlich muss ich erst einmal zum Zahnarzt gehen!«

Sie hielt sich erneut die schmerzende Wange.

Spontan sprang der Junge von seiner Mutter herunter und lief zum Telefon: »Okay, Mama, ich rufe Eric an. Bleib du ruhig liegen. Wir Männer werden das schon machen!«

Louis war ihr zu schnell heute Morgen. Um ihn davon abzuhalten, fühlte sie sich einfach nicht fit genug.

Erschöpft ließ sie ihre Hand, die sie zum Protest erhoben hatte, wieder fallen.

»Mama, willst du Eric auch kurz sprechen?«, rief der Junge und hielt ihr den Hörer entgegen.

»Ja, gib ihn mir bitte«, brachte sie mühsam hervor, bevor Louis wieder auflegen konnte. Aber auch Eric ließ sie kaum zu Wort kommen. Er erkundigte sich kurz nach ihrem Befinden und versicherte ihr, dass er sich sofort auf den Weg machen würde.

Ihre beiden Männer hatten sich wohl schon abgesprochen, denn Louis ging nach dem Telefonat direkt nach oben, wusch sich und kam fertig angezogen wieder herunter. Auch sein Frühstück machte er sich heute selbst. Er saß nun am Küchentisch und löffelte fleißig seine Cornflakes.

Eileen blieb immer noch auf ihrem Sofa. Sie konnte sich nicht entscheiden zwischen aufzustehen oder sich einfach wieder hinzulegen. Normalerweise war es ihr Part, alles zu organisieren, und sie ließ es sich auch ungern aus der Hand nehmen.

Doch heute war ihr fast alles egal und sie war nur froh, dass Louis mittlerweile so selbständig und auf Eric ebenfalls hundertprozentig Verlass war.

Es dauerte keine halbe Stunde, da klingelte es und Eric stand vor der Tür. Der Junge rannte vor und öffnete. Sofort sprang er dem so vertrauten Mann in den Arm. Eric fing ihn auf und sie begrüßten sich kumpelhaft mit einem übermütigem gegeneinander Klatschen ihrer Handflächen. Dann ging der junge Mann zu Eileen und hockte sich vor sie hin. Vorsichtig nahm er seine Lieblingsfrau in den Arm.

»Eileen, wie geht es dir?«, fragte er besorgt.

»Hhm«, brummte Eileen nur vor sich hin und winkte ab. Dabei legte sie ihre nicht schmerzende Wange auf seine Schulter.

Er nahm ihr Gesicht in beide Hände und sah sie an. »Das sieht wirklich nicht gut aus. Deine Wange ist bereits geschwollen. Da wirst du um einen Arztbesuch nicht herumkommen.«

Die Frau zog nur die Schultern hoch und nickte dazu.

Eric richtete sich auf und entschied dann: »Ich bringe Louis zuerst in die Tagesgruppe und du machst inzwischen einen Termin beim Zahnarzt klar. Später bringe ich dich dann hin.«

»Aber du musst doch in die Praxis«, wandte Eileen ein.

»Das geht schon klar«, meinte der Mann nur. »Wozu bin ich denn mein eigener Chef?«

Nun half er dem Jungen beim Zusammensuchen seiner Sachen und brachte ihn in die Tagesgruppe. Eileen rief beim Zahnarzt an und ließ sich einen Termin geben. Dann überwand sie sich erneut, vorsorglich noch eine Schmerztablette zu nehmen. Als Eric wiederkam, hatte sie bereits Kaffee gekocht und war gewaschen und angezogen. Sie goss ihm eine große Tasse voll ein und berichtete ihm, dass sie erst gegen Mittag einen Termin bekommen konnte und sich dazu entschlossen hatte, mit ihm in die Praxis zu fahren. Als Eric das hörte, war er damit gar nicht einverstanden.

»Wenn du krank bist, bleibst du zu Hause. Das ist doch wohl klar«, meinte er nur dazu.

»Was soll ich hier rumsitzen«, entgegnete Eileen.

»Wenn ich hierbleibe, habe ich nur noch mehr Zeit, an die Schmerzen zu denken. Also ist Arbeit die beste Ablenkung. Außerdem kannst du mich dann in der Mittagspause kurz zum Zahnarzt bringen.« Ihr Chef wusste nichts dagegen einzuwenden, denn irgendwie klang es einleuchtend und er zog die Schultern hoch.

Kurz darauf drängelte Eileen ihn schon zum Aufbruch, denn die Kunden warteten bestimmt schon vor seiner Praxis.

Alles verlief, wie die junge Frau es geplant hatte und die Arbeit in der Massagepraxis blieb auch nicht liegen. Nachdem sie dann beim Zahnarzt war und dieser ihr einen Weisheitszahn ausgraben musste, gab sie zu, danach doch besser zu Hause aufgehoben zu sein. Eric brachte sie heim, versorgte sie noch mit dem Notwendigsten wie Schmerztabletten, einem Glas Wasser, einem Kühl-Pack und dem schnurlosen Telefon für den Notfall. Dann verabschiedete er sich mit einem Kuss auf ihre Stirn und ließ Eileen auf ihrer Couch allein zurück.

»Mach dir keine Sorgen, ich hole Louis nachher wieder von der Tagesgruppe ab«, sagte er noch zum Abschied und ging dann endgültig.

Rocky, Louis' kleiner Hund, kuschelte sich an das Fußende und so schliefen Eileen und der Hund beruhigt auf der Couch ein.

Abends, als die Sonne schon untergegangen war, kam Eric mit Louis zu dem kleinen Häuschen am Stadtrand zurück. Der Junge blieb meistens über Mittag in der Tageseinrichtung und war somit den ganzen Tag über gut versorgt. Als beide zur Tür hereinkamen, wollte Louis gerade auf seine Mutter losstürmen und sie begrüßen. Doch Eric hielt ihn an der Kapuze seiner Jacke zurück.

»Warte, deiner Mutter geht es bestimmt noch nicht viel besser. Weck sie lieber nicht so stürmisch.«

Von den Geräuschen aufmerksam geworden, lief Rocky seinem Herrchen entgegen und sprang erfreut an dem Jungen hoch. »Psst!«, flüsterte Louis ihm zu, »weck Mama nicht auf. Sie muss erst gesund werden.« Dabei legte er einen Zeigefinger auf seine Lippen und mit der anderen Hand kraulte er seinem Lieblingshund das Ohr.

Langsam wurde nun auch Eileen wach und richtete sich auf. Ihre linke Wange war geschwollen und die innere Wunde schmerzte.

Louis kam leise zu ihr und umarmte seine Mutter zur Begrüßung. »Willst du auf die rechte oder auf die linke Wange einen Kuss von mir?«, fragte er vorsichtig. Die junge Frau zeigte auf die rechte Wange und sagte nichts, denn jede Mundbewegung verursachte neue Schmerzen. Nun kam auch Eric zu den beiden und sah sie besorgt an.

»Hast du schon eine Schmerztablette genommen«, fragte er. Sie schüttelte leicht den Kopf und wehrte mit der Hand ab.

»Nimm ruhig eine Pille, die hilft dir wenigstens anfangs über die Schmerzen hinweg«, meinte Eric hartnäckig.

Mit großen Dackelaugen sah sie ihn an und murmelte: »Wenn es sein muss.« Dann zeigte sie ihm, wie er die Tablette auf einem Löffel zerkleinern sollte, damit sie das Medikament auch herunterschlucken konnte.

Louis hatte bereits einen großen Löffel geholt und wechselte ohne Aufforderung das warme Kühl-Pack gegen ein Kaltes. Dann strich er seiner Mutter vorsichtig über die linke Wange.

Eric reichte ihr das Medikament. Nachdem sie dieses heruntergeschluckt hatte, schüttelte sie sich angewidert und griff schnell zum Glas Wasser, welches sie in einem Zuge leerte. Dann legte sie sich wieder hin. Der Mann an ihrer Seite deckte sie liebevoll zu.

»Ruh' dich aus und mach dir keine Sorgen«, sagte er, »unsere Männerwirtschaft funktioniert schon.« Dann zwinkerte er ihr kurz zu.

Angenehm berührt von so viel Liebe und Fürsorge, kuschelte sie sich wieder in die Kissen. Zufrieden stellte sie fest, wie gut es ihr tat, Louis und Eric um sich zu haben, und wie schön es war, selber umsorgt zu werden.

130

Dieses Gefühl hatte sie lange nicht mehr so tief empfunden. Still beobachtete sie nun ihre beiden Männer,
wie sie das Abendbrot zubereiteten. Es gab nur einen
Rest Eintopf vom Vortag, der in der Mikrowelle warm
gemacht werden musste. Doch alles schien zu funktionieren. Überhaupt hatte sich Eileens Alltag irgendwie
verändert. Vor dem letzten Weihnachtsabend war dieser
Mann auch schon häufig zu Gast gewesen. Doch aus der
Tatsache, dass sie beide sich zu einer engeren Beziehung
entschlossen hatten, gestaltete sich das Zusammensein
noch harmonischer, liebevoller und vor allem familiärer.
Man könnte meinen, Eric gehörte schon immer hierher.

Der Mann am Tisch sah zu ihr herüber und bemerkte,
dass sie nicht schlief. »Willst du auch eine Kelle voll
haben?«, fragte er belustigt und zeigte auf den Eintopf.
Eileen sah ihn überrascht an und zeigte ihm einen Vogel.

»Mama«, rief Louis entrüstet, »die Suppe soll doch
für dich sein und nicht für deinen kleinen Vogel.« Dabei
kicherte er vor sich hin und löffelte seinen Teller leer.

»Nachschub«, rief er und hob den ausgekratzten Teller
in die Luft. Eric füllte dem hungrigen Kind noch einmal
den Teller und schmunzelte.

Das Medikament zeigte langsam Wirkung und Eileen
beschloss, sich mit an den Tisch zu setzen. Gewappnet mit ihrem Kühl-Pack, stand sie auf und ging zum
Küchentisch. Nachdem sie sowohl Louis als auch Eric
von hinten umarmt und jedem ein Küsschen auf die
Wange gegeben hatte, setzte sie sich dazu. Dabei stützte
sie ihren linken Ellenbogen auf die Tischplatte und legte
ihre heiße Wange lindernd auf die kühle Masse in ihrer
linken Hand. Dann lauschte sie, was ihre beiden Männer
den Tag über erlebt hatten.

Eric wandte sich nun an Eileen und meinte mit einem
schelmischen Grinsen: »Ob du morgen auch noch krank
feiern kannst, liebe Eileen, weiß ich noch nicht.«

Irritiert sah sie ihn an und fragte: »Wieso?«

»Nun«, fuhr er fort, »viele Kunden wollten heute lieber von dir, als von mir, in Schlamm gelegt werden. Sie versicherten mir zwar, dass ich sanfte Hände hätte, aber sie ließen sich sehr gerne auch von dir verwöhnen. Das kann ich eigentlich nur bestätigen.«

Eileen sah ihn liebevoll an und lächelte, so gut sie es ohne Schmerzen konnte. »Du übertreibst, wir reden frühestens morgen darüber. Ich muss sehen, wozu ich fähig bin.«

Eileens Zahnproblem hielt noch drei Tage an, in denen sie sich absolut nicht fit fühlte, Eric in der Massagepraxis zu helfen oder sonst großartig aktiv zu werden. Ihre engsten Begleiter in dieser Zeit waren ein ständig wechselndes Kühl-Pack und Rocky, der kaum von ihrer Seite wich, während Louis ständig in der Tageseinrichtung war.

Eric umsorgte Eileen, wenn er abends mit dem Jungen nach Hause kam. So sehr verwöhnt zu werden, half natürlich auch zu einer schnellen Genesung. Kurzzeitig überlegte sie, ob sie überhaupt schnell gesund werden sollte, denn momentan konnte die junge Frau gar nicht genug umhegt werden. Doch ihr leuchtete auch ein, dass sie Eric nicht ewig diesem Stress aussetzen konnte. Schließlich kümmerte er sich um die Praxis, um Louis, um Rocky, um Sammy und ebenfalls um Eileen.

Nachdem ihre Wange abgeschwollen und die Fäden aus der Wunde entfernt worden waren, ging es ihr auch schon bedeutend besser. Also gab sie sich wieder immer mehr in den Alltag ein. Außerdem wurde es sowieso immer langweiliger so allein, mit Ausnahme von Rocky, auf der Couch herumzuliegen. In der Regel war sie selbst es, die Louis und andere liebe Menschen in ihrem Umfeld umsorgte.

12

In der nächsten Zeit war Ronny sehr beschäftigt. Er wurde hinunter zu den Bewegungsbädern und zur Massage gefahren. Danach folgten noch Dehnungsübungen der Beinmuskulatur und später Laufübungen auf dem Band. Ronny hatte nun die Möglichkeit, wieder er selbst zu werden, und genoss das kleine Training in vollen Zügen. Gerade bei der Massage, besonders vom weiblichen Personal, meinte er, bevorzugt behandelt zu werden. Ob sie wussten, dass er einmal der große Box-Champion war? Oder bildete er sich das nur ein? Er schmunzelte. Jedenfalls stellte er fest, wie gut es ihm tat und es dauerte auch nicht lange, bis er wieder ohne fremde Hilfe laufen konnte. Das machte einen ganz neuen Menschen aus ihm. Viele Zweifel, die ihn in letzter Zeit so lange begleiteten, waren verflogen. Alle Fragen – ob er wieder laufen können, ob er irgendwann schmerzfrei oder für immer ein Wrack sein, oder ob er diesen Entzug überhaupt überstehen würde – waren glücklicherweise beantwortet.

Nun hatte er wieder Hoffnung und begann bereits, neue Pläne zu schmieden. Allerdings war er sich noch nicht schlüssig darüber, ob er den Boxsport endgültig an den Nagel hängen sollte. Aber diese Entscheidung hatte noch Zeit. Jetzt musste er erst einmal wieder richtig fit werden. Es blieb genügend Zeit, mit John, seinem Trainer, über alles Weitere zu sprechen.

John, dachte Ronny, *wieso kam er nicht?*
Er zog seine Sportschuhe an und machte sich auf den Weg in den Klinikpark. Der Arzt hatte ihm die Erlaubnis gegeben, dort jeden Tag zu joggen und somit seine Beinmuskulatur zu stärken.

Es war schon frustrierend, mehrere Runden immer nur im Kreis herumzulaufen. Er kannte ja schon jedes einzelne Blatt an der Hecke, die den Park von der dahinter liegenden Straße trennte. Doch das war in jeden Fall besser, als immer im Zimmer eingesperrt zu sein.

Dort drüben stand eine Bank. Diese nutzte er, um zu verschnaufen und wieder Energie zu tanken. Hier konnte er tief durchatmen und sich relativ frei fühlen, wenn er nicht daran dachte, dennoch gefangen zu sein.

Jedenfalls war es ihm hier möglich, klare Gedanken zu fassen und Pläne für die Zukunft zu schmieden.

Heute schien die Sonne wieder und er streckte ihr sein Gesicht entgegen. Wärmend trafen ihre Strahlen seine Haut und gaben ihm ein Gefühl des Wohlbefindens und der Geborgenheit. So war es ganz leicht, die Augen zu schließen und in Tagträume zu versinken.

Es erschien eine Gestalt vor seinem inneren Auge. In weiter Ferne bildete sie nur einen Schatten, doch dann kam sie näher. Wieder ritt sie mit dem blauen Umhang auf einem Schimmel und trieb das Pferd zum Galopp an. Ihre schwarzen langen Haare wehten wild im Wind. Ihr Gesicht zeigte eine zierliche, fast kindliche Silhouette, die ihm sehr bekannt vorkam.

Doch jetzt wurde ihm klar, wer diese Person war. Es war Eileen! Sie lächelte ihn an und wie schon einmal in einem Traum zuvor reichte sie ihm die Hand und rief: »Ronny, komm mit, komm nach Hause!« Wieder zögerte er. Die Ausstrahlung dieses Mädchens war faszinierend. Während ihr Pferd um ihn herumtänzelte, rief sie ihm immer wieder zu:»Komm mit, komm nach Hause!«

Einige Zeit später verschwand sie genauso imposant, wie sie zuvor aus dem Nichts gekommen war. Ronny öffnete die Augen. Die Sonne blendete ihn. Schützend hielt er seine Hand davor. Dann sah er auf den Boden. Als er sich an die Helligkeit wieder gewöhnte, bemerkte er, dass die Sonne den Schnee an einigen Stellen schon kräftig zum Schmelzen gebracht hatte. Es schien Frühling zu werden. Verwundert dachte er über den schon einmal geträumten Traum nach. Er überlegte angestrengt: »Wieso war es Eileen, auf die ihn sein Unterbewusstsein aufmerksam machte? Sie war damals doch noch so jung, gerade siebzehn Jahre alt und sehr hübsch. Soweit er sich erinnern konnte, verbrachten sie ungefähr ein Jahr miteinander. Eileen war fürsorglich und lieb. Er fühlte sich bei ihr damals geborgen. Bald hätte sie es geschafft, ihn für immer zu binden.

Doch scheinbar war er ein Vagabund, der das Leben und die Freiheit liebte. Wenn er recht überlegte, hatte er keinen Schritt in seinem Leben bereut. Auch der Trip nach Frankfurt und die Chance, ein großer Boxchampion zu werden, kam für ihn wie gerufen.

Nur die Erfahrungen der letzten zwei Monate, während seines Entzuges, würde er gern aus seinem Gedächtnis streichen. Dieser Entzug war die Hölle. Doch jetzt schien er es ja geschafft zu haben? Nun war er wieder körperlich fit, fähig, eigene Entscheidungen zu treffen und sein Leben so zu gestalten, wie er es für richtig hielt.«

Als Nächstes nahm er sich vor, nochmals mit seinem betreuenden Arzt zu sprechen und seine Entlassung auszuhandeln. Hoffentlich machte der Psychologe ihm keinen Strich durch die Rechnung. Die Sitzungen mit ihm waren immer sehr nervenaufreibend und er forschte so tief in seinem Seelenleben, dass es Ronny schon fast peinlich war, Antworten zu geben. Doch wäre er nicht bereit dazu gewesen, stünden die Aussichten, hier entlassen zu werden, gleich null. Aber er war sich sicher, gute Fortschritte gemacht zu haben.

Entschlossen ging der motivierte Mann in die Klinik zurück und suchte seinen Arzt auf. Ronny hatte Glück, denn dieser war gerade mit einem Gesprächstermin fertig. Also setzte er sich in den Wartebereich und nahm eine Zeitung, die dort lag. Desinteressiert überflog er die Schlagzeilen.

Plötzlich blieb sein Blick an einer Überschrift hängen: **DROGENABHÄNGIGER CHAMP IM HOSPITAL! WIRD ER DEN ENTZUG SCHAFFEN?**

Ronny las entsetzt weiter:

Der Boxchampion Ronny Faber ging bei seinem letzten Kampf K.O! Schwerverletzt wurde er in eine Klinik eingeliefert. Trainer John packt nun aus! Er setzt wenig Hoffnung in seinen Schützling. Zweifel bestehen, ob der ehemalige Boxchampion überhaupt wieder in den Ring gehen kann.

Es waren Drogen im Spiel! Wird er den Entzug überstehen? Das hält Trainer John für sehr unwahrscheinlich! Doch er setzt neue Hoffnungen in seinen neuen Schützling Ben Galliger. Von ihm verspricht er sich eine ganze Menge! Die Verhandlungen laufen auf Hochtouren.

Ronny wusste nicht, was er zuerst denken sollte. *So schnell ist man also abgeschrieben und vergessen*, dachte er enttäuscht. Den Tränen nahe, überkam ihn plötzlich ein völliges Gefühl der Einsamkeit und Leere. Doch glücklicherweise hatte er wieder gelernt, Beherrschung zu bewahren, und fing sich schnell.

Als die Tür aufging und sein Arzt erschien, saß Ronny niedergeschlagen auf seinem Platz.

»Herr Faber, schön Sie zu sehen! Was haben Sie auf dem Herzen?«, fragte der Arzt höflich.

Ronny sah ihn traurig an und reichte ihm die Zeitung. Der Mann vor ihm stutzte, las kurz die Überschrift und bat ihn dann in sein Zimmer.

Nach einigen Minuten der Stille begann der Arzt zu reden. »Es tut mir leid für Sie, aber dieses Geschreibsel sollten Sie nicht ernst nehmen. Das ist schmutziger Klatsch«, versuchte er seinen Patienten wieder aufzumuntern. Ronny sah ihn an und fragte direkt: »Heißt das, mein Trainer und einziger Freund hat mich aufgegeben? Hat er sich überhaupt mal nach mir erkundigt? Wieso kam er mich nie besuchen?«

»Ich will ehrlich sein, Herr Faber. Zuerst hat sich ihr Freund noch einige Male nach Ihnen erkundigt. Später nicht mehr. Das letzte Mal liegt wohl ungefähr fünf Wochen zurück. Dieser Zeitungsausschnitt muss ebenfalls aus dieser Zeit sein. Es tut mir leid, die Putzfrauen haben wohl nicht gründlich genug aufgeräumt. Was aus ihrem Freund geworden ist, müssen Sie später selber herausfinden. Doch an ihrer Stelle würde ich das als Letztes angehen. Wichtig sind erst einmal Sie und ihr Vorankommen!«

Ronny hatte zugehört, doch entschlossen fragte er weiter: »Wann werden Sie mich entlassen?«

Der Arzt sah ihn skeptisch an und stellte eine Gegenfrage: »Meinen Sie, Sie sind in der Lage, wieder zurück in ihr altes Leben zu gehen oder einen neuen Start zu versuchen?«

»Ich denke schon«, antwortete Ronny immer noch entschlossen, obwohl er wusste, dass er sich da viel vorgenommen hatte.

»Wie Sie meinen, Herr Faber. Ich werde noch Rücksprache mit Ihrem Psychologen halten und gebe Ihnen dann Bescheid. Überstürzen würde ich allerdings noch nichts«, warnte ihn sein Arzt und verabschiedete seinen Patienten an der Tür.

Ronny schlurfte in sein Zimmer zurück. Die Zeitung hielt er noch krampfhaft in der Hand, bis er sie mit voller Wut in den Abfalleimer feuerte. Er setzte sich in den Sessel und sah gedankenversunken aus dem Fenster. Die angenehmen Strahlen der Sonne, die die gesamte Landschaft in helles Licht verwandelte und den restlichen Schnee aufblitzen ließ, nahm Ronny nicht mehr wahr. So sehr war er mit seinem Problem und der Suche nach einer Lösung beschäftigt.

Nie hätte er gedacht, so sehr auf einen Menschen angewiesen zu sein, wie es wohl bei John gewesen war? Ihm wurde nun klar, dass er John viel zu sehr vertraut hatte. Er musste wohl versäumt haben, ab und an sein Leben selbst in die Hand zu nehmen, und hatte sich blind führen lassen. Wie fatal. Wäre das nicht so gewesen, würde der Verlust des einzigen Freundes jetzt nicht so schmerzhaft für ihn sein.

Wieder einmal fühlte er sich einsam und gefangen in diesem kleinen Raum, wie schon so oft in letzter Zeit. Sehr lange stand er am Fenster und starrte auf einen einzigen Punkt in der Ferne.

Ronny stellte verschiedene Überlegungen an. *Lösen konnte er sein Problem und seine Ungewissheit nur, wenn er John zur Rede stellte. Aber dafür sollte er ihm gegenüberstehen. Also musste John zu ihm kommen, oder was viel wahrscheinlicher war, er selbst würde zu seinem alten Trainer gehen, um die Wahrheit zu erfahren.*

Doch was sollte aus ihm werden, wenn die Zeitung die Wahrheit schrieb? Was sollte er tun, wenn ihm niemand mehr eine Chance gab, sich im Ring zu beweisen?

Es hilft nichts, hier Trübsal zu blasen und in ewige Grübeleien zu verfallen. Nur eines ist jetzt wichtig; Ich muss hier raus! ... und dann erst einmal nach Hause!

Da war sie wieder, diese nicht zu beantwortende Frage: nach Hause? Wo war er zu Hause?

Hier in Frankfurt? In der Stadt hatte er ein kleines Apartment. Da war er selten und es wartete auch niemand auf ihn. Durch seine Kämpfe war er häufig unterwegs gewesen und übernachtete in Hotels oder in Reisebussen. Diese Bleibe hatte er nur als Zwischenstation genutzt und um seine Habseligkeiten, wie sein Motorrad, unterzubringen.

Zu Hause war er hier nicht wirklich! Um sich irgendwo heimisch zu fühlen, hatte er ohnehin nie Zeit. Das war früher für ihn nicht wichtig gewesen. Meistens war hartes Training angesagt. Oder er hielt sich auf Feten bei Freunden auf; besser gesagt, geglaubten Freunden ...

Denn wo waren sie jetzt alle? Niemand aus seinen Kreisen war mehr da, alle schienen ihn vergessen zu haben. Dabei hatte er dem Drogenentzug doch nur zugestimmt, um wieder zurückzukommen. So hatte er jedenfalls Johns letzte Worte verstanden. Jetzt verleugnete selbst sein Trainer ihn! Bei diesem letzten Gedanken spürte er, wie Bitterkeit sich wieder in ihm breitmachte.

Tief deprimiert nahm Ronny das Buch zur Hand, das er sich hier in der Bibliothek ausgeliehen hatte. Es war ein Science-Fiction-Roman. Der würde ihn wenigstens kurzzeitig auf andere Gedanken bringen und in eine ganz andere Welt entführen.

13

An einem schönen Samstagmorgen kam Eric mit seinem Wagen spontan vorbei, um Eileen und Louis zu besuchen. Mit Brötchen und Milch im Arm klingelte er an der Verandatür.

Eileen öffnete und sagte vergnügt: »Hallo, war das Gedankenübertragung oder hast du meinen Kaffee bis nach Hause gerochen? Der ist nämlich gerade fertig!«

»Nichts dergleichen, mein Schatz«, konterte er. »Es war heute Morgen die Sonne und natürlich der Gedanke an euch, die mir einen wunderschönen Tag versprachen.«

Eric drückte ihr einen Begrüßungskuss auf die Nase und einen zweiten innigeren Kuss auf ihre leicht geöffneten Lippen. Beim zweiten Kuss schienen die beiden förmlich aneinanderzukleben, denn dieser dauerte durchaus länger. Sowohl Eileen als auch Eric fühlten sich, wie schon häufiger, magisch voneinander angezogen und beiden fiel es immer schwerer, sich voneinander zu lösen.

Gerade kam Louis mit Rocky vom morgendlichen Gassi-Gehen zurück. Der Junge hatte sich schon an die *Klebehaltung*, wie er sie nannte, gewöhnt. Er wusste auch, dass es nie lange dauern würde, bis der Klebeeffekt zwischen seiner Mutter und dem Mann, den er sich als Vater ausgesucht hatte, sich wie von Zauberhand auflösen würde, sobald er in der Nähe war.

Also gab er Eric nur einen kumpelhaften Begrüßungsklaps auf das Hinterteil und ging schnurstracks an ihnen vorbei. Dabei nahm er Eric die Brötchen aus der Hand und sagte:»Macht nur weiter, ich frühstücke schon mal!« Ein schelmisches Grinsen konnte er dabei allerdings nicht verkneifen.

Schließlich lösten sich die beiden Turteltauben und kamen zum Tisch. Eileen holte noch das restliche Geschirr, Marmelade, Schokoladenbelag und Käse dazu. Dann begannen sie alle mit dem gemeinsamen Frühstück. Die Frühlingssonne schickte ihre ersten Strahlen durchs Fenster und erhellte den kleinen Raum in eine harmonische Atmosphäre.

Grübelnd sah Eric in die kleine Runde und sagte:»Was haltet ihr von einem Frühlingsausflug bei Sonnenschein im offenen Cabrio?«

»Oh, ja«, rief Louis sofort,»wann fahren wir los?«

Eileen sah skeptisch zu ihren Männern und gab zu bedenken:»Einen Ausflug finde ich ja okay, aber im offenen Cabrio? Ist das nicht noch zu früh in diesem Jahr?«

Nun schaltete sich Eric wieder ein.»Wir müssen sowieso erst mein Cabrio vom Winterstaub befreien. Damit können wir zunächst einmal anfangen. Später sehen wir, wie das Wetter wird. Oder was hältst du davon, mein Sportsfreund?« Dabei klopfte er Louis kumpelhaft auf die Schulter.

»Na klar, wird sofort gemacht, Sir«, antwortete Louis voller Eifer.

»Wie wäre es, wenn wir Chris und Tina mal wieder dazu einladen würden? Wir haben sie schon lange nicht mehr gesehen«, fragte Eileen spontan.

»Gute Idee«, antwortete Eric und beeilte sich mit dem Frühstück, denn Louis drängelte schon zum Aufbruch. Als er nun genießerisch seine Tasse Kaffee an den Mund hielt, um einen letzten Schluck davon zu nehmen, stieg der warme Kaffeeduft in seine Nase. Mit einem Blick auf die beiden, die neben ihm saßen, empfand er plötzlich ein völliges Wohlgefühl und ihm gingen ein paar Gedanken durch den Kopf. Dass Louis ihn akzeptierte und ihn vielleicht als Kumpel oder sogar als Vater akzeptieren würde, hatte er schon länger gehofft. Doch konnte er nicht damit rechnen, dass der Junge ihn sofort so familiär einspannen würde. Er verbrachte mittlerweile jede freie Minute, die er aufbringen konnte, mit Louis und Eileen.

Meistens kam dem Jungen auch schon eine Idee, was sie beide oder zusammen mit seiner Mutter machen könnten. Obschon Eric sich manchmal auch mehr Zeit mit Eileen wünschte.

Würde es wirklich auch mal seine eigene Familie werden?

So, wie sie alle drei den Alltag gestalteten und bewältigten, waren sie ein gutes Team und lebten schon fast genauso wie in einer richtigen Familie. Die Ausnahme bestand nur noch darin, dass es zwei Haushalte gab. Für ihn stellte es kein Problem dar, diese Hürde zu nehmen. Doch Eileen dachte anders darüber. Erst letztens hatte sie noch zu ihm gesagt, sie wäre noch nicht soweit und bräuchte noch etwas Zeit, sich mit diesem Gedanken anzufreunden. Also musste er wohl noch Geduld haben, denn er wollte Eileen auch nicht drängeln.

Nachdem er seine Tasse geleert hatte, sah er Eileen an und zwinkerte ihr vertraut zu, als er bemerkte, dass sie ihn wohl schon eine Weile beobachtet haben musste.

»Lass uns anfangen«, sagte er schließlich zu Louis und stand vom Frühstückstisch auf. Dann wandte er sich noch einmal Eileen zu, die ebenfalls traumversunken an ihrem Kaffee nippte. Er gab ihr einen Kuss auf die Stirn und meinte:»Schade, ein ausgedehntes Frühstück wäre auch nicht schlecht gewesen?«

Sie lächelte ihn an und sagte:»Ist schon gut. Louis mag dich eben auch! Ich kümmere mich gleich um den Proviant für unseren Ausflug.«

Kurz darauf war Eileen allein, genoss ihren Kaffee und hing weiter ihren Gedanken nach. *Jedes Mal, wenn Eric nun bei ihr war, gefiel ihr seine Nähe immer mehr. Aber genauso erfreute es sie, wenn sie sah, wie Louis seine Anwesenheit positiv annahm. Manchmal benahm er sich, als wäre Eric wirklich sein Vater und es wäre nie anders gewesen. Dabei übertrieb er natürlich manchmal mit seinem kumpelhaften Verhalten Eric gegenüber. Doch dieser Mann ging super auf ihren Jungen ein und schien dieses tolle Verhältnis ebenfalls zu genießen. Außerdem stand ihm die angenommene Vaterrolle wirklich gut. Wahrscheinlich lag es daran, dass Eric im Grunde schon einige Jahre in diesem Hause ein und aus ging.*

Sie wusste nicht, wie ihr zukünftiger Lebenspartner das sah, aber ihr war es zuvor nie in den Sinn gekommen, dass daraus mal mehr werden würde als reine Nachbarschaftshilfe. Wahrscheinlich wehrte sie sich schon viel zu lange gegen tiefere Gefühle zu einem anderen Mann. Ronny hatte sie damals einfach zu sehr enttäuscht und verletzt.

Schlagartig wurde ihr wieder bewusst, dass Eric eigentlich schon immer zu ihr gehalten hatte. Dieser Mann war anders, für alle Situationen brachte er Verständnis auf und war auch ständig zur Stelle, wenn seine Hilfe benötigt wurde. Es begann eigentlich schon damals, als Chris sie beide miteinander bekannt machte und sie bei ihm in der Praxis als Hilfskraft anfing. Irgendwann schenkte er ihr einfach mal ein offenes Ohr und sie erzählte ihm etwas mehr aus ihrem Leben. Es fühlte sich gut an! Doch jetzt, wo der Weihnachtsmann ein Machtwort gesprochen hatte, wurde ihre Beziehung noch schöner. Natürlich genoss sie die Liebeleien, die sie mittlerweile mit Eric austauschte. Doch leider konnte sie sich immer noch nicht dazu überwinden, mit ihm zu schlafen. Irgendein

Gefühl in ihr sagte: »Riskiere es, Eric ist ein liebevoller und verständnisvoller Mann.«

Doch ein anderes, ganz leises wurde dann wieder ganz laut und ließ sie hadern. Dieses Gefühl war von so viel Enttäuschung aus der Vergangenheit geprägt und der Angst, wieder verlassen zu werden. Manchmal ärgerte sie sich darüber, dass die Erinnerung an die Zeit mit Ronny sie immer wieder einholte und ihr jetziges Leben beeinflusste. Aber es musste wohl daran liegen, dass er der erste Mann in ihrem Leben war, der für sie eine besondere Rolle spielte. In diesem einen Jahr, das sie zusammen verbrachten, hatte sie auch ihre ersten sexuellen Erfahrungen mit ihm gemacht. Sie war damals sehr unerfahren gewesen und das Resultat daraus war dann Louis.

Für ein Kind und die dazugehörende Verantwortung war sie eigentlich noch zu jung, doch es war geschehen und das Schicksal ließ sich nicht mehr aufhalten. Heute hatte sie ihr Leben allerdings besser im Griff und sie musste nun lernen, alte Ängste loszulassen.

Kurz sah sie nach draußen zu Eric und Louis und ihr fiel ein, dass sie noch Tina und Chris einladen wollte. Nun wurde es aber Zeit, dort anzurufen, denn die beiden fleißigen Männer würden nicht den ganzen Tag dazu benötigen, Erics Cabrio auf Hochglanz zu bringen.

Tina und Chris freuten sich über die Idee eines gemeinsamen Ausfluges und sagten zu. Sie verabredeten sich in einer Stunde vor Eileens Haus.

Das Wetter meinte es allerdings nicht so gut mit allen, denn gerade als Eric und Louis ihre Putz- und Polierarbeiten zu Ende gebracht hatten und nur noch das Dach des Cabrios auf ihre Funktion hin testen wollten, zogen dunkle Wolken am Himmel auf und wenig später begann es zu regnen.

»O Mann, das ist so doof. Warum regnet es gerade jetzt?«, maulte Louis auf der Veranda sitzend und schlug die Hände auf seine Knie. »Warum hat der liebe Gott kein Erbarmen mit uns und lässt die Sonne wieder scheinen? Hat er nicht gesehen, wie fleißig wir den Wagen geputzt haben? Nun war alle Mühe umsonst.« Er ließ den Kopf traurig sinken und meckerte weiter vor sich hin. Eric setzte sich zu ihm und legte einen Arm um die Schulter des Kindes.

»Tja, immer kann der liebe Gott das Wetter auch nicht beeinflussen«, versuchte er, Louis zu trösten und überlegte, wie er ihn wieder aufheitern konnte.

Den Wolken nach zu urteilen, schien es kein kurzer Regenguss zu sein, sondern würde sich noch etwas länger auszudehnen. Der geplante Ausflug fiel natürlich dann buchstäblich ins Wasser, das stand fest. Darüber war Eric auch nicht begeistert. Doch es musste noch eine Alternative geben, um den so schön begonnenen Tag zu vollenden.

Kurze Zeit später fiel ihm etwas ein und er überlegte laut: »Wir müssen ja nicht unbedingt ins Grüne fahren. Wie wäre es mit einem Trip ins Blaue? Also käme da ein Schwimmbad oder sogar ein Spaßbad mit Wasserrutsche und Ähnlichem in Frage.«

Spontan von seinem Jammer befreit hob Louis den Kopf, strahlte Eric an und meinte: »Das ist doch eine super Idee, lass uns aufbrechen!« Dabei schlug er mit einer Hand leicht auf Erics Oberschenkel.

»Na, dann ist ja alles klar, vorausgesetzt deine Mutter ist auch einverstanden«, sagte der Mann völlig überrascht über die wundersame Heilung des zuvor noch abgrundtiefen Kummers eines Kindes.

»Du wirst das schon machen. Ich suche dann mal meine Taucherbrille«, antwortete Louis und verschwand geschäftig im Wandschrank.

Nun war der Ausflug gerettet, denn auch Eileen hielt das für eine gute Idee, mal wieder schwimmen zu gehen. Sogar Tina und Chris ließen sich umstimmen und fuhren rasch nach Hause, um ihre Schwimmtaschen zu packen.

Im Spaßbad angekommen, suchte sich Eileen eine Liege unter zwei Palmen und legte besitzergreifend ihr Handtuch darauf. Zum Glück hatten heute wenige Leute die Idee, baden zu gehen. So gab es noch mehrere freie Liegen. Eileen schob eine weitere mobile Liege unter ihre ausgesuchte Palmenlandschaft. Diese sollte natürlich für Tina sein, damit sie beide besser miteinander plaudern konnten.

Tinas Schwangerschaft verflog für Eileen wie im Nu und sie fand es schade, gar nicht richtig miterleben zu können, wie Tinas Babybauch heranwuchs. Dazu war einfach zu wenig Zeit, die sie zusammen verbringen konnten, seitdem Tina aus ihrer kleinen Hausgemeinschaft ausgezogen war.

Damals, als sie selbst mit Louis schwanger war, hatten Tina und sie alle kleinen Geheimnisse einer Schwangerschaft miteinander teilen können. Sie lebten ja zusammen und bestaunten jede positive Veränderung des heranwachsenden Babybauches. Es war eben ein unbegreiflich schönes Erlebnis. Ein Maßband, zur Messung des Bauchumfanges hatten sie immer griffbereit. Jeder Zentimeter, den Eileens Bauch zunahm, wurde freudig aufgeschrieben. Eileen konnte es allerdings nur akzeptieren, weil es eben ein Babybauch war und es, Gott sei Dank, keine anderen Ursachen für die schnelle Zunahme gab.

Chris und Eric hielten sich mit Louis nicht lange im Trockenen auf. Für die Männer war es wichtiger, das erfrischende Nass zu erleben und die sportlichen Attraktionen auszuprobieren. Dafür waren sie ja schließlich hierhergekommen.

Eileen und Tina genossen es, endlich wieder mal etwas Zeit zu haben, miteinander zu plaudern. Diese Gelegenheit bot sich in letzter Zeit wirklich selten, denn jede von ihnen hatte andere Alltagsprobleme zu bewältigen und Tina war eifrig damit beschäftigt, das Kinderzimmer für den kleinen Neuankömmling herzurichten.

Eileen fragte ihre Freundin sofort nach ihrem Befinden aus und war äußerst neugierig darauf, zu wissen, ob Tinas Baby ein Mädchen oder ein Junge würde. Doch darüber rätselten selbst die werdenden Eltern immer noch, also konnte Tina auch Eileens Neugierde nicht stillen. Nun kramte Eileen plötzlich in ihrer Tasche und holte ihr altes Maßband heraus.

»Übrigens habe ich noch ein Geschenk für dich«, sagte sie schmunzelnd, »halte es in Ehren, denn es soll dir Glück bringen!« Sie hielt es hoch in die Luft und ließ es ausrollen. Dabei strich sie langsam mit der anderen Hand am Maßband entlang und zog es glatt. Nun sah sie ihre Freundin abwartend an.

Tina musste lachen. »Das willst du mir wirklich schenken? Vielleicht brauchst du es selbst noch einmal?«

Verdutzt musterte Eileen ihre Freundin. »Wieso sollte ich es noch einmal benötigen? Außerdem verbindest du doch auch schöne Erinnerungen damit. Oder hast du weniger Spaß bei meiner Schwangerschaft mit Louis gehabt als ich?«

»Eher mehr als du«, antwortete Tina. »schließlich wurdest du damals immer runder; aber das kann ich nun ja nachempfinden.« Dabei bettete sie sich gemütlich auf ihrer Liege. Da sie schon einen recht ansehnlichen Bauchumfang besaß, konnte sie währenddessen einen kleinen Seufzer nicht unterdrücken.

»Da wären wir ja beim Thema«, witzelte Eileen und sprang mit dem Maßband in der Hand von ihrer Liege auf. Tina erschrak etwas, als ihre Freundin nun vor ihr stand und sich ohne Voranmeldung daran machte, das Band an ihrem Bauch anzulegen.

»Vorsicht, ich bin kitzelig«, warnte Tina und hielt kurzfristig den Atem an. Geschickt fädelte Eileen das schmale Band unter Tinas Rücken hervor und las auf der Skala nach.

»Nun ja, ein ganzer Meter Bauch. Das ist schon beachtlich«, meinte Eileen schmunzelnd.

Nachdem Tina anschließend das Maßband liebevoll in ihrer Tasche verstaut hatte, plauderten die beiden Freundinnen munter weiter. Es war auch kein Problem, dies und jenes zur Sprache zu bringen. Natürlich erkundigte sich Tina auch erneut nach dem Beziehungsstand zwischen ihr und Eric.

»Sei doch nicht so neugierig«, meinte Eileen ausweichend.

»Das ist keine Neugierde, sondern reine Besorgnis«, antwortete Tina prompt. »Ihr beide seid so ein schönes Paar und scheint wie füreinander geschaffen zu sein. Es wäre doch sehr bedauerlich, wenn es sich einer von euch anders überlegen würde, oder?«

»Wir wollen eben nichts überstürzen und außerdem sind wir auch selten allein«, versuchte sich Eileen wieder herauszureden.

Tina sah Eileen direkt in die Augen und zog ihre Stirn kraus. Dann kniff sie leicht ein Auge zu und meinte: »Dem können wir leicht Abhilfe schaffen. Louis möchte bestimmt gerne mal bei uns übernachten. Wollen wir ihn gleich mal fragen? Heute wäre dazu eine gute Gelegenheit. Chris und ich haben unsere Zweisamkeit momentan recht gut ausgelebt.« Lächelnd streichelte sie über ihren Bauch.

Eileen konnte dem nichts entgegenbringen, denn sie wusste, wie gern Louis Tina und Chris mochte. Dort übernachten konnte er bislang eher selten. Er würde diesem Vorschlag bestimmt positiv zustimmen. Sie überlegte flüchtig und begann, sich mit Tinas Vorschlag anzufreunden. »Du bist unmöglich«, gab sie nur noch zurück und wendete sich von ihrer Freundin ab.

Sie sah sich um und hielt Ausschau nach Eric, Louis und Chris. Alle drei erblickte sie in einem Becken, das auch zwei Sprungtürme hatte. So wie es aussah, brachten die Männer ihrem Sohn Louis gerade einige Schwimmzüge bei. Kurz entschlossen sagte sie zu Tina: »Ich sehe mal nach unseren Jungs.«

»Warte, ich gehe mit ins Wasser.« Tina streckte ihr eine Hand entgegen. »Würdest du mir bitte beim Aufstehen behilflich sein?«

Daraufhin ergriff Eileen ihre Hand und zog sie langsam von der Liege hoch.

»Ich weiß, werdende Mütter sind nicht die Schnellsten und für jede Hilfe dankbar«, bemerkte Tina grinsend. Dann musste sie doch etwas nach Luft ringen. »Geh du doch schon mal vor, ich komme schnellstmöglich nach.«

Sie war jetzt im siebten Monat schwanger und jede Bewegung wurde, schon allein durch ihren Bauchumfang, immer beschwerlicher.

Eileen machte sich auf den Weg zum Sprungturm. Mit einem kurzen Blick ortete sie die kleine Männergruppe und sah, dass Chris gerade intensiv mit Louis Schwimmübungen machte. Sie wählte das einen Meter hohe Sprungpodest aus und sprang mit einem graziösen Satz ins Wasser.

In langen Zügen schwamm sie unter der Wasseroberfläche entlang und tauchte erst wieder hinter Eric auf. Dann sprang sie förmlich aus dem Wasser und hielt sich von hinten an Erics Schultern fest. Völlig überrascht verlor er das Gleichgewicht und kippte mit ihr nach hinten weg. Natürlich gingen beide dabei unter, noch bevor er begriff, was geschehen war. Er kam wieder an die Wasseroberfläche und holte tief Luft. Dann drehte er sich um und schwamm hinter Eileen her. Eine kleine Verfolgungsjagd unter Wasser begann. Eileen war allerdings schneller, rettete sich an den Beckenrand und schwang sich aus dem Wasser. Erst, als sie schon einige Zeit auf dem Beckenrand saß, tauchte auch Eric endlich vor ihr auf. Leicht außer Atem hielt er sich an ihren Beinen fest. Eileen stemmte sich Halt suchend mit beiden Händen auf den Beckenrand und sagte freundlich:»Ich wollte nur mal Hallo sagen!«

»Wenn du mich häufiger so begrüßen willst, werde ich wohl schon bald an einem Herzinfarkt, mit anschließendem Ertrinken, sterben«, prustete Eric lachend.

»Entschuldige, das war nicht meine Absicht«, erwiderte Eileen mit Unschuldsmiene.»Ein bisschen Zeit möchte ich wohl doch noch mit dir verbringen!« Sie ließ sich wieder ins Wasser gleiten und gab ihm einen innigen Kuss auf den Mund. Ihre Arme schlang sie um seinen Hals und ihre Beine umklammerten seinen Körper.

Nur mit Mühe konnte sich Eric mit einer Hand am Beckenrand festklammern, ohne erneut mit Eileen unterzugehen, denn mit der anderen Hand hielt er bereits ihre Taille fest. Als er wieder Luft bekam, weil sie sich endlich von seinen Lippen löste, sagte er überwältigt:»Das du atemberaubend küssen kannst, weiß ich ja, aber wo hast du so gut tauchen gelernt?«

Eileen erklärte schelmisch:»Schwimmen und besonders das Tauchen waren immer schon meine Lieblingssportarten. Ich fühle mich im Wasser einfach wohl. Früher hätte man mich auch mit einem Fisch vergleichen können.«

Eric strich ihr seitlich über den Badeanzug und meinte: »Nun ja, du bist nicht nur wendig wie ein Fisch im Wasser, dein nasses Schuppenkleid steht dir auch besonders gut!«

»Männer«, entfuhr es Eileen und verdrehte empört die Augen. »Kaum haben sie sich vorm Ertrinken gerettet, denken sie wieder nur an das Eine …« Sie löste sich abrupt von ihm und schwamm fort.

Irritiert blieb Eric zurück.

Habe ich etwas falsch gemacht?, dachte er, »diese Frau soll jemand verstehen.«

Er hoffte nur, dass sie den letzten Satz nicht wirklich auf ihn bezog. Es war gar nicht so einfach für ihn, ihren Reizen ständig auszuweichen, vor allem wenn sie sich ihm so offenherzig darbot. Dabei hatte er sich wirklich bemüht, Eileen nicht zu drängen.

Manchmal ist sie eben einfach noch völlig verspielt und weiß scheinbar nicht, was sie damit bewirken kann, dachte er und schüttelte leicht den Kopf. Ein enttäuschtes Seufzen konnte er nicht verhindern. Dann folgte er ihr zu Louis.

Das Kind demonstrierte seiner Mutter gerade sein Können im Wasser und Eileen sah interessiert zu. Sie lobte ihn, als er drei Schwimmzüge hintereinander machen konnte, und munterte ihn auf, weiter zu üben.

Später fragte sie Louis, ob er nicht Lust hätte, heute Abend bei Chris und Tina zu übernachten. Louis war sofort begeistert. Chris sah Eileen etwas verwundert an. Erst jetzt wurde Eileen bewusst, dass Chris von Tinas Idee noch gar nichts wissen konnte.

»Ist es dir vielleicht nicht recht?«, fragte sie entschuldigend.

»Nein, nein, ist schon gut. Ich habe mich schon daran gewöhnt, dass ihr Frauen kurzerhand ohne uns Männer etwas aushandelt.«

Er widmete sich wieder Louis und sagte freudig: »Natürlich ist es eine tolle Idee, wenn Louis zu uns kommt. Dann sehen wir mal, wie es ist, Kindergeschrei in den eigenen vier Wänden zu hören.«

Louis hangelte sich auf Chris' Arm und widersprach: »Ich bin doch kein Baby mehr!«

Chris nahm Louis von seinen Schultern, legte ihn wieder flach aufs Wasser und hielt ihn sicher unterm Bauch fest. Dann sagte er beruhigend: »Ich bin ja einverstanden, aber jetzt üben wir noch ein wenig.«

»Juchu«, rief Louis und schwamm emsig weiter.

Noch überraschter über Eileens Vorhaben war Eric. Noch nie zuvor hatte sie Louis woanders untergebracht, um vielleicht mal mit ihm allein sein zu wollen. Deshalb sah er sie fragend an.

Sie lächelte ihn geheimnisvoll an und schwieg. In der großen Hoffnung, dass Eileen diesen Abend nicht allein verbringen wollte, schwieg er ebenfalls und war gespannt. Er würde schon noch erfahren, was sie vorhatte.

Zwei Stunden später verließen alle gemeinsam das Badeparadies. Louis hielt sich danach gar nicht mehr lange zu Hause auf. Er packte nur seine Zahnbürste und einen Schlafanzug ein und stürmte in Tinas Wagen, der vor der Veranda wartete. Seiner Mutter gab er noch einen flüchtigen Abschiedskuss und dann war er auch schon verschwunden. Schließlich hätte sie es sich ja auch noch anders überlegen können mit der versprochenen Übernachtung bei Tante Tina. Also beeilte er sich, wie selten zuvor.

Eileen stand an dem Türpfosten der Verandatür gelehnt und sah dem wegfahrenden Auto hinterher. Es war schon ein ungewohntes Gefühl, Louis einfach so ziehen zu lassen. Schon jetzt fehlte er ihr tief in ihrem Herzen, obwohl sie wusste, dass er bei Chris und Tina gut aufgehoben war und er bestimmt wiederkommen würde.

Es fiel ihr immer noch schwer etwas, was ihr sehr viel bedeutete, loszulassen. Das musste sie in ihrem weiteren Leben wohl noch lernen. Ihr Handeln schien immer noch enorm von dieser Angst geprägt zu sein, Menschen zu verlieren, und beeinflusste sie sehr.

Mit einem Seufzer schloss sie die Tür hinter sich. Plötzlich bemerkte sie Eric, der mitten im Raum stand und etwas nervös wirkte. Fragend sah sie ihn an. »Worüber denkst du nach?« Dann kuschelte sie sich spontan an ihn, indem sie ihren Kopf an seine Brust legte und ihre Arme um seine Taille schlang.

Er erwiderte die Umarmung, indem er es ihr gleichtat, und sagte leise: »Ich überlege, ob ich nach Hause fahre, oder ob du mich heute Abend bei dir haben möchtest.«

Verdutzt sah sie auf und direkt in seine Augen. »Natürlich möchte ich heute mit dir zusammen sein. Wie kommst du auf die Idee, es könnte anders sein?«

»Nun, manchmal bin ich mir nicht sicher, was du willst. Dafür lässt du mich immer mal wieder abblitzen«, erklärte er zögernd.

Eileen war es gar nicht bewusst gewesen, dass sie ihm in letzter Zeit häufiger einen Korb gegeben hatte. Sie schmiegte sich noch enger an Eric. »Entschuldige, wenn das so rüberkam. Es ist noch nicht so leicht für mich, wieder einen liebevollen Menschen so nah an meiner Seite zu akzeptieren. Meine Gefühle trauen sich noch nicht, offen zu zeigen, was sie wirklich wollen. Häufig werde ich auch von allen möglichen Dingen abgelenkt. Louis ist dafür das beste Beispiel.« Es fiel ihr schwer, alles geschickt in die richtigen Worte zu fassen, ohne Eric vielleicht am Ende doch noch zu verletzen. Dann überlegte sie kurz und sagte:»Lass uns noch mal anders beginnen! ... Gehen wir zu dir oder zu mir?« Dabei hielt sie Eric weiterhin fest umarmt und lächelte ihn verlegen an.

Über so einen schnellen Gemütsumschwung konnte Eric nur schmunzeln.»Gehen wir zu dir, das ist näher!«

»Also gut, das wäre geklärt«, ergriff Eileen wieder das Wort.»Was wünschst du dir denn heute Abend?«

»O mein Gott, was ist das heute für ein Angebot?«, dachte er augenrollend und sah kurz zur Decke.

Eileen war zwar ein recht spontaner Mensch, aber heute war sie ganz anders und er konnte ihr Verhalten nicht wirklich gut einschätzen. Zögernd fasste er sich ein Herz.»Wenn das so ist, wüsste ich schon etwas.«

Dann machte er eine Pause und Eileen fragte erneut: »Was ist es denn, was du dir wünschst?«

»Also dein nasses Schuppenkleid war schon sehr verlockend«, sprudelte es aus ihm heraus, doch dann hielt er inne und sah sie abwartend an. Er war sich nicht sicher, wie sie reagieren würde. Eric rechnete mit einer kleinen liebevollen Ohrfeige und wartete tapfer darauf.

Doch Eileen strich ihm stattdessen zärtlich übers Ohr und raunte ihm zu:»Mal sehen, was der Abend verspricht.« Dann gab sie ihm einen schnellen Kuss, löste ihre Umarmung und verschwand mit den Worten:»Ich gehe erst einmal duschen!«

Nun stand Eric allein da und rang nach Fassung. Er atmete zweimal tief ein und versuchte, die Spannung, die sich soeben durch Eileens verführerische Art bei ihm aufgebaut hatte, zu drosseln. Allein das Bild, sie sich in ihrem enganliegenden Badeanzug vorzustellen, der alle ihre attraktiven Körperteile, vor allem im nassen Zustand hervorhob, brachte sein Blut in Wallung.

»Diese Frau bringt mich noch vollends um den Verstand«, dachte er und stöhnte leicht auf. Aber das bekam Eileen nicht mehr mit, sie war schon im Bad.

Stattdessen rief sie laut nach unten: »Ich habe Hunger, Eric, bist du so lieb und machst uns einen bunten Teller?«

Eric war Weltmeister darin, aus verschiedenen Früchten und Restbeständen vom vorherigen Mittagessen eine neue Kreation zu zaubern, die verführerisch auf einem Teller angerichtet war und dazu noch exzellent schmeckte.

»Ich lasse mir etwas einfallen«, antwortete er und begab sich in die Küche.

Unterdessen duschte Eileen schnell und überlegte, ob sie sich ganz leger oder verführerisch anziehen sollte. Nicht nur weil Tina mal wieder ihren wunden Punkt getroffen hatte, sondern auch, weil sie eigentlich selbst auch schon länger den Wunsch hegte, mit Eric zu schlafen. Heute wäre eine gute Gelegenheit dazu und irgendwie war sie gefühlsmäßig auch dazu bereit.

»Na, ob das gut geht?«, dachte sie. Spontan wäre das bestimmt leichter, als sich schon vorher über das Wie, Wann und Warum den Kopf zu zerbrechen.

»Ach, mach doch nicht schon wieder ein Problem daraus«, sagte sie leise zu sich selbst und wählte eine enge weiße Bluse ohne BH, denn ein nettes Dessous besaß sie nicht. Sie hatte vorher auch nie die Veranlassung dazu gesehen, sich feine Unterwäsche zu kaufen. Jetzt fand sie es schade. Anschließend schlüpfte sie in ihre bequeme Stretch-Jeans und zog eine Sweat-Jacke über die Bluse. Schließlich wollte sie Eric nicht gleich zum Wahnsinn treiben. Ein letzter Blick in den Spiegel ließ sie zufrieden schmunzeln. Aufgeregt ging Eileen hinunter.

Eric stand noch in der Küche und Eileen legte romantische Musik auf. Dann kuschelte sie sich auf die Couch und wartete auf ihn.

»Dein Wunsch sei mir Befehl«, sagte er und präsentierte ihr einen bunten Teller á la carte.

»Mmh«, äußerte sie und naschte eine Cocktailtomate. »Wünschen Madame einen Wein oder ein kühles Bier dazu?«, fragte er wieder und spielte den vornehmen Diener. Eileen entschied sich für ein Glas Wein, das Eric ihr kurz darauf brachte.

»Zu ihren Diensten«, ließ er nun verlauten, reichte ihr das Glas und verbeugte sich mit einem angedeuteten Diener.

Eileen überlegte, was sie noch für Wünsche hatte und setzte sich plötzlich kerzengerade hin.

»Eine Rundummassage wäre jetzt schön«, meinte sie und drehte den Kopf nach hinten, wo Eric soeben Platz genommen hatte. Dann zog sie ihre Jacke aus und dehnte ihren Rücken gerade nach oben. Dabei wurden automatisch ihre Brüste hervorgehoben.

Eric bemerkte, dass sie keinen BH trug. Es war durch den hauchdünnen Stoff der Bluse kaum zu übersehen. Er kniete sich hinter sie auf das Sofa und begann, zärtlich ihre Nackenmuskulatur durchzukneten. Langsam strich er immer wieder, in länger werdenden Linien, ihren Rücken entlang. Währenddessen trank Eileen einen kleinen Schluck Wein nach dem anderen.

Der kühle Wein rann ihre Kehle hinunter und entfachte ein Wechselspiel der Gefühle in ihrem Körper. Sie schien zwischen kühlen Himmelswolken und heißer Höllenluft zu schweben. Als sie den Kopf in den Nacken legte und vor Wonne leise aufschrie, beugte er sich über sie und liebkoste ihre Lippen. Seine Hände tasteten sich weiter nach vorn zu ihren Brüsten. Als er begann, diese ebenfalls zu massieren, durchfluteten sie längst vergessene Wellen der Erregung.

Ihr Atem ging schneller und auch sie begann, seinen Körper mit Streicheleinheiten zu verwöhnen. Eric ließ sich anstecken von den erotischen Wellen, die ihr

Körper ausstrahlte und genoss ihre Fingerspitzen, wo immer sie an seinem Körper verweilten. Er zog sein Shirt aus und öffnete den Gürtel seiner Hose. Dabei stieß er versehentlich an Eileens Weinglas, das sie immer noch in der Hand hielt. Der Weißwein ergoss sich über ihre Bluse und benässte ihre Brüste, deren Spitzen sich noch mehr erregten. Geschickt befreite er sie mit einer Hand von dem nassen Stoff, ohne sie loszulassen. Eileen ließ es geschehen. Eric stellte sich vor sie und zog sie zu sich in den Stand. Behutsam nahm er ihre Hand und führte sie zu seinem Hosenbund.

»Streichle mich bitte«, raunte er ihr ins Ohr und hielt ihre Hand dabei in lockerem Griff fest. Eileen sah ihn mit verschleiertem Blick an. Er drückte ihren Oberkörper weiter an sich und liebkoste ihren Hals. Als Eileen sich überwand, den Bund seiner knappen Unterhose zu übergehen und in seinen intimsten Bereich gelangte, begann auch er lustvoll aufzustöhnen. Eine kleine Weile zögerte sie.

»Nicht aufhören, bitte nicht aufhören«, hörte sie ihn flüstern. Dann gab auch sie sich wieder den Liebkosungen hin, die sie miteinander austauschten und wie von Geisterhand geleitet, fanden sie vollends zueinander. Dort erlebte erst sie und kurz darauf auch Eric den Höhepunkt der Lust.

Erschöpft und eng umschlungen lagen sie nun auf der Couch und Eileen kamen plötzlich die Tränen.

Überrascht sah er sie an und fragte: »Habe ich etwas falsch gemacht, mein Schatz?«

Eileen schüttelte ihre schwarzen Locken und antwortete: »Nein, es war so schön!«

Sie hatte sich einfach gehen lassen und nun lösten sich alle inneren Anspannungen, die sie jahrelang verborgen hatte. Es waren Tränen der Erlösung und Eileen war überglücklich.

Eric küsste sie erst auf die Stirn und dann noch mal auf den Mund. »Dann bin ich ja beruhigt«, hauchte er, »auch für mich war es wunderschön!«

Dabei ließ er Eileen nicht aus seinen Armen, sondern drückte sie noch ein Stückchen fester an sich.

Einige Zeit verging, bis sie sich doch voneinander lösten und Eileen einen leichten Hunger verspürte. Sie machten sich beide über den restlichen bunten Teller her und fütterten sich gegenseitig mit Käseherzen und Melonenkügelchen. Aber auch die liebevoll in Dreiecke geschnittenen Sandwiches vom Nachmittag, schmeckten hervorragend. Danach leerten sie die angebrochene Flasche Wein und saßen gemütlich aneinander gekuschelt auf dem Sofa. Eric lehnte entspannt den Kopf zurück auf die Sofalehne und ihm fielen immer wieder die Augen zu. Eileens Kopf lehnte an seiner Schulter.

»Gehen wir gleich schlafen?«, fragte er und spielte mit einer ihrer schwarzen Locken.

Sie wendete ihm ihr Gesicht zu und meinte vorwitzig: »Meinst du Schlafen gehen oder schlafen gehen?«

Eric blickte überrascht, aber liebevoll, in ihre Augen und konnte nur eine Gegenfrage stellen: »Bekommst du nie genug?«

»Ist das denn Pflicht?«, entgegnete sie gespielt enttäuscht.

Der Mann sprang auf und rief: »Wer zuerst oben ist, darf entscheiden!« Damit hatte sie nicht gerechnet und war erst als Zweite oben. Von Erics Müdigkeit war jede Spur verflogen. Wie sollte er auch, nach so einem Angebot? Seine Liebe zu Eileen hatte einen Höhepunkt erreicht und er war sich nie sicherer als heute, dass sie beide zusammengehörten. Es gab ihm auch das Gefühl, dass diese Frau immer mehr davon überzeugt war, wie gut sie und er zusammenpassten und mit ihrem Sohn eine wunderbare Familie bildeten. Ganz zu schweigen davon, dass er Louis und Eileen schon seit längerer Zeit ins Herz geschlossen hatte. Auch er musste lange suchen, bis er diese wundervolle Frau endlich fand. Das wollte er nicht so schnell wieder aufgeben.

Oben im Schlafzimmer angekommen kuschelten sie sich gemeinsam in die Decke und natürlich war die Verführung zum Austausch von innigen Zärtlichkeiten nicht auszuschließen.

14

Es dauerte nur noch drei Tage, bis Ronny die Papiere zur Entlassung unterschreiben konnte. Mit einer Mischung aus Erleichterung und steigender Anspannung vor dem, was ihn nun draußen und hinter der Hecke erwarten würde, packte er seine wenigen Sachen und verabschiedete sich vom Personal des Krankenhauses. Er musste sich eingestehen, dass es wirklich schlecht um ihn stand und er war dankbar sozusagen für seine Rettung in letzter Minute. Was wäre aus ihm geworden, wenn all diese hilfsbereiten und professionellen Menschen hier nicht gewesen wären?

Natürlich konnte er das erst jetzt sagen, nach dem Entzug. Während der letzten drei Monate hatte er häufig anders über seinen Verbleib hier in dieser Klinik gedacht. Es war wirklich eine harte Zeit. Doch das war endgültig vorbei.

Vor ihm lag ein neuer Start in ein tolles und vor allem normales Leben. So hatte er sich, mit Hilfe des Therapeuten, eine neue Einstellung zu seinem zukünftigen Leben aufgebaut und er fühlte, dass er es schaffen würde, in seiner neuen Welt. Auch wenn er noch überhaupt keinen Schimmer davon hatte, wie das aussehen sollte.

»Ich krieg das hin«, dachte er voller neugewonnener Energie und machte sich auf den Weg zum Ausgang.

Draußen wartete ein Taxi auf ihn. Er stieg in den Wagen und der Fahrer fragte ihn nach seiner Adresse.

Er überlegte, ob es nicht besser wäre, zuerst mit John zu sprechen, und er sagte schnell entschlossen: »Fahren Sie zum Boxcamp.«

Das Taxi hielt am Straßenrand, nicht weit von der Sportarena entfernt. Bevor Ronny ausstieg, bat er den Fahrer zu warten, und gab ihm schon mal ein Trinkgeld. Dann ging er zügig durch die kleine unscheinbare Tür ins Boxcamp. Gemischte Gefühle stiegen in ihm auf. Sein Herz schlug schneller und er verlangsamte seinen Schritt. Es roch nach altem Leder, Gummi und hart erkämpften Schweiß. Alles kam ihm sehr vertraut vor und ein leichtes Gefühl von Geborgenheit schlich sich bei ihm ein. Schließlich waren diese Hallen und Gänge einmal sein Zuhause gewesen.

Auf dem Weg zum Trainingsraum kam er an seiner ehemaligen Kabine vorbei. Verblüfft blieb er vor der verschlossenen Tür stehen. Ein anderer Name stand dort auf dem Schild.

Zu lesen war: *Ben - the great Champion!*

Ronny ballte die Fäuste in seinen Jackentaschen und sah fassungslos auf diesen Schriftzug. Er wusste nicht, ob dieses einem Tobsuchtsanfall oder eher einer Lachnummer ebenbürtig wäre. Mit so einer schnellen Abfuhr hatte er nicht gerechnet und dazu noch mit so einem billigen Rausschmiss. Nur sein Name war überklebt. Ansonsten schien alles unverändert. Er zog die Zeitung mit dem verräterischen Artikel aus seiner Jacke und öffnete die Tür zum Trainingsraum. Als er eintrat, schien ihn niemand zu bemerken, so sehr waren alle beschäftigt.

»Oder hatten mich wirklich schon alle abgeschrieben und aus ihrem Gedächtnis gestrichen?«, dachte er enttäuscht.

Viele Gesichter erkannte er wieder und die anspornenden Zurufe der Trainer waren ihm ebenfalls vertraut.

Als er schon fast am Boxring, mitten in der Halle stand, bemerkten ihn endlich einige seiner ehemaligen Sportkollegen und Betreuer. Nun vernahm er hier und da ein leises Grüßen, das wohl an ihn gerichtet war. Doch ansonsten waren nur verdutzte Blicke zu sehen. Im Hintergrund ging ein Raunen und Tuscheln durch die Halle. Ronny spürte, wie sich alle auf Distanz hielten und sich ein Gefühl der Abneigung aufbaute. Trotzdem ließ er sich nicht beirren und lief, von einer unsichtbaren Stärke getrieben, geradewegs bis an sein Ziel, zu John.

Sein ehemaliger Trainer und Freund John stand mit dem Rücken zu ihm und hatte Ronnys Auftauchen noch nicht mitbekommen. Er gab dem boxenden Jüngling im Ring genaue Anweisungen.

»John!«, sprach ihn Ronny gefasst an.

Doch der Trainer reagierte nicht. Erst nachdem Ronny zum zweiten Mal seinen Namen etwas fordernder rief, sah sich John verdutzt um und meinte völlig perplex: »Ach Ronny, schön dich zu sehen. Alles klar?«

Dann drehte er sich wieder um und gab dem trainierenden Ben weitere Anweisungen. Ben erkannte Ronny ebenfalls sofort und täuschte noch, provozierend in seine Richtung deutend, ein paar fachmännisch wirkende Boxschläge vor. Dabei tänzelte er immer noch wild hin und her. Er sah Ronny direkt ins Gesicht und schenkte ihm ein breites und erhabenes Grinsen.

»Idiot«, dachte Ronny und ließ diese Farce kühl an sich abblitzen. Doch mit John war er noch nicht fertig.

»Können wir reden?«

»Worüber sollten wir reden? Ich habe keine Zeit. Wie du siehst, bin ich sehr beschäftigt«, antwortete der Trainer und würdigte ihn dabei keines Blickes.

Im Raum war es merklich stiller geworden und die Atmosphäre einer Explosion nahe. Wütend schlug Ronny John die Zeitung von hinten auf die Schulter. »Entsprechen deine Aussagen hier der vollen Wahrheit?«

Nun drehte sich John endlich zu ihm um und meinte aufgebracht: »Was willst du? Du allein hast das verbockt!«

»Ich? Wieso ich? Du hast mich doch zum Entzug gezwungen! Und wer hat die ganze Geschichte ausgeplaudert und wahrscheinlich noch gut Geld dafür kassiert?«, konterte Ronny mit erhitztem Gemüt.

»Sei froh, ich habe dir das Leben gerettet! Oder würdest du sonst hier stehen?«, entgegnete John achselzuckend und wandte sich wieder Ben zu.

Nun verlor Ronny endgültig die Fassung. Er sprang in den Ring und stieß seinem Ex-Trainer die Faust von hinten gegen die Schulter.

»Hey, so nicht«, schrie er.

John taumelte Ben in die Arme und bekam ausgerechnet seinen letzten Boxschlag, den er ausübte, mitten aufs Auge. Doch schnell fasste er sich wieder, sprang auf Ronny zu und tat es ihm gleich. »Bist du völlig von Sinnen?«, schrie er zurück. »Du bist immer noch der gleiche Choleriker wie vorher. Nimm dein Leben selber in die Hand. Ich habe schon genug Zeit mit dir verschwendet!«

Die Augen seines Ex-Schützlings funkelten vor Wut und obwohl John seine harten Schläge kannte, wich er nicht zurück. Doch bevor Ronny seine aufgestaute Wut ausleben konnte, wurde er von zwei anderen Männern festgehalten. Sie drehten ihm die Arme nach hinten auf den Rücken. Weil die beiden größer waren als Ronny selbst, hatte er keine Chance, sich zu befreien.

»Du Schwein«, fauchte er John an, der schwer atmend vor ihm stand.

Das Auge des Trainers begann bereits anzuschwellen. »Du hast mich hintergangen, du mieser Verräter«, schrie Ronny weiter und versuchte, sich erneut loszureißen. Mit jeder Bewegung wurden die fesselnden Griffe seiner ehemaligen Boxkollegen fester. Während er noch zu allen Seiten trat, zerrten sie ihn nach draußen und setzten ihn unsanft vor der Tür ab. Die Tür fiel ins Schloss und Ronny war wieder allein mit sich und seiner Wut. Er schnaubte laut und zischte ein paar unverständliche Worte vor sich hin. Ihm war nach heulen und schreien zugleich. Die Zeitung, die er noch in der Hand hielt, warf er in hohem Bogen in die nächste Ecke. Er stand auf und trat, von einem Wutschrei begleitet, noch einmal kräftig gegen die eiserne Tür.

»Verdammt!« Dann riss er sich zusammen und stieg in das immer noch wartende Taxi. Ohne viele Worte gab er dem Taxifahrer Anweisung, ihn zu seinem Apartment zu bringen.

Der vorausgegangenen Wut folgte bittere Enttäuschung und er fragte sich, was er wohl verbrochen habe, von allen verstoßen zu werden? In Gedanken suchte er das schützende Loch, in dem er sich verkriechen könnte. Währenddessen bahnte sich das Taxi seinen Weg durch den dichten Verkehr der Stadt. Häuserreihen und Werbeplakate sausten an Ronnys Augen vorbei, ohne dass er sie richtig wahrnahm. Frustriert sah er durch das Fenster und hoffte, bald wieder zu Hause zu sein. Als das Taxi vor dem großen, modernen Wohnblock anhielt, bezahlte er die Fahrt, ohne dem Fahrer irgendeinen Deut an Aufmerksamkeit zu schenken.

Dann ging er hinein. Sein Apartment befand sich ganz oben im Dachgeschoss und es waren zwölf Stockwerke bis dorthin zu bewältigen. Das war eine Herausforderung. Der Blick nach oben erzeugte ein leichtes Schwindelgefühl. Während er Treppenabsatz für Treppenabsatz emporstieg, verschwammen die einzelnen Ebenen wirr vor seinen Augen. Häufig musste er verschnaufen. Das Atmen fiel ihm immer schwerer und er holte tief Luft. Er musste sich eingestehen, dass seine Kondition sichtlich nachgelassen hatte. Doch den Entschluss, dass sich von nun an alles in seinem Leben ändern sollte, hatte er bereits gefasst.

Der Mann schloss die Tür auf und erhoffte sich, das Gefühl *zu Hause sein* zu verspüren. Aber dieses Gefühl des Wohlbefindens blieb aus. Beim Anblick der verstaubten Schränke und vertrockneten ehemaligen Grünpflanzen wurde seine Niedergeschlagenheit nur noch stärker und Einsamkeit breitete sich aus. Die Fenster ließen die Sonne nur durch einen nebeligen Schleier herein. Es hatte hier schon lange niemand mehr nach dem Rechten gesehen.

Ronny ließ seine Tasche im Korridor auf den Boden fallen und sah sich um. Einige Minuten brauchte er, um sich zum Lüften zu entscheiden und der Melancholie, die sich in ihm breitzumachen drohte, keine Chance zu geben. Er öffnete die Fenster weit und atmete die kalte Brise tief ein. Sein Blick fiel nach unten und seltsame Gedanken überkamen ihn, die ihn in die Tiefe ziehen wollten. Doch schnell besann er sich, sah nach oben und atmete die kühle Luft erneut ein.

Dann ging er zum Wandschrank und kramte darin herum. Er suchte seine Motorradkluft und seinen Helm. Dabei stolperte er über eine Flasche Whisky. Er nahm die Flasche in die Hand und betrachtete sie von allen Seiten. Zögernd überlegte er, was er wohl damit anstellen sollte? Er blies den Staub von der Flasche und drehte langsam am Korken. Dann riskierte er eine kleine Geruchsprobe.

Der Whisky verursachte ein unangenehmes Gefühl in seiner Magengegend. Ihm wurde übel davon. Angeekelt hielt er die Flasche von sich fern. Dann ging er ins Bad und goss den Inhalt in den Ausguss. Er ließ viel Wasser nachlaufen und erleichtert setzte er sich auf den Wannenrand.

Ronny sah auf, direkt in den Spiegel. Die leere Flasche hielt er immer noch in der Hand. Sein Anblick hatte nicht mehr die jugendliche Ausstrahlung wie früher. Er sah blass aus. Mittlerweile hatten sich auch kleine Fältchen um Augen und Mundwinkel gebildet. Abwechselnd sah er von seinem Spiegelbild zu der leeren Flasche, die er auf dem rechten Knie abstützte. Plötzlich stand er auf, schüttelte den Kopf und sagte energisch zu sich:»Verdammt, Trübsal blasen hilft auch nicht weiter!«

Dabei ging er wieder zum Wandschrank und suchte weiter nach seiner Motorradkleidung.

Nachdem er sie gefunden hatte, zog er sie an und verließ seine Wohnung. Diesmal fuhr er mit dem Fahrstuhl nach unten. Über den Hinterhof gehend erreichte er schnell die Garagen. Eine davon gehörte ihm. Dort stand sein Motorrad. Es war eine Suzuki Hayabusa 1300 und Ronnys ganzer Stolz.

Viele schöne Touren hatte er schon mit ihr unternommen und Motorradfahren war einfach ein Stück gefühlte Freiheit. Wenn er dann an Orte fuhr, an denen er mit sich und der Natur allein war, konnte er entspannen und dem Alltag entfliehen. Das wäre auch jetzt das Beste für ihn.

Er startete den Motor. Dieser reagierte zwar sofort, fiel aber nach kurzem Stottern wieder aus. Ronny startete die Maschine noch einmal. Beim dritten Mal blieb der Motor an und er schwang sich auf sein Motorrad. Sobald sich sein Gefährt in Bewegung setzte und er seinen Körper gegen den, durch den Fahrtwind entstehenden Luftdruck pressen musste, fühlte er sich wohl.

Zunächst fuhr er ziellos durch die Straßen, doch dann wählte er eine Strecke ins Blaue. Auf der relativ leeren Autobahn konnte er so richtig durchstarten. Dieses Gefühl erweckte seine Lebensgeister und er spürte sich und sein Selbstvertrauen wieder aufleben. Während er den Gashebel weiter aufdrehte, atmete er tief durch. Er steuerte einige geheime Plätze an, an denen man allein sein und weit ab von der Stadt und dem Alltag seine Gedanken ordnen konnte. Hier sah man Natur pur und empfand erholsame Ruhe. Eigentlich war Ronny in den letzten Monaten mehr als genug allein gewesen und hatte auch viel zu viel Zeit zum Nachdenken gehabt.

Doch hier war es anders. Nun war er nicht mehr eingesperrt und aus freier Entscheidung hier. Früher hatte er hin und wieder diese Orte aufgesucht. Auch jetzt war es genau das, was Ronny brauchte. Schließlich musste er ein ganz neues Leben planen.

Er dachte nach. *Vielleicht ist es ganz gut so, dass mir alles Vertraute entsagt wurde und alle Menschen, die mir zuvor etwas bedeuteten, sich von mir entfernen. Wenn es auch bitter ist, aber sonst wäre ich wohl nicht gezwungen, mein Leben wirklich selbst in die Hand zu nehmen. Früher hatten andere immer mein Leben organisiert und ich ließ mich gern darauf ein. Da war zum Beispiel John, dieser Verräter!*

Wenn es Ronny zu eng und kompliziert wurde, brach er meistens aus und fand neue Leute, die sich seiner annahmen. Mit John hatte er bisher die längste Zeit seines Lebens so verbracht. Das funktionierte immer. Jedenfalls bis vor Kurzem noch. Aber diesmal hatten ihn alle verlassen.

Das ist eine bittere Pille, aber die muss ich wohl schlucken und das Beste daraus machen, natürlich ohne Pillen, versteht sich und auf eigene Faust!

Hier war es schön. Er stieg ab und schob die Maschine einige Meter, bis er einen festen Stand gefunden hatte. Dann setzte er den Helm ab und ging zum Ufer des Sees. Dort ging er in die Hocke. Einige seltene Vogelarten konnte man hier im Frühling und vor allem im Sommer beobachten. Ihrem Gesang zu lauschen beruhigte die Seele. Die Sonne strahlte zwar schon eine gewisse Wärme aus, doch weder die Vögel waren zu hören, noch die Bäume hatten Knospen gebildet. Darauf musste man wohl noch warten. Trotzdem bewirkten die wohligen Sonnenstrahlen, die sein Gesicht trafen, wahre Wunder. Er streckte es der Sonne entgegen und schloss die Augen. Zufrieden strich er sich die schulterlangen Haare mit einer Hand aus dem Gesicht. Die plötzlich kühlen Windböen, die mit den wärmenden Sonnenstrahlen um die Wette eiferten, spiegelten Ronny vor seinem inneren Auge sein bisheriges Leben wider. Es waren Turbulenzen ohne Ende. Von der obersten Wolke, dem Himmel scheinbar so nahe bis hin in den dunkelsten U-Bahnschacht, hatte er es in seinem Leben gebracht.

Nun stand er an einem ganz neuen Punkt, ganz am Ende, aber auch vor einem neuen Anfang. Er wusste nur nicht, wie alles neu beginnen sollte.

»Ich habe alles verloren, meinen Sport, meinen Ruhm, meine Existenz, meinen Stolz«, dachte er melancholisch, »besser, es wurde mir einfach hinterrücks genommen, nachdem man mich eingesperrt und gedemütigt hat!«

Dass man ihn so weit bringen würde, hätte er nicht für möglich gehalten. Ronny hockte immer noch auf dem feuchten Boden des Sees und malte Muster in den Kies. Der Blick über das Wasser zeigte ihm ein Stück wiedergewonnene Freiheit, mit der er allerdings noch nicht viel anzufangen wusste. Plötzlich rannen ihm ein paar Tränen über die Wange.

»Du Weichei«, schalt er sich selbst und wischte sich schnell die Augen trocken. Sein Therapeut war zwar der Meinung, ein paar Tränen würden ebenfalls die Seele befreien, doch so etwas war noch nie sein Ding gewesen. Dennoch fühlte sich sein Herz an, als wäre es mit Blei gefüllt und genau dieses Gefühl musste verschwinden. Daran sollte er noch etwas arbeiten. Ansonsten könnte er direkt auf die Autobahn zurück und frontal vor den nächsten LKW fahren.

»Wie albern«, sagte Ronny laut zu sich selbst. Dabei bemerkte er sogar, wie es ihn andererseits amüsierte. Also war er wohl noch nicht ganz verloren und ihm wurde klar, dass er neue Pläne schmieden und diese ganz schnell in die Tat umsetzen musste.

Und natürlich ganz allein. Ihm fiel auch niemand mehr ein, der ihn dabei hätte unterstützen können. Schon gar nicht hier. Er musste einen Ort finden, wo er sich zu Hause fühlen konnte ... und das war nicht mehr hier.

»Doch, wo dann?«, stellte er sich wieder die Frage.

»Zu Hause? Wo ist das?«, grübelte er weiter. Da war sie wieder, die weltbewegende Frage: *Wo bin ich zu Hause?*

In Frankfurt hatte er ein Apartment, doch weder Freunde noch eine Aufgabe. Aber war das in seiner Heimat, dort wo er geboren war, anders?

Wenn er recht überlegte, hatte er, bevor er nach Frankfurt kam, zu Hause abrupt alles stehen und liegen gelassen und alle Kontakte abgebrochen. Wer wäre da noch, der auf ihn warten könnte? Zum ersten Mal kam ihm der Gedanke, dass vielleicht auch er sich einige Fehler eingestehen musste.

Seine Eltern waren, als Ronny gerade zehn Jahre alt war, bei einem Autounfall ums Leben gekommen. Damals mussten er und seine fünf Jahre ältere Schwester in ein Heim. Die Jahre dort waren erträglich gewesen, aber auch nichts, was man gern in Erinnerung behielt.

Dadurch, dass seine Schwester älter war und mit sechzehn Jahren eine ordentliche Ausbildung begann, konnte sie mit achtzehn Jahren das Heim verlassen. Nachdem sie später glücklicherweise auch einen Job gefunden hatte, konnte sie Ronny, als er dreizehn Jahre alt war, bei sich aufnehmen.

Er fand es damals zwar nicht schlecht, endlich aus dem Heimleben herauszukommen, doch viel Zeit hatte seine Schwester auch nicht für ihn, denn sie musste ja den ganzen Tag arbeiten. Also war er auf sich selbst gestellt und meist allein. Größtenteils hing er mit Klassenkameraden auf der Straße herum oder traf sich mit anderen Leuten, die er zufällig kennenlernte.

In dieser Zeit begegnete er auch Eileen. Sie war ein nettes Mädchen, aber sie fühlte sich nie sehr wohl in der Gesellschaft seiner damaligen Freunde. Er musste sich eingestehen, dass er mit ihr sehr schöne Zeiten verlebt hatte, und anfangs verstanden sie sich sehr gut. Er war eigentlich auch sehr glücklich mit ihr, denn sie gab ihm das Gefühl der Geborgenheit und fürsorglich war sie sowieso.

Eine Zeitlang genoss Ronny die Beziehung mit ihr. Nur passte dieses Mädchen nicht in sein gesamtes Leben, das sich meistens doch auf der Straße abspielte. Dafür war sie damals einfach zu brav und zu naiv.

»Was ist wohl aus ihr geworden?«, fragte er sich plötzlich.

Auf der Straße lernte er das Boxen. Nicht professionell, aber er verdiente sich hier und da ein wenig Geld mit kleinen Straßenkämpfen, um die gewettet wurden. Später erst lernte er jemanden kennen, der ihn zum Boxtraining brachte. Sein Onkel, der immer auf Auslandsreisen war, unterstützte ihn und seine Schwester ab und

171

an mal durch finanzielle Hilfe. So konnte er sich davor drücken, die Vormundschaft für die beiden Vollwaisen seines verunglückten Bruders übernehmen zu müssen. Er bezahlte dann die Vereinsgebühren für den Boxsport. Dadurch sollte Ronny von der Straße wegkommen und eine sinnvolle Aufgabe haben, doch was aus ihm und seiner Schwester wurde, interessierte seinen Onkel nicht im Geringsten.

Jetzt fühlte er sich, wie damals, allein und ohne Ziel, nur musste er dieses Mal selbst einen Weg finden. Damals blieb ihm das Glück hold. Irgendjemand holte ihn immer aus seiner Einsamkeit heraus und zeigte ihm einen neuen Weg. Doch diese Hoffnung, dass ihn jetzt und hier jemand abholen würde, konnte er wohl aufgeben. Diesmal musste er selbst sehen, wie er weiterkam.

Den Kontakt zu seiner Schwester hatte er ebenfalls, genauso wie zu allen anderen Freunden, einfach kommentarlos abgebrochen, denn in Frankfurt wartete seinerzeit ein ganz großes Ding auf ihn. Ronny war immer schon offen für etwas Neues. So überredete John ihn damals mit seinem verlockenden Angebot. Die neuen Eindrücke und das aufwendige Training boten keine Zeit, sich um Vergangenes zu kümmern.

Nun tat es ihm leid. Seine Schwester hatte damals alles erdenklich Mögliche getan, um für ihn da zu sein. Da fehlte ihm wohl das nötige Feingefühl. Damals dachte er noch, ihm stünde die große weite Welt offen und sie könnte ihm alles bieten. So schien es ja auch zunächst zu sein. Ronny war erfolgreich und er arbeitete sich zum Champion empor. War das nichts?

»Aber nichts hält ewig und früher oder später steht man wieder vor dem Nichts«, stellte er verbittert fest.

Vor dem Nichts stand er momentan. Ob er vielleicht doch zu einem Vagabundenleben bestimmt war? Denn immer, wenn sein Leben an einem bestimmten Ort nicht mehr erträglich erschien, zog er los, um eine neue Bleibe zu finden. Genau diese Sehnsucht verspürte er jetzt ebenfalls ganz stark in sich aufkommen. Er suchte neuen Halt und ein Zuhause. Könnte er es vielleicht bei Eileen finden?

Sein Traum fiel ihm wieder ein, den er in der Klinik so oft geträumt hatte. Sollte dieser eine größere Bedeutung für seine Zukunft haben? War sie es, die ihm all das geben könnte, was er suchte?

Damals hätte sie es beinahe geschafft, ihn an sich zu binden. Doch er war noch so jung gewesen und voller Abenteuerlust.

»Ich denke, ich bin älter geworden«, sagte er sich, »lange genug habe ich mich von anderen leiten lassen. Nun ist es an der Zeit, mein eigenes Ding zu machen.«

Erneut schweiften seine Gedanken zu Eileen. *Ob sie noch auf ihn wartete? ... Das konnte er sich nicht vorstellen.*

Er schalt sich selbst einen Spinner. Auch wenn Eileen ihn damals sehr gemocht oder sogar geliebt hatte, würden ihre Gefühle für ihn nicht ewig anhalten. Schließlich lagen mittlerweile fünf Jahre dazwischen, oder waren es mehr? Ronny wusste es nicht mehr so genau.

Dennoch steigerte sich sein Interesse an dem Gedanken, Eileen wiedersehen zu wollen, enorm. *Irgendetwas musste es doch damit auf sich haben, dass er gerade von ihr träumte und nur sie ihn nach Hause zurückrief? Frauen hatte er genug kennengelernt, das war nicht das Problem.*

Sollte er dort in der alten Heimat einen neuen Anfang wagen; nach Eileen suchen und zu ihr zurückkehren? Diese Idee erschien ihm utopisch, doch sie war es ihm dennoch wert. Er wusste keinen besseren Ort für einen neuen Anfang.

Ein einziges Mal sah er noch sehnsüchtig über den glatten Wasserspiegel, dann richtete er sich auf, um sein Motorrad zu holen. Mit der Absicht, sich demnächst auf den Weg in die Heimat zu machen, fuhr er gut gelaunt zurück.

Die Vorbereitungen für die Reise verliefen sehr zügig. Das Verkaufen des Apartments übergab er einem Makler, bei dem er sich zwischenzeitlich melden wollte. Seine Möbel und persönlichen Sachen ließ er verpacken. Er mietete sich einen Container, in dem er sein Hab und Gut für einige Zeit zwischenlagerte. Falls er sich dann irgendwann und irgendwo wieder ansiedeln würde, könnte er seine Sachen später nachkommen lassen. Zuletzt besorgte er sich ein Wohnmobil, das auch Platz für sein Motorrad bot. Dann machte er sich auf den Weg.

Zunächst fuhr Ronny ziellos in Richtung Norden. In Berlin angekommen, wurde er auf ein Plakat aufmerksam. Dieses erinnerte ihn daran, dass er auch an seine finanzielle Zukunft denken musste. Das Plakat versprach einen Schnellkurs zum Lehrer der Karatekunst innerhalb von vierzehn Tagen; mit anerkanntem Zertifikat natürlich.

Ronny überlegte. »*Irgendetwas muss ich in Zukunft machen, denn die gesparten Geldreserven werden nicht ewig reichen. Ein Sportexamen macht sich immer gut und wird mir bestimmt auch helfen, schnell irgendwo wieder einen neuen Job zu finden?*«

Irgendetwas in Richtung Boxsport zu machen, wollte er momentan noch nicht, denn dieser hatte für ihn immer noch einen negativen Beigeschmack. Also wäre Karate eine wirklich neue Herausforderung für ihn. Außerdem bot diese fernöstliche Kampfsportart eine gute Stärkung für Körper, Geist und Seele, die ihm nur von Nutzen sein konnte.

Als Lehrer dieser Sportart verdiente er bestimmt gutes Geld? Vielleicht könnte er sogar später einmal eine Karateschule eröffnen? Bei diesem Sport würden die Leute bestimmt auch

nicht gleich den gescheiterten Boxchampion in ihm sehen?
Dann müsste er sich seine Niederlagen nicht immer wieder
eingestehen? Fragen über Fragen, ... und ein Entschluss!

Also blieb er erst einmal in Berlin und meldete sich für
diesen Crash-Kurs an.

15

Louis hatte schon mehrere Sportarten ausprobiert. Vom Boxen war er zu Eileens großer Erleichterung nicht so sehr begeistert. Das gab ihr Hoffnung, dass die väterlichen Veranlagungen doch nicht so stark zum Ausbruch kommen würden, als befürchtet.

Heute war seine erste Stunde in Karate und alle waren neugierig auf den neuen Lehrer, der eigens für diesen Unterricht eingestellt wurde. Er kam aus Frankfurt und sollte schon weit herumgekommen sein; so erzählten es sich die Leute jedenfalls.

Eric meinte, er wäre ein Star in Deutschland gewesen, wollte sich aber nun von dem großen Rummel zurückziehen. Deshalb hätte er Frankfurt den Rücken gekehrt. Eileen interessierte sich nicht sonderlich für den Lehrer und um die ganzen Gerüchte, sondern nur dafür, wie diese Sportart Louis gefallen würde.

Sie beeilte sich, ihre Arbeit in der Massagepraxis zu beenden und faltete noch ein paar Laken. Nun stellte sie den Ofen für die letzten Fangopackungen mit Zeitschaltuhr ein, damit Eric weniger Arbeit hatte, und dann war sie fertig.

»Schatz, ich gehe jetzt und hole Louis ab«, rief sie vor einer Kabine stehend, in der Eric gerade einen Patienten behandelte. Die Sicht in die Kabine war natürlich durch einen Vorhang verdeckt.

»Ich nehme auch deine Schlüssel und sehe kurz nach Sammy«, fügte sie noch hinzu, als sie schon fast an der Tür war. Erics Hund Sammy ging es momentan nicht sehr gut.

»Okay, wir sehen uns später.« Auf diese Antwort hatte sie noch gewartet, bevor sie sich endgültig auf den Weg zu den Sporthallen machte. Es war praktisch, dass die Massagepraxis, in der sie arbeitete, mit zu diesem großen Sportkomplex gehörte. So konnte sie immer schnell bei Louis sein, wenn sein Unterricht vorbei war.

Als sie in der entsprechenden Halle ankam, standen schon viele Frauen vor einer großen Scheibe, die Einblick in die Sportarena bot. So konnte man nach Lust und Laune seinen Kindern zuschauen, ohne dass sie sich beobachtet fühlten.

Durch ihre ungünstige Arbeitszeit war es ihr heute nicht möglich gewesen, früher hier zu sein und Louis beim Sport zuzusehen. Die Mütter vor der Scheibe wirkten wie gackernde Hennen auf sie.

Eileen hatte heute keine Lust, sich zwischen ihnen zu drängen, um ihren Sohn auch zu sehen. Es würde sich bestimmt nochmals eine andere Gelegenheit dazu bieten. Gesprächsfetzen über den tollen Lehrer, der in Frankfurt ein Star war und wie gut er aussehen würde, interessierten sie nicht. Die Schau, die dort vor der Scheibe abgezogen wurde, wirkte eher nach einem übertriebenen Teenager-Verhalten. Genervt verdrehte sie die Augen.

So hörte sie auch nicht richtig hin, denn ihre Gedanken waren sowieso bei Sammy, die Eric und ihr große Sorgen bereitete. Denn es war sehr ungewöhnlich für sie, dass sie nichts mehr fraß und sich auch nicht mehr für eine Gassi-Runde begeistern konnte. Selbst ein Leckerli ließ sie nicht vor die Tür locken.

Endlich wurde die Tür zur Arena geöffnet und die Eltern konnten ihre Kinder abholen. Alle Kinder hockten in einer Reihe auf ihren Knien. Die Hände hatten sie zum dankenden Gruß zusammengelegt und gaben ein ehrfürchtiges Bild ab. Erst nachdem der Lehrer hinter der geschlossenen Tür verschwunden war, sprangen alle Kinder auf und rannten mit Geschrei zu ihren Eltern. Voller Begeisterung plapperten sie los und freuten sich schon auf die nächste Stunde.

So auch Louis. Seine Augen strahlten und er rief: »Mama, morgen gehe ich wieder zu unserem großen Meister. Ich will auch so werden wie er!«

Eileen war überrascht von so viel Begeisterung für diesen Lehrer. Sie fragte sich, was das für ein bemerkenswerter Mensch sein musste, der alle Kinder, wie auch die dazu gehörenden Eltern, in seinen Bann ziehen konnte? *Ist wohl doch etwas Glaubwürdiges an den geheimnisvollen Gerüchten, die man sich über ihn erzählte.*

Als Louis umgezogen war, nahm sie ihren Sohn an die Hand und ging mit ihm zu Erics Auto. Zusammen sahen sie nach Sammy. Die alte Hundedame wedelte zwar leicht mit dem Schwanz, als die beiden das Apartment betraten, doch ansonsten rührte sie sich nicht von der Stelle. Noch von hier aus rief Eileen Eric an, um ihn über Sammys Befinden zu informieren.

Eric meinte, sie könne ruhig schon nach Hause fahren. Er käme irgendwann nach. Falls er mit Sammy dennoch zum Arzt fahren müsse und den Wagen bräuchte, würde er sich melden. Nach dem Telefonat verabschiedeten sie sich von dem kranken Hund und Eileen kraulte sie nochmals liebevoll hinterm Ohr. Sammy schaute sie aus tief-traurigen Augen an. Sie hätten die Hündin gern mitgenommen, aber Eileen befürchtete, dass ihr die nötige Ruhe fehlen würde, denn der junge Hund ist recht lebhaft. Danach fuhren sie heim.

Es blieb gerade noch Zeit, gemeinsam Abend zu essen. Ob Eric noch kommen würde, war sowieso ungewiss.

Das Abendessen und somit die kurze gemeinsame Zeit, die Eileen mit Louis täglich blieb, versuchte sie zu genießen und so gemütlich wie möglich zu gestalten. Es war mittlerweile schon zu einem Ritual geworden, den Tisch schön einzudecken. Louis holte die Kerze und stellte sie mitten auf den Tisch. Noch Teller, Gläser und Besteck für seine Mutter, sich und natürlich auch für Eric. Währenddessen zauberte Eileen etwas Schmackhaftes.

Als sie endlich gemeinsam am Tisch saßen, konnte Louis es nicht lassen, immer wieder von seiner ersten Karatestunde zu erzählen, und immer noch strahlten seine Augen vor Begeisterung. So erschöpft Eileen auch war, griff sie nach seiner kleinen Hand, drückte sie zärtlich und lächelte ihm zu.

»Ja, mein Schatz, du wirst auch mal ein großer Meister«, sagte sie liebevoll und schickte ihn dann zu Bett.

Ronny hatte seine erste Karatestunde als Lehrer hinter sich gebracht. Er beeilte sich, in seine Kabine zu kommen. Es gehörte zu seinem Lehrplan, dass Lehrer und Kinder sich respektvoll voneinander verabschiedeten, und diente der Förderung von Disziplin, die diese Sportart den Schülern abverlangte. Ebenfalls war es eine ehrfürchtige Geste, die schon in früherer Geschichte des Karatekampfsportes zu finden war.

Aber er wollte auch einem eventuellen Ansturm unangenehmer Fragen, bezüglich seiner Vergangenheit, entgehen. Seine Kabine hatte ebenfalls ein Spiegelfenster, durch das man unauffällig in die Arena blicken konnte. Publikumsroutine hatte er nicht mehr und scheute sich immer noch vor großen Menschenansammlungen. Daran musste er noch arbeiten; sich selbstbewusster in der Öffentlichkeit zu bewegen, ohne gleich Angst zu haben, von Autogrammjägern umringt zu werden, die ab jetzt wahrscheinlich sowieso ausblieben, nachdem alle Welt wusste, dass der große *Champ* gescheitert war.

Diese erste Stunde als Karatelehrer, mit einem neuen Publikum und neuen Herausforderungen, erfüllte ihn mit einem sonderbaren Gefühl. Es fiel ihm schwer, es zu beschreiben. Er empfand Glück, Bestätigung und Anerkennung. All das hatte er als Feedback, von Seiten der Kinder, für sich heute mitnehmen können und war sehr dankbar. Sein Auftritt musste wohl recht eindrucksvoll gewesen sein, Ronny hatte nicht damit gerechnet, dass die Kinder seinen Aufforderungen nachkamen. Niemand beschwerte sich über zu schwere Übungen und langes Stillsitzen. Das war schon ein großer Erfolg. Er hätte es auch nie für möglich gehalten, dass die Arbeit mit Kindern so viel Spaß machen könnte.

Ein Junge war ihm besonders aufgefallen. Es war ein aufgewecktes Kerlchen mit einem außergewöhnlich strahlenden Lächeln. Ronny konnte nicht begreifen, warum ihn, nach so kurzer Zeit, gerade dieses Kind so beeindruckte. Irgendetwas ließ eine Ahnung in ihm aufkommen, dass dieses Kind noch eine bestimmte Rolle in seinem Leben spielen würde. Doch warum, konnte er sich nicht erklären. Dieser Junge, den er auf etwa fünf oder sechs Jahre schätzte, wurde von einer Frau mit langen schwarzen Locken abgeholt.

Seltsamerweise hatte diese Frau ebenfalls sein Interesse geweckt. Er meinte sogar, sie zu kennen, obwohl er sie nur von hinten sehen konnte, als sie mit Louis an der Hand die Sporthalle verließ. *Ob es wohl sinnvoll wäre, mehr über die Eltern dieses Jungen in Erfahrung zu bringen?*

Dann fiel ihm plötzlich der Traum ein, den er während seines Entzuges immer wieder einholte.

Erschöpft setzte er sich in den großen Ohrensessel in seiner Kabine und hing seinen Gedanken nach. Wie durch einen Geistesblitz kamen ihm seine Erinnerungen wieder und er erkannte Eileen in dieser Person. *Kann es wirklich möglich sein, dass sie es vorhin war? Sollte ihn das Schicksal tatsächlich an diesen Ort verschlagen haben, um seinen Wunsch nach einem Zuhause in der alten Heimat, so schnell zu erfüllen?* Auch wenn er zunächst nur darüber nachgedacht hatte, in die Heimat zurückzukehren, war es eigentlich mehr zufällig gewesen, dass er den Job als Karatelehrer hier antreten konnte. Jedenfalls hatte er nicht wirklich damit gerechnet, Eileen hier zu finden.

»Aber wenn sie es wirklich ist, war aus dem kleinen Schulmädchen eine attraktive junge Frau geworden«, dachte er bewundernd.

Er nahm sich vor, morgen etwas genauer darauf zu achten, wie diese Frau aussah? *Vielleicht könnte er sogar einen Blick in ihr Gesicht erhaschen? Alles nur, um sicherzugehen, dass sie es wahrscheinlich doch nicht war. Denn eigentlich glaubte er nicht an solche Zufälle.*

Abends rief Eric bei Eileen an, denn er hatte sich entschlossen, heute doch noch mit Sammy zum Tierarzt zu fahren. Als Louis schon schlief und Rocky Wache hielt, brachte sie Eric den Wagen zurück. Mit dem Auto waren es nur zehn Minuten entfernt, sodass sie Louis und Rocky nicht allzu lange allein lassen musste. Eric setzte sie schnell auch wieder zu Hause ab, bevor er zum tierärztlichen Notdienst fuhr.

»Komm doch mit Sammy später zu uns«, sagte sie, als die beiden sich vor Eileens Haus verabschiedeten, »ich bereite ihr schon mal ein Schlafplätzchen vor. Dann können wir noch kurz über alles reden und besser für morgen planen.«

Sie küsste ihn und streichelte Sammy tröstend über den Kopf. Eric nickte. »Ich gebe dir Bescheid, wie es Sammy nachher geht. Wenn sie nicht zu schwach ist, kommen wir gerne vorbei.« »Okay und toi, toi, toi!«, antwortete Eileen und schloss die Wagentür.

Am nächsten Tag traute Ronny seinen Augen kaum und musste zweimal hinsehen. Louis wurde von derselben Frau wie gestern abgeholt. Nur diesmal trug sie die Haare nach hinten zu einem Zopf zusammengebunden. Somit hatte Ronny die Möglichkeit, ihr Gesicht noch genauer zu sehen. Er musste feststellen, dass sein Erinnerungsvermögen ihn auch gestern nicht getäuscht hatte. Es war eindeutig Eileen, die er damals, ohne ein Wort des Abschieds, verlassen hatte. Schon allein die üppigen dunklen und widerspenstig lockigen Haare hatten seinem Gedächtnis auf die Sprünge geholfen, doch gestern wollte er es einfach noch nicht wahrhaben.

Aber in welcher Beziehung stand sie zu Louis? War sie seine Mutter? Dazu war sie damals mit siebzehn doch noch zu jung und viel zu brav erzogen. Doch selbst wenn Louis sechs Jahre alt war, musste sie kurz nach seiner Abreise nach Frankfurt jemand anderen kennengelernt haben und schwanger geworden sein. Aber das konnte er sich bei Eileen nicht vorstellen, so wie er sie von damals kannte.

Weiterhin sah Louis ihr in keiner Weise ähnlich. Im Gegenteil, der Junge hatte glatte und blonde Haare und auch seine hell leuchtenden Augen standen im krassen Gegensatz zu ihren dunkelgrünen Augen.

»Hatte sie grüne Augen?«, fragte er sich nun. Genau konnte er sich nicht mehr daran erinnern.

Plötzlich musste er sich eingestehen, wie wenig er damals auf Eileen eingegangen war. Sie hingegen war ihm bedingungslos gefolgt. Niemals stellte sie eigene Wünsche oder Forderungen und ging überall mit ihm hin, obwohl er wusste, wie schwer sie sich damit tat, sich mit seinen Freunden auf der Straße anzufreunden. Er hatte immer nur an sich und an seine Karriere gedacht. Diese Einsicht schmerzte jetzt ein wenig. Fast schämte er sich nun dafür, sich ihr gegenüber so verhalten zu haben.

Sie hätte wirklich etwas Besseres verdient gehabt, dachte er beschämt.

Er war sehr gespannt auf die erste Begegnung mit ihr. Würde es überhaupt dazu kommen? Was wird sie sagen?

Als Eileen Louis heute vom Karateunterricht abholte, lief ihr Louis wieder begeistert entgegen und sagte:»Mama, du musst unbedingt unseren großen Meister kennenlernen!«

Dieser hatte wie üblich die Arena bereits verlassen. Doch Louis kannte sich aus und wusste, wie er auf anderem Wege zu dieser Kabine kam, die seinem Lehrer gehörte. Der Junge zog seine Mutter einfach hinter sich her. Er legte ein derartiges Tempo an den Tag, dass Eileen nicht wusste, wie ihr geschah. Als sie ihn zurückhalten wollte, riss er sich los und lief voraus. So hatte sie kaum eine andere Wahl, als ihm zu folgen. Louis stoppte vor der Kabinentür des großen Meisters und klopfte an.

Als ein »Ja, bitte!«, ertönte, schlug Louis schwungvoll die Tür auf. Er stellte sich mitten in den Türrahmen und verbeugte sich ehrfürchtig, wie er es von seinem Lehrer gelernt hatte. Etwas stürmischer sagte er dann:»Darf ich dir meine Mutter vorstellen, großer Meister? Sie kann fast alles, nur Karate muss sie noch lernen.«

Eileen war diese Angelegenheit äußerst peinlich und als sie auch im Türrahmen erschien, sagte sie sofort: »Entschuldigen Sie, aber mein Sohn ließ sich nicht aufhalten, Sie …«

Nun blickte sie dem Lehrer direkt in die Augen und es verschlug ihr die Sprache. Nur mit Mühe konnte sie wenigstens wieder den Mund schließen. Sie kam aus dem Staunen nicht mehr heraus. Da waren sie wieder, diese wahnsinnig saphirblauen und leuchtenden Augen, die sie noch sehr gut in Erinnerung hatte. Es war kein Zweifel möglich. Vor ihr saß Ronny Faber, der Vater ihres Kindes. Natürlich erkannte sie ihn sofort, denn außer ein paar Lachfalten mehr um die Augen, hatte er sich nicht verändert.

Ronny erhob sich aus dem großen Rattan - Sessel, in dem er saß und verbeugte sich ebenfalls vor seinen Gästen auf japanische Art und Weise. Mit einem strahlenden Lächeln reichte er Eileen dann die Hand. Auf so ein schnelles Wiedersehen war er nicht vorbereitet, doch er konnte seine Nervosität recht gut verbergen. Weil er bemerkte, wie unwohl sich Eileen in dieser Situation fühlte, spielte er den Fremden und sagte freundlich: »Ich freue mich, deine Mutter kennenzulernen. Du bist bestimmt sehr stolz auf sie?« Dabei wendete er keine Sekunde lang den Blick von Eileens Augen ab.

Louis stellte sich an ihre Seite und strahlte übers ganze Gesicht. Ronny reichte ihr höflich die Hand. Ihre zitterte etwas, als sie seine entgegennahm und sie kurz zum Gruß drückte. »Hallo, wir wollten nicht stören!« Immer noch unter leichtem Schock stehend, meldete sich in ihr ein akuter Drang zur Flucht. Schnell wandte sie sich zum Gehen und schob Louis hinaus. »Komm, wir müssen nach Hause«, sagte sie nur und beeilte sich, ohne einen Blick zurückzuwerfen, den Kabinentrakt zu verlassen.

Ronny blieb enttäuscht zurück und wagte nicht, sie zurückzuhalten. Zu sehr traf ihn der Hieb der Verachtung. Wie eine schallende Ohrfeige fühlte es sich an, die er sich offensichtlich verdiente. Er hatte damit rechnen müssen, dass Eileen nicht hocherfreut sein würde, ihn nach alldem wiederzusehen? »Verdammt! Was hatte ich nur alles falsch gemacht?«

Er wusste nichts von ihr! Nichts, was sie in den letzten sechs Jahren erlebt hatte. Was dachte sie von ihm? Kein Wunder, dass Menschen einen schon mal vergessen konnten, wenn man aus dem alten und vertrauten Leben einfach aussteigt und ein völlig anderes Leben beginnt. Was war er nur für ein Idiot gewesen? Und das Schlimmste dabei war noch, dass er nichts ungeschehen machen konnte. Er nahm sich vor, mehr über Eileen und ihren Sohn in Erfahrung zu bringen.

Egal, er wusste nicht, was er sich davon versprach und er war sich auch nicht sicher, ob Eileen jemals wieder mit ihm reden würde. Aber ein tiefes Gefühl sagte ihm, dass er es versuchen musste und es sehr wichtig für ihn war, sie wiederzusehen. Warum auch immer?

Draußen an der frischen Luft hockte die junge Frau sich zu ihrem Sohn hinunter und hielt ihn an den Schultern fest. Ärgerlich sah sie ihn an und sagte: »Bring mich bitte nie wieder in so eine peinliche Situation. Wenn dein Lehrer mich kennenlernen will, soll er selber kommen. Ansonsten will er bestimmt nicht gestört werden. Oder warum versteckt er sich sonst in seiner Kabine?«

Dann ließ sie den Jungen los und ging zum Auto. Fragend sah er seiner Mutter hinterher, bis sie in strengem Ton rief: »Und jetzt komm!«

Louis ahnte nicht, warum seine Mutter so sauer war. Er wollte ihr doch nur seinen Lehrer zeigen, der so viel über Karate wusste. Doch er kannte sie nur zu gut und wagte nicht, zu widersprechen. Denn meistens brauchte sie etwas Zeit, um sich wieder zu beruhigen. Obwohl er traurig war und nicht verstand, warum sie nicht mit seinem Lehrer reden wollte, den er doch so toll fand, folgte er ihrer Aufforderung wortlos.

Eileen brauchte wirklich einige Minuten, um sich wieder zu fassen. Die so unverhoffte Begegnung mit Ronny konnte sie nicht so schnell verdauen. Sie begriff nicht, wo um Himmels willen dieser Mensch auf einmal herkam und warum er ausgerechnet hier auftauchte.

Später nahm sie sich vor, Eric danach zu fragen. *Vielleicht wusste er mehr über die näheren Umstände seines Erscheinens? Schließlich kursierten genug Gerüchte um den neuen und geheimnisvollen Karatelehrer. Bei den Patienten in der Massagepraxis gab es immer etwas zu tratschen, was sich Eric meist geduldig anhören musste. Eileen ignorierte bislang diesen Klatsch und Tratsch. Sie verabscheute es. Vielleicht hätte sie dieses eine Mal besser hinhören sollen, dann wäre sie vorgewarnt gewesen.*

Dann fiel ihr plötzlich etwas ein: *Eric konnte gar nicht wissen, dass sie diesen Mann von früher kannte und er einmal eine bedeutende Rolle in ihrem Leben spielte. Sie hatte ihm nichts über Ronny erzählt. Geschickt war sie diesem Thema immer ausgewichen und sich nun nicht mehr sicher, ob sie überhaupt mit Eric über ihn sprechen sollte. Schließlich gehörte der leibliche Vater ihres Kindes schon lange für sie der Vergangenheit an. Womöglich könnte Eric misstrauisch werden und denken, Ronny würde ihre schöne neue Beziehung gefährden? Das wollte sie nicht riskieren, zumal sie schon lange nicht mehr so glücklich war, wie jetzt mit Eric.*

188

16

Eileen machte sich auf den Weg zur Massagekabine. Dort wartete ein Patient auf seine Fangopackung. Die moorartige Masse zu einer weichen Platte gepresst und dann erwärmt, bot Linderung gegen Verspannungen und Verkrampfungen im gesamten Wirbelsäulenbereich. Sie unterstützte auch die vorhergegangene Massagebehandlung, die Eric natürlich bei jedem Patienten selbst ausführte. Ihre eigenen Kenntnisse waren noch zu dürftig und ihre Handgriffe für eine fachgerechte Massage noch zu ungelernt. Dazu müsste sie erst noch eine entsprechende Ausbildung mit abschließender Prüfung machen. Vielleicht wäre das eine gute Idee für die Zukunft. So könnten Eric und sie noch gemeinschaftlicher arbeiten und die Praxis noch erfolgreicher sein.

»Gehst du bitte in Kabine vier? Der Patient wartet auf seine Fango«, rief Eric ihr zu.

»Bin schon unterwegs!«

Als Eric die Kabine verließ, kam sie ihm bereits entgegen. Er schlang kurz einen Arm um ihre Taille und zog sie leicht an sich. Mit der heißen Moorpackung auf den Armen war sie wehrlos und konnte gegen seine Liebkosung hinter ihrem Ohr nichts einwenden. Zärtlich neigte sie den Kopf an seine Schulter und lächelte. Liebevoll flüsterte er ihr ins Ohr: »Bilde dir ja nichts darauf ein, wenn du jetzt in Kabine vier einen ehemaligen Star einwickeln darfst!«

»Nur wenn es *Tom Cruise* ist«, entgegnete sie keck und war sich natürlich sicher, dass ihr Lieblingsschauspieler sich nicht in diesen kleinen Ort hier verirren würde. »Wer weiß?«, meinte Eric grinsend und ging zum nächsten Patienten.

Kopfschüttelnd und dennoch etwas neugierig geworden über Erics Aussage, betrat sie Kabine vier und war gespannt, wer da wohl auf sie wartete. Freundlich wie immer sagte sie:»Guten Morgen!«

Als sie ihr Gegenüber sah, erstarrte sie fast zu Stein. Nicht, dass sie es nicht gewohnt war, männliche Patienten in Unterwäsche oder Badehose zu sehen, das gehörte zu ihrer Arbeit. Nein, mehr schockierte es sie, dass es Ronny war, der dort vor ihr stand. Beinahe wäre ihr die Moorpackung aus der Hand gerutscht. Kurz überlegte Eileen, ob sie vielleicht im falschen Film war und wollte wieder gehen. Doch schließlich wurde sie sich ihrer Aufgabe hier bewusst und stand es durch. Ohne ihn anzusehen und ohne ein weiteres Wort verlauten zu lassen, legte sie die Fangopackung auf die Liege.

Ihre Gedanken wirbelten wild durch den Kopf und sie fühlte sich, als wäre sie ein wenig zu viel Karussell gefahren. *Verdammt! Was will er hier?*

Sie wusste ja, dass er wieder zurück war, und hätte eigentlich auch einkalkulieren müssen, ihm immer wieder mal über den Weg zu laufen. Doch das wollte sie gar nicht. Zu ihrem großen Unglück war er auch noch der Karatelehrer ihres Sohnes und Louis schien ihn zu vergöttern.

Den großen Meister nannten ihn alle Kinder, oder war er so eingebildet, sich selbst so zu betiteln? ... Und jetzt besaß er noch die Frechheit, ihr unter die Augen zu treten. Hat er in der Vergangenheit nicht schon genug angerichtet?, steigerte sie sich langsam in Rage.

»Sie können sich jetzt hinlegen«, erklärte sie und musterte ihn flüchtig aus den Augenwinkeln. Dennoch bemerkte sie, dass er nur eine Badehose trug und sehr muskulös gebaut war, wie früher schon. Sein Körper strahlte immer noch eine unsagbare Stärke aus und er beobachtete sie mit seinen saphirblauen Augen, die sie damals schon so sehr an ihm geliebt hatte.

Eileen versuchte, ihn zu ignorieren, obwohl es ihr schwerfiel. Bisher hatte sie es vermieden, ihn direkt anzusehen, doch als Ronny keine Anstalten machte, sich auf die Moorpackung zu legen, musste sie es riskieren. Sie sah ihn endlich an und deutete auf die Liege: »Die Fangopackung ist soweit. Bevor sie wieder kalt ist und ihre Wirkung verliert, solltest du sie nutzen.«

Nun legte er sich hin und Eileen begann, ihn in Tücher und Decken zu betten. Es ärgerte sie, dass er sie aus ihrer Reserve lockte. Denn er hatte es geschafft, dass sie ihn mit *du* anredete, obwohl sie ihn doch eigentlich wie einen Fremden behandeln wollte.

Plötzlich sprach er sie an: »Du hast einen Sohn?«

»Ja«, murmelte sie und mied den Blickkontakt.

Ronny führte das Gespräch fort. »Er ist ein toller Bursche und ein ehrgeiziger Kämpfer!«

»Ich weiß«, gab sie halbwegs höflich zurück.

Ronny ließ nicht locker. »Louis hat das Zeug, einmal groß rauszukommen.«

»Er wird kein großer Kämpfer werden«, versicherte Eileen schroff und zog, für ihn unverhofft, mit einem Ruck das Leinentuch um seine Brustpartie energisch stramm.

Ronny meinte fast, sie wolle ihm die Luft abschnüren und verzog das Gesicht. Dabei konnte er einen kleinen schmerzerfüllten Laut nicht unterdrücken.

Eileen merkte, dass sie wohl einen Fehler gemacht hatte, denn immerhin war er ein Patient. Schnell lockerte sie wieder das Tuch und fragte mit einem leichten Unterton in der Stimme: »Ist es so angenehmer?«

»Ja, so ist es besser«, sagte er etwas kleinlaut.

Die junge Frau bemühte sich, nicht die Fassung zu verlieren, denn auf einmal kamen die schönen, verdrängten Erinnerungen wieder in ihr hoch; all die Liebe und das Vertrauen, das sie ihm entgegengebracht hatte. Aber auch die große Enttäuschung und Einsamkeit, die zuletzt folgten, als er sich nach Frankfurt aufgemacht hatte. Alles kam in ihr Bewusstsein zurück und der Verursacher lag vor ihr. Momentan recht wehrlos, durch die Maßnahmen der Fangopackung, aber dennoch sehr gefährlich für ihr seelisches Gleichgewicht. Wie sollte sie ihm das alles so schnell verzeihen, zumal er völlig unvorhergesehen hier auftauchte und ihr vielleicht sogar noch vorschreiben wollte, was gut für ihren Jungen sei?

»Der Typ hat doch keine Ahnung«, dachte sie, nicht mehr weit davon entfernt, ihm vielleicht eine Ohrfeige verpassen zu wollen.

Endlich war sie fertig mit ihrer Arbeit und möglichst höflich fragte sie: »Ist es so recht, oder haben Sie noch einen Wunsch?«

Dass sie ihn mit *Sie* ansprach, verletzte ihn. Doch er überlegte, ob er noch eine Frage stellen sollte, ohne mit einer Attacke auf seinen Körper rechnen zu müssen; zumal er durch die Verpackung wie gefesselt und äußerst wehrlos hier lag. Doch er riskierte es.

»Überleg es dir noch einmal, ob du nicht doch Louis' Talent im Kampfsport fördern möchtest. Es ist eine große Chance für ihn!«

Eileen hörte ihr Herz bis zum Hals schlagen und zögerte auszusprechen, was sie gerade dachte. Ihre Augen funkelten in dem dunkelsten Grün.

Ronny wusste nicht, was er jetzt schon wieder Falsches gesagt haben sollte, als ihr giftiger Blick ihn traf.

Sie rang mit sich, denn sie war kurz davor zu explodieren oder sonst irgendetwas Unüberlegtes zu tun. Ihr

Zögern erlosch und aus vollem Herzen sprudelte es aus ihr heraus:»Meinst du etwa damit, er soll die Chance bekommen, wie sein Vater zu werden? Das werde ich zu verhindern wissen!« Dann verließ sie fluchtartig den Raum. Leise, aber wutentbrannt vor sich hin schnaufend huschte sie schnell an Eric vorbei und verschwand in der Kleiderkammer, um die gewaschenen Laken aufzufalten. Diese Arbeit zählte noch nie zu ihrer Lieblingsbeschäftigung, doch heute war sie genau richtig, um sich abzureagieren.

Eric kam kurz zu ihr, sah durch die Tür und fragte:»Was ist passiert?«

Eileen stand mit dem Rücken zu ihm und das war auch gut so, denn sie wollte ihm jetzt keine Erklärung abgeben. In festem Ton sagte sie nur:»Nichts von großer Bedeutung.« Dabei arbeitete sie fleißig weiter, damit er nicht bemerken würde, wie sehr sie vor Wut bebte.

Ihr Chef hatte es schon längst bemerkt, denn mittlerweile kannte er diese Frau recht gut. Doch er wusste auch, dass sie in so einer Verfassung besser in Ruhe gelassen werden sollte, um nicht einem spontanen Rundumschlag ausgeliefert zu sein, der ihr zwar hinterher leidtun würde, aber dennoch passieren könnte. Und sei es nur durch einen krassen Wortwechsel, der in einem unhöflichen Anranzer ihrerseits enden könnte.

Ronny hatte nun Zeit zum Ausruhen, doch er konnte sich ebenfalls nicht beruhigen.

Es lag absolut nicht in seiner Absicht, Eileen zu verärgern. Seine Fragen waren doch ganz normal. Er sah wirklich große Chancen für Louis, in diesem Sport weiterzukommen. Das hätte er jeder anderen Mutter auch geraten, in seiner Rolle als Kampfsportlehrer.

*Doch was war zuletzt in sie gefahren und überhaupt: Was
interessierte ihn Louis' Vater? Da soll einer die Frauen verstehen. Zuerst behandeln sie einen Mann wie das bravste Lamm
persönlich und schon im nächsten Moment entwickeln sie sich
zu Raubkatzen, die einem am liebsten die Augen auskratzen
würden, wenn man nicht aufpasste.
Aber Louis, er war so ein toller Junge. Auf ihn konnte Eileen
doch wirklich stolz sein. Er sah ihn bildlich vor sich, mit seinen strahlenden Augen und dem Ehrgeiz, wie auch er ihn früher empfunden hatte.
Der Junge könnte es bei richtigem Training wirklich zu
etwas bringen!
Ronny hatte sich umgehört im Sportcenter. Es war gar nicht
so schwer, mehr über Eileen und ihren Sohn zu erfahren. Sie
arbeitete, wie heute bestätigt, in dieser Massagepraxis und
war alleinerziehende Mutter eines fünfjährigen Jungen. Diese
attraktive Frau war hier sehr beliebt und die Leute erzählten
nur Gutes über sie.*

Plötzlich kam ihm ein ungewöhnlicher Gedanke. *Wie
alt ist Louis jetzt? Bei genauer Rechnung könnte Louis auch
…! Ist es wirklich möglich?*

Nun fiel es ihm wie Schuppen von den Augen und
viele Rätsel lösten sich für ihn langsam auf.

*Da war Eileens letzte Äußerung; dann die erste Begegnung
mit Louis und dass er ihm sofort so vertraut vorkam. Natürlich, er hatte viel Ähnlichkeit mit ihm selbst, als er in seinem
Alter war. Auch dieselbe Augenfarbe hatte der Junge! Wie
konnte er nur so blind gewesen sein? Die Möglichkeit, dass
Louis auch sein Sohn war, wurde immer größer.*

Plötzlich wusste er nicht mehr, ob er vor Freude aufspringen, oder vor Scham im Boden versinken sollte.
Die Hitze der Moorpackung stieg ihm zu Kopf und die
Luft im Raum schien immer dünner zu werden. Ronny
wurde schwindelig und er befreite sich aus den Tüchern,
um nicht ersticken zu müssen. Langsam setzte er sich hin

und atmete tief durch. Obwohl die Zeit der Anwendung noch nicht zu Ende war, stand er auf, zog sich an und ging hinaus. Dem Masseur am Schreibtisch rief er nur noch ein schnelles »Bis dann« zu und rauschte zur Tür hinaus.

Eric sah ihm verwundert nach. Kurz darauf war nur noch das Aufheulen des Motors von Ronnys Motorrad zu hören und in schnellem Tempo fuhr er davon.

»Eingebildeter Affe«, hörte es Eric darauf aus der Wäschekammer verlauten und wurde immer neugieriger, was in Kabine vier vorgefallen sein mochte?

Abends als Louis schon im Bett war, saßen Eileen und Eric allein am Abendbrottisch. Sie spielte gedankenversunken an ihrem Weinglas. Nun glaubte der Mann, den richtigen Zeitpunkt gefunden zu haben. Jedenfalls wirkte sie nicht mehr so aufgebracht wie heute Mittag.

Er gab sich einen Ruck und fragte nach dem Vorfall in der Massagepraxis. »Was war denn heute in der Praxis los? Du wirktest sehr genervt. Hat Herr Faber dich irgendwie unhöflich behandelt?«

Eileen sah Eric nicht an, strich weiter kreisend über den Rand ihres Glases und murmelte: »Es ist Zeitverschwendung, darüber zu reden.«

»Wieso?«, ließ er nicht locker. »Du warst ganz schön aufgebracht. Dabei ist es doch nur der Karatelehrer deines Sohnes. Ich kann mir nicht vorstellen, was man mit so einem Lehrer für ein Streitgespräch führen kann? Oder hat der ehemalige Champ vielleicht zu viele Starallüren?«

Eileen sah ihm jetzt ins Gesicht und war immer noch nicht gut auf den Patienten von heute Mittag zu sprechen. »Sehr arrogante Starallüren«, verbesserte sie ihn und hob die Augenbrauen. Dann stellte sie ihm die klärende Frage:»Ist dir an diesem Herrn Faber nichts aufgefallen?«

Eric überlegte, doch ihm fiel nichts ein.»Hätte mir denn etwas auffallen müssen?« Irritiert beobachtete er sie. Sie wich seinem Blick nicht aus und meinte:»Hast du mal in seine Augen gesehen?«

»Eileen«, winkte er ab.»Jetzt übertreibst du aber ein wenig. Ich bin kein Hexenmeister und warum sollte ich ihm in die Augen sehen?«

»Weil Louis seine Augen hat«, verkündete sie ernst.

Eric verstand nicht ganz und schaute sie zweifelnd an. Endlich bemerkte er ihre Anspannung.   »Louis' Karatelehrer ist Ronny Faber, Louis' leiblicher Vater, oder sollte ich lieber Erzeuger sagen«, erklärte sie weiter, wobei es ihr nicht gelang, den abwertend ironischen Tonfall zu unterlassen.

Der Mann verschluckte sich beinahe an dem letzten Schluck Wein, der noch in seinem Glas war. Von einem Reizhustenanfall geschüttelt, verkleckerte er das rote Getränk auf dem Tisch. Vor Überraschung wusste er nun nichts mehr zu erwidern.

Eileen ergriff das Wort und erzählte zögernd von dem Zwiegespräch zwischen Ronny und ihr.

Still und verwundert hörte Eric ihr zu.

17

Eines Abends saß Eileen allein auf der Veranda. Die Sonne hatte den ganzen Tag über geschienen und die Luft erwärmt. Der Abend versprach, mild zu werden. Während der angenehme Sommerwind um ihre Nase wehte, gönnte sie sich einen Schluck ihres Lieblingsweins. Sie ließ den kühlen Genuss die Kehle hinunterfließen und schloss die Augen.

»Wunderbar«, seufzte sie leise, »was braucht man mehr im Leben?«

Aus nicht allzu weiter Ferne hörte sie die Meereswellen rauschen. Dann lehnte sie sich zurück. Traumversunken gab sie mit ausgestreckten Beinen der Hollywoodschaukel, in der sie saß, immer wieder mal einen leichten Stoß.

Eric kam heute Abend nicht mehr vorbei. Sein Hund Sammy war immer noch sehr krank und er wollte sie nicht allein zu Hause lassen, nachdem sie aus der sechzig Kilometer entfernten Tierklinik zurückgekommen waren. Rockys Hundemutter Sammy wurde am Nachmittag eine krankhafte Umfangsvermehrung des Darms durch Laserstrahlen entfernt und die Narkose hatte die alte Hundedame sehr geschwächt. Da halfen nur Ruhe und Abwarten. Deshalb war sie in Erics Apartment besser aufgehoben als bei Eileen zu Hause, wo durch Rocky und Louis sowieso immer mehr Trubel herrschte.

Die junge Frau genoss das Gefühl von Leichtigkeit und Entspannung. Einige laue Windböen spielten mit ihrem Haar und wehten ihr sanft ein paar lockige Haarsträhnen ins Gesicht. Die Grillen zirpten und die Flamme im Windlicht auf dem kleinen Tisch vor ihr hielt tapfer den angreifenden Böen stand. Wieder nippte sie an ihrem Glas und gab sich ihren Gedanken hin. Die Gartenschaukel quietschte leise in ihren Scharnieren.

Sie dachte zunächst an Eric und Sammy, dann an Louis, der bereits oben in seinem Zimmer schlief ... und zuletzt wollte auch Ronny nicht aus ihrem Kopf verschwinden. *Warum aus heiterem Himmel war er hier nur aufgetaucht und wäre er fähig, ihr jetzt so erfülltes und harmonisches Leben zu stören?* Diese Überlegung bereitete ihr Unbehagen. *Würde Ronny zurückkommen wollen, wäre es ihr nicht mehr recht. Denn endlich war sie bereit, eine neue Beziehung einzugehen, und sie wollte die Vergangenheit endgültig begraben. Aber vielleicht machte sie sich mehr Sorgen, als sie sollte, schließlich hatte Ronny mit ihrem jetzigen Leben überhaupt nichts mehr zu tun und hätte auch nicht das Recht, sich dort einzumischen. Das war jedenfalls ihre Meinung. Es war ihr Leben und sie hatte alles im Griff.*

Doch bevor sie sich über noch unwichtige Dinge aufregen würde, dachte sie lieber wieder an etwas Schönes, an Eric!

Plötzlich war aus weiter Ferne ein Motorengeräusch zu vernehmen, das sich ihrem Haus zu nähern schien. Aufmerksam geworden blickte sie in die Dunkelheit hinaus. Doch sie konnte nichts erkennen.

»Würde Eric doch noch kommen, wenn es Sammy besser ginge?«, fragte sie sich. Eileen sah nur einen Scheinwerfer und wunderte sich, als das Geräusch des Motors nicht weit von ihrem Haus entfernt verstummte und das Licht erlosch. Mit klopfendem Herzen stellte sie abrupt die Beine auf den Holzboden der Veranda und hielt die Hollywoodschaukel an. Aus der Stille heraus hallten Schritte an ihr Ohr. Sie kamen näher. Eileen überlegte, ob sie nicht lieber ins Haus gehen sollte, denn Eric konnte es nicht sein. Er fuhr meist bis zur Veranda vor und das Geräusch seines Wagens klang anders.

Schnell blies sie die kleine flackernde Flamme aus und verhielt sich ganz still. Nun schien nur noch das Licht aus dem Inneren des Hauses zur Tür heraus auf den Gehweg, der zu ihrem kleinen Häuschen führte. Im Lichtkegel, der ein Stück des Weges minimal beleuchtete, erkannte sie eine männliche Person in Motorradkluft. Den Helm trug er lässig in der rechten Hand. Mit der Linken strich er sich durch das scheinbar schulterlange Haar.

Es war Ronny. Er blieb einige Sekunden lang vor der Treppe stehen und zögerte. Gerade als er sich entschied hinaufzugehen und den Fuß auf die unterste Stufe setzte, bellte Rocky laut los und wollte dem Fremden entgegenspringen. Eileen hielt ihn am Halsband zurück und wies ihn zur Ruhe an. Rocky gehorchte aufs Wort, ließ sich aber von einem nachdrücklichen Knurren zunächst nicht abbringen. Erschrocken zog Ronny seinen Fuß zurück und sah abwartend ins Dunkel, aus dem das Hundeknurren kam. Verunsichert rief er:»Eileen?«

»Was willst du hier«, kam eine Stimme aus der dunklen Ecke links neben dem Türeingang. Eileen zündete das kleine Licht wieder an und lehnte sich zurück. Nun fühlte Ronny sich etwas sicherer, als er sehen konnte, wem oder was er begegnen würde, und wagte einen neuen Versuch, die drei Treppenstufen hinaufzusteigen. Auf zwei Meter Entfernung blieb er stehen.

Rocky robbte unterm Tisch hervor und beschnupperte Ronny aus sicherem Abstand, denn Eileen hielt ihn am Halsband zurück.»Aus!«, rief sie energisch und der Hund legte sich wieder still zu ihren Füßen.

Endlich entsann sich Ronny seiner Absicht und kam auf ihre Frage zurück:»Was ich hier will? Nun, ich will mit dir reden!«

Die junge Frau vermied es, ihn anzusehen, und spielte mit ihrem Weinglas in der Hand.

»Wie hast du mich gefunden?«, fragte sie ungehalten.

»Ich bin dir nachgefahren, aber auch so bist du sehr beliebt im Sportzentrum, sodass es nicht schwer war, dich ausfindig zu machen. Darf ich mich setzen?«, meinte er abwartend und deutete auf den leeren Stuhl neben sich.

Irritiert und immer noch unsicher willigte sie ein.

»Bitte, tu dir keinen Zwang an!«

Ronny setzte sich, stellte seinen Helm neben sich auf den Boden und öffnete seine Motorradjacke. Eileen beobachtete ihn aus dem Augenwinkel heraus, ohne es sich anmerken zu lassen. Unter der Jacke trug er ein türkisfarbenes Shirt, das nur spärlich seinen muskulösen Oberkörper versteckte. Die Farbe seines T-Shirts erinnerte Eileen an seine Augen, dessen saphirfarbenes Strahlen sie damals so geliebt hatte. Zum Glück war es nun dunkel genug und sie sah sich nicht in Gefahr, unentwegt in seine Augen sehen zu müssen. Jetzt, wo keiner von beiden etwas sagte, stieg die Spannung und Eileen wurde langsam nervös. Ronny hingegen schien die Ruhe selbst zu sein. Er konnte seine Aufregung gut verbergen.

Eileen unterbrach als Erste das Schweigen.»Worüber sollten wir reden?«

»Es ist viel Zeit vergangen«, begann Ronny vorsichtig, »da gibt es vieles, über das wir beide reden könnten.«

Immer noch blieb Eileen angespannt im sicheren Halt der Kissen ihrer Gartenschaukel sitzen und überlegte, ob sie seinen Besuch zu einer Aussprache nutzen, oder ihn einfach wegschicken sollte? Doch dann entschied sie sich dafür. Denn irgendwie war sie auch neugierig darauf, was er zu erzählen hatte.

»Na gut, lass uns reden«, lenkte sie nun ein und stand auf. »Möchtest du auch ein Glas Wein?«, gab sie sich gastfreundlich.

»Ein Glas Wasser wäre mir lieber«, erwiderte Ronny erleichtert und lehnte sich entspannt zurück. Schon fast hatte er mit einer Absage oder einem Rausschmiss gerechnet, denn es machte auch ihn nervös, dass Eileen sich so viel Zeit mit ihrer Antwort ließ und wenn er an die Begegnung in der Massagepraxis dachte, kannte er sie doch immer noch als sehr impulsiv.

Eileen ging ins Haus, holte ein Glas Wasser und nahm die angebrochene Flasche Wein ebenfalls mit. Dann zog sie sich einen locker fallenden Pullover über ihr enges T-Shirt, denn irgendwie fröstelte es sie bei der Vorstellung, allein mit Ronny hier zu sitzen und zu plaudern, als wäre er nie weggewesen. Doch es lagen Jahre dazwischen und alles hatte sich geändert in ihrem Leben. Da war er nun, aus dem Nichts aufgetaucht und saß auf ihrer kleinen Veranda. Anfangs, kurz nach Louis' Geburt, hatte sie sich oft gewünscht, Ronny wäre plötzlich zurückgekehrt und sie wären eine komplette Familie gewesen.

Doch jetzt, nach so langer Zeit und wo es Eric für sie gab, war alles anders. Sechs Jahre ließen sich nicht einfach wegwischen und selbst zuvor sehr starke Gefühle konnten verblassen und unwichtig werden. So glaubte sie, war es auch mit ihren Gefühlen zu Ronny.

»Warum tauchte er jetzt hier bloß auf?«, überlegte sie nervös. »Sollte sie ihm alles erzählen?«

Als sie wieder auf die Veranda zurückkam und Ronny endlich ins Gesicht sah, machte ihr Herz einen Sprung und sie musste feststellen, dass seine Erscheinung keinen Deut an Wirkung auf sie verloren hatte. So wie er nun dort saß, mit dem allerschönsten Lächeln in den Augen, wirkte er überaus anziehend und Eileen befürchtete, alle guten Vorsätze der letzten sechs Jahre über den Haufen zu werfen. Immer noch faszinierte sie das helle Türkisblau in seinen Augen, das sein Lächeln noch bemerkenswerter und selbst im Kerzenlicht verführerisch erscheinen ließ.

»Du hast dich verändert«, sagte er ruhig und sah ihr ebenfalls abwartend in die Augen.

Plötzlich riss sie sich aus seinem Bann und wich seinem Blick aus. Lieber blieb sie am Geländer der Veranda stehen und drehte ihm den Rücken zu. Sie hob den Kopf und sah in die Dunkelheit.

»Wir haben uns alle verändert«, flüsterte Eileen. »Das liegt schon an den Aufgaben, die das Leben an jeden Einzelnen von uns stellt.«

»Was hast du in den letzten Jahren so gemacht?«, begann Ronny wieder das Gespräch.

»Und wie ist es dir ergangen?«, wich sie mit einer Gegenfrage aus. Eileen blieb immer noch, mit dem Rücken zu ihm gewandt, an der Brüstung stehen und hatte Angst, ihn anzusehen. War es Angst vor dem Ausbruch ihrer alten Gefühle oder war es Angst, ihm alles zu gestehen? Sie wusste es nicht, doch sie fühlte sich nicht wohl in ihrer Haut.

Aber auch Ronny fühlte die knisternde Spannung zwischen ihnen und tippte spielerisch auf der Lehne des Verandastuhles herum. Er war ganz froh, dass Eileen ihn nicht ansah, denn ihm schlug immer noch das Herz bis zum Hals und er hoffte, dass sie seine Nervosität nicht bemerken würde.

Plötzlich raffte sie sich auf und ohne sich umzudrehen sagte sie: »Du willst mit mir reden?« Kurz schluckte sie und fügte hinzu: »Reden war doch noch nie deine Stärke!«

Dabei riss sie sich zusammen, um nicht alles hinauszuschreien, was sie die ganzen Jahre durchgemacht hatte und gerade in ihr hochkochte. Am liebsten wollte sie ihm alles an den Kopf werfen. Einfach alles! »Ich glaube, es wird Zeit«, sagte er leicht gekränkt aber dennoch gefasst.

Dann entstanden lange Minuten der Stille. Eileen senkte den Kopf und verstärkte den Griff am Geländer, bis ihre Hände vor Anstrengung erröteten. Die Stille war unerträglich. Ronny suchte nach den richtigen Worten. Dann stellte er entschlossen die Frage, die ihm seit kurzem so sehr auf der Seele brannte: »Wer ist Louis' Vater?«

Obwohl Eileen mit dieser Frage gerechnet hatte, schlug sie nun dennoch wie ein Blitz ein und plötzlich stieg ein starkes Gefühl von Wut in ihr auf. Sie kämpfte gegen ihre Tränen an. *Was bildet der sich eigentlich ein?*, dachte sie erhitzt. *Taucht hier auf und stellt nur diese eine Frage.*

Plötzlich wirbelte sie zu ihm herum, unterdrückte ein Schluchzen und konterte mit zittriger Stimme: »Kannst du dir das nicht denken?«

Doch schnell wurde sie sich ihres kleinen Gefühlsausbruches bewusst und beschämt senkte sie den Blick auf den Holzboden. Dabei lehnte sie sich ans Geländer und hielt sich wieder verkrampft daran fest. Ihre üppigen schwarzen Locken verwehrten Ronny den Blick in ihr Gesicht, aber er spürte, wie Eileen um ihre Fassung rang.

Langsam stand er auf und stellte sich neben sie. Er stützte sich ebenfalls am Geländer ab und nun sah er in die weite Dunkelheit hinaus, in der nur einige wenige Straßenlaternen den Weg in die Stadt andeuteten.

Ihn plötzlich so nah neben sich zu spüren, irritierte sie noch mehr, doch sie rührte sich nicht von der Stelle.

Dann legte er vorsichtig seine Hand auf ihre Hand und hoffte, Eileen damit zu trösten.

Mit leiser Stimme begann er zu erzählen: »Nun, Louis erinnert mich an meine Kindheit und ich erkenne mich in ihm wieder, wenn ich ihn beim Sport beobachte.«

Na wenigstens ist er nicht blind, dachte Eileen und schluckte. Wenn man Ronny vor sich sah und Louis kannte, war eine Ähnlichkeit nicht zu leugnen. Eileen zitterte immer noch vor Aufregung und war unfähig, ihm ihre Hand zu entziehen.

»Du hast recht«, sagte sie leise.

Nun wandte er ihr sein Gesicht zu und fragte:»Warum hast du mir nichts gesagt?«

Dabei ließ er ihre Hand nicht los.

Erst zögerte sie noch, doch dann sah auch sie ihn an und erklärte:»Wann hätte ich das tun sollen? Als mir klar wurde, dass ich schwanger war, warst du schon längst auf und davon. Außerdem hast du dich niemals gemeldet. Woher sollte ich wissen, wo genau ich dich finden könnte?«

Und wieder kamen diese verdammten Tränen. Mit der freien Hand wischte sie sie fort.

Ronny musste einsehen, dass er ihr wegen seines damaligen Verhaltens keine Vorwürfe machen konnte, und es machte ihn traurig. Er verstand plötzlich, welche großen Fehler er in seinem jugendlichen Leichtsinn gemacht hatte und wie sehr er Eileen damals verletzt haben musste. Der Mann löste seine Hand von ihrer und legte sie tröstend auf ihre Schulter. Dabei neigte er ihr seinen Kopf zu, sodass seine Stirn ihr Haar berührte. Ronny atmete schwer, denn auch ihn ließen ihre Worte nicht kalt.

Er hatte sich ebenfalls verändert und sein Gemüt war nicht mehr so unantastbar wie früher einmal. Der Duft ihrer Haare stieg ihm in die Nase und erinnerte ihn an damals. An die gemeinsame Zeit, die er mit Eileen verbrachte und in der auch er glücklich war. Nur wurde ihm das zu spät bewusst. Ronny empfand den Wunsch, sie zu sich umzudrehen und ganz fest in die Arme zu nehmen, doch er wagte es nicht. Sie in Tränen fast aufgelöst zu sehen und tatenlos daneben zu stehen, verwirrten ihn.

»Es tut mir so leid«, sagte er bedrückt, während die junge Frau immer wieder gegen neue Tränenströme ankämpfte.

Plötzlich hörten sie ein Geräusch im Haus. Ruckartig zog Ronny seine Hand zurück und Eileen rückte ein Stück von ihm ab. Rocky rannte mit freudig wedelndem Schwanz ins Haus. Es musste wohl Louis gewesen sein? Vielleicht war er nochmals zur Toilette. Hinter der zufallenden Fliegennetztür, die der Hund mit seiner Schnauze aufgestoßen hatte, rief Louis: »Mama, ist Eric da?«

Eileen wischte sich die letzten Tränen ab und antwortete möglichst gefasst: »Nein, mein Schatz, aber es ist alles in Ordnung! Geh jetzt wieder schlafen, es ist schon spät.« Fluchtartig ging Eileen zur Hollywoodschaukel zurück und setzte sich. Panische Gedanken flogen durch ihren Kopf.

»Hoffentlich hat er uns nicht gesehen. Wie soll ich ihm das alles nur erklären? Louis wird bestimmt Fragen stellen.« Doch sie wollte sich nicht über ein weiteres Problem den Kopf zerbrechen, was es momentan noch nicht wirklich gab. Dafür war morgen auch noch Zeit. Nun musste sie erst einmal den Abend mit Ronny überstehen.

Ronny verharrte währenddessen an dem Geländer der Veranda. Erst nachdem Louis mit Rocky oben verschwunden war, bewegte er sich langsam in ihre Richtung und setzte sich neben Eileen auf die Hollywoodschaukel.

Spontan wollte die junge Frau wieder aus seiner Nähe flüchten. »Ganz schön unverschämt«, schoss es ihr durch den Kopf, »aber so kannte sie ihn von früher!«

Spontan zog sie ein Bein näher zu sich heran und setzte sich auf eine Po-Backe. So glaubte sie, könne er ihr nicht zu nahe kommen. Doch dann rief sie sich zur Vernunft.

Stell dich nicht so an! Der Mann kann dir nichts anhaben, wenn du das nicht willst! Wenn du deine Gefühle aus dem Spiel lässt, wirst du doch zu einem vernünftigen Gespräch fähig sein?

Sie bemühte sich, seinem Blick nun nicht mehr auszuweichen, und stellte fest, dass auch er Blickkontakt suchte. Scheinbar war es ihm wirklich sehr wichtig, mit ihr über alles zu reden, vermutete sie. Nacheinander begannen beide aus ihrer Vergangenheit zu berichten und es befreite sowohl Eileen als auch Ronny sichtlich. Die Spannungen, die sich im Laufe der letzten Jahre zwischen beiden aufgestaut hatten, begannen sich zu lösen. Während der gescheiterte Champ zögernd über seinen Lebensverlauf berichtete, hörte Eileen gespannt zu. Dabei beobachtete sie ihn und stellte fest, dass er sich doch verändert hatte. Heute redete er offener als früher über sich und vor allem, wenn er von seinen Niederlagen sprach. Früher wäre das nicht möglich gewesen. Seine Gesichtszüge verliefen noch markanter. Das machte ihn älter, als er eigentlich war. Sein Lebenswandel hatte bedeutsame Spuren hinterlassen. Das einzige, was noch so war wie zuvor, war das Leuchten in seinen saphirblauen Augen. Wenn er so erzählte, schienen seine Augen sie anzulächeln, während seine Mundwinkel die Ernsthaftigkeit seiner Geschichte verrieten.

Ronny lauschte auch Eileens Geschichte über Tina, Louis und sie mit großem Interesse. Irgendwie war er stolz auf sie, wie sie das Leben mit Louis bisher meisterte. Er stellte fest, wie aus dem kleinen schüchternen Schulmädchen eine durchaus starke Frau geworden war und mit wie viel Energie, Eileen den Alltag bewältigen konnte. Dafür bewunderte er sie. Irgendwie schlich sich klammheimlich das Gefühl in sein Herz, etwas verpasst zu haben.

Ronny überlegte schwermütig: *Man wird nicht alle Tage Vater. Nun ist Louis schon fünf Jahre alt und ich habe nichts davon mitbekommen. Eigentlich hätte er sauer sein können auf Eileen, weil er nichts von alledem wusste. Doch er war derjenige gewesen, der damals einfach abreiste und sich nie meldete. Das erfüllte ihn mit Wehmut. Ein Zuhause, das er immer suchte, hatte er mir nichts dir nichts aufgegeben, ohne es zu wissen. War es möglich, einfach zurückzukehren? Eileen wartete nicht mehr auf ihn, das stand fest. Nun gab es Eric, wohl ein wahrer Freund und sie liebte ihn. Wo war da noch Platz für ihn?* ... *Aber er wollte nicht alles sofort wieder aufgeben, was er jetzt gefunden hatte, und außerdem war er Louis' Vater. Das war eine große Aufgabe, auch wenn er nicht wusste, wie er es anstellen sollte. Vielleicht könnte er auch Eileen zurückgewinnen? Man würde sehen, was sich da machen ließ.*

Jetzt, wo das erste Eis gebrochen war, redeten Ronny und Eileen bis in die frühen Morgenstunden. Dann erst verabschiedete sich Ronny von seiner damaligen Liebe, die er rücksichtslos verlassen hatte. Als sie ihn zur Treppe begleitete, drehte er sich beim Hinuntergehen zu ihr um, nahm ihre Hände in seine und sah liebevoll zu ihr auf. »Danke für den schönen Abend«, sagte er, »bitte gib mir eine Chance. Ich glaube, ich habe vieles gut zu machen und man bekommt nicht jeden Tag die Nachricht, Vater geworden zu sein.«

Eileen wusste nicht recht, was er damit beabsichtigte und sah ihn unschlüssig an. *Dachte er etwa, Louis würde ihn ohne jeglichen Zweifel als Vater akzeptieren?*, überlegte sie. »Versuch es, aber Louis weiß nicht, dass du sein Vater bist. Es hat sich noch keine günstige Möglichkeit geboten, es ihm zu sagen. Er glaubt immer noch, sein Vater lebt in Frankfurt. Außerdem hat er ein ausgesprochen gutes Verhältnis zu Eric.«

Er kam eine Stufe höher, gab ihr einen schnellen Kuss auf die rechte Wange und sagte: »Danke für dein Verständnis!«

Dann verschwand er in der Dunkelheit. Noch lange, nachdem das Motorengeräusch seiner Maschine verstummt war, lehnte Eileen gedankenvoll am Verandageländer.

Das waren zu viele unfassbare Ereignisse auf einmal, um sie so schnell ordnen zu können. Eileen gähnte, denn es war mittlerweile spät geworden und lächelnd ging sie zu Bett.

Morgen ist auch noch ein Tag, dachte sie und schloss mit dem ereignisreichen Abend ab.

18

Am nächsten Morgen kam Louis zu Eileen ins Bett. Er kuschelte sich mit unter ihre Decke und wärmte seine kalten Füße an ihren warmen Beinen. Dann weckte er sie mit einem Kuss auf die Wange.

»Guten Morgen, Mami, warum war mein Karatelehrer gestern bei uns?«, fragte Louis unverfroren, ohne darauf zu warten, bis Eileen ihre Augen endlich geöffnet hatte.

Halb verschlafen und sehr überrascht meinte sie: »Woher weißt du, dass es dein Karatelehrer war?«

»Ich weiß es eben«, gab Louis zur Antwort, »was wollte er?« Schneller als befürchtet stand Eileen nun vor dem Problem. Sollte sie ihrem Sohn jetzt die Wahrheit über seinen Vater offenbaren? Noch unschlüssig, wozu sie sich entschließen sollte, meinte sie: »Er wollte mich kennenlernen.«

Ohne sich zu seiner Mutter umzudrehen fragte er: »Und gefällt er dir?«

Eileen stutzte und stand auf. »Das weiß ich nicht«, sagte sie und ging erst einmal ins Bad.

Louis folgte ihr und klopfte von außen an die Badezimmertür. »Gefällt er dir?«, fragte Louis wieder ungeduldig. »Und über was habt ihr geredet?«

»Warte Louis, darüber können wir beim Frühstück sprechen«, vertröstete sie ihren Sohn.

»Aber du erzählst es mir ganz bestimmt«, hörte sie Louis noch sagen, bevor er mit dem Klopfen aufhörte und geräuschvoll die Treppe hinunter stapfte.

Eileen stellte sich unter den warmen Strahl der Dusche. Das tat gut und half ihr ein wenig, einen klaren Gedanken zu fassen. Sie wunderte sich über Louis' Reaktion. Diese gut überlegten Fragen waren ganz untypisch für ihn. Eigentlich war er spontaner und alles sprudelte meist aus ihm heraus. Sie überlegte krampfhaft, wie sie ihm alles erklären könnte und ärgerte sich darüber, abends zuvor nicht noch einmal nach Louis gesehen zu haben, um sich zu vergewissern, dass er wirklich schlafen würde. Nun war es zu spät und ihr war klar, dass Louis gelauscht haben musste.

»Doch was hatte er alles mitbekommen?«, fragte sie sich jetzt. Anscheinend war die Zeit wirklich gekommen, ihm endlich Rede und Antwort zu gestehen.

Der Junge beeilte sich heute nicht, in die Kinderbetreuung zu kommen. Geistesabwesend stocherte er in seinen Cornflakes herum. Eileen saß ihm gegenüber und konnte nicht mehr länger mit ansehen, wie Louis sich quälte.

Dann fragte sie:»Möchtest du mir heute in der Praxis helfen? Ich bringe dich dann später zur Kinderbetreuung.«

Es gab flexible Öffnungszeiten und deshalb war es möglich, Louis im Notfall auch mal später dorthinzubringen. Wenn Eileen sich diese Situation so betrachtete, konnte es sich heute durchaus zu einem Notfall entwickeln.

Louis blickte überrascht zu ihr auf und meinte:»Oh ja, kommt Eric auch?«

»Ich denke schon, wenn er Sammy alleine lassen kann«, antwortete Eileen.

»Ja, dann komme ich mit dir«, sagte er erfreut und löffelte sein Frühstück etwas schneller.

»Louis«, begann Eileen wieder, »wieso hast du mich heute Morgen gefragt, ob ich deinen Karatelehrer mag? Findest du ihn nicht gut? Du gehst doch so gerne zu seinem Unterricht und er ist doch dein großer Meister.«
»Ja schon«, druckste er herum, »aber gestern Abend hast du mit ihm gesprochen, als wenn du ihn schon ganz lange kennen würdest. Dabei kam er doch erst vor Kurzem aus Frankfurt hierher und Eric kennst du doch schon viel länger.« Dann sah er sie fragend an.

Eileen schlug das Herz bis zum Hals und sie holte tief Luft. »Ich glaube, ich muss dir da etwas erklären. Ich kenne deinen Karatelehrer wirklich schon lange. Nur war er da noch kein Karatelehrer, sondern Boxer. Damals warst du noch nicht geboren und auch Eric kannte ich noch nicht. Ronny, das ist übrigens sein Name, ging irgendwann für viele Jahre nach Frankfurt. Er hat sich leider nie bei mir gemeldet und so wusste ich auch nicht, wo er genau war. Bevor er abreiste, hatten wir beide uns sehr gern.«

»Und jetzt?«

»Jetzt?«, überlegte Eileen laut. »Jetzt habe ich Eric sehr lieb und dich noch viel mehr, mehr als jeden anderen Menschen auf dieser Welt!«

Sie setzte sich neben ihren Sohn und nahm ihn innig in den Arm. Dann sprach sie weiter: »Ich hatte ihn fast schon vergessen, weil ich nichts mehr von ihm gehört habe. Jetzt wo ich so glücklich mit dir und Eric bin, war ich völlig überrascht, als er plötzlich im Sportcenter auftauchte. Ich wusste nicht, dass er jetzt Karateunterricht gibt.«

Sie machte eine Pause und sah den Jungen direkt an: »Louis, du hast mich oft nach deinem Vater gefragt, ... Ronny ist dein Vater!« Sie hielt ihn weiter im Arm.

Doch Louis wirbelte wie von einer Biene gestochen hoch und hätte sie beinahe mit einer Hand auf die Nase getroffen. Erschrocken wich Eileen zurück.

Der Junge stellte sich vor sie und wild gestikulierend erklärte er: »Das geht doch gar nicht! Ich habe jetzt schon einen Vater. Der Weihnachtsmann hat mir Eric als Vater geschickt!« Seinem Naturell entsprechend sprudelte endlich alles aus ihm heraus.

»Das ist nicht ganz richtig so«, bremste sie ihn vorsichtig. »Eric kam zwar Weihnachten zu uns und wäre bestimmt gerne dein Vater. Doch Vater wird man eigentlich nur auf biologischem Wege. Das habe ich dir doch schon mal erklärt. Wenn ein Mann und eine Frau sich sehr lieb haben, miteinander schlafen und sich vereinen, können sie ein Baby bekommen. Dann sind das die leiblichen Eltern des neugeborenen Kindes. So war es eben damals bei Ronny und mir. Dann bist du in meinem Bauch herangewachsen und als du zur Welt kamst, war ich eben deine Mutter und Ronny dein Vater.«

Eileen redete einfach weiter und hoffte, die richtigen Worte zu finden.

»So ist es jetzt eben auch bei Chris und Tina«, sagte sie zuletzt, denn plötzlich fielen ihr keine weiteren Erklärungen mehr ein.

Aber Louis half ihr auf die Sprünge. »Und wo war Eric da?«

»Eric war damals nicht dabei«, antwortete Eileen geduldig weiter.

»Aber wo war Ronny, wenn er doch mein Vater ist? Fährt Chris dann auch weg, wenn das Baby kommt?«, ließ Louis nicht locker.

Die Mutter war überrascht über so durchdachte Fragen. Aber dieses Thema schien ihm wichtiger zu sein, als sie immer angenommen hatte. Deshalb versuchte sie jetzt, weitere sinnvolle und ehrliche Antworten zu finden. »Ich hoffe nicht, dass Chris wegfährt, denn er freut sich darauf, Vater zu werden.«

»Und mein Vater?«

»Ronny wusste damals nicht, dass er Vater wurde. Bevor ich es ihm sagen konnte, war er schon auf dem Weg nach Frankfurt. Dort hatte er eine große Aufgabe zu erfüllen. Er konnte Boxchampion werden, was ihm auch gelungen ist. Das war damals sehr wichtig für ihn und deshalb war er bei deiner Geburt nicht dabei.«

Eileen versuchte, Louis so sachlich wie möglich alles zu erklären, obwohl sich immer wieder negative Gefühle bei ihr meldeten, wenn sie durch ihr Erzählen an die damaligen Ereignisse erinnert wurde. Doch es wäre unfair, Ronny vor Louis ins schlechte Licht zu stellen. Der Junge sollte sich seine eigene Meinung bilden, wenn er seinen Vater kennenlernen wollte. Sie wunderte sich auch, wie leicht ihr Sohn die Wahrheit aus ihr heraus kitzeln konnte und empfand es gar nicht mehr so schwierig, mit ihm darüber zu sprechen.

Eine kurze Zeit stand Louis noch nachdenklich vor ihr, bis er dann sagte:»Komm, Mama, Eric wartet bestimmt schon in der Praxis auf uns.«

Beide zogen nun ihre Jacken an und holten ihre Fahrräder aus dem Schuppen. Die kleine Radtour durch Felder, Wald und mit einem Blick aufs Meer, würde ihnen guttun. Dann radelten sie zur Praxis, die sie in circa zwanzig Minuten erreichten.

Gerade als Eileen die Eingangstür zur Praxis aufschließen wollte, fuhr auch Eric mit seinem Wagen vor. Überrascht erkannte er Louis, der ihm sofort entgegenrannte. Der Junge sprang ihm auf den Arm und drückte ihn ganz fest.

»Seid gegrüßt, meine Lieben«, rief Eric und umarmte Louis ebenfalls.»Gehst du heute nicht in die Kinderbetreuung?«

»Mama hat gesagt, ich darf ihr heute in der Praxis helfen und dir natürlich auch, wenn du nichts dagegen hast«, klärte der Kleine ihn auf.

Eric sah Eileen irritiert an, als sie ihm die Tür aufhielt. Beim Hineingehen behielt er den Jungen auf dem Arm und begrüßte Eileen mit einem Kuss.

»Welch eine Ehre wird mir denn heute zuteil, dass ihr mir beide so tatkräftig unter die Arme greifen wollt?«, fragte er neugierig und zog seine Jacke aus.

»Das erzähle ich dir gleich«, meinte sie kurzangebunden und geschäftig wies sie Louis schon mal an, die Heizungen in allen Kabinen höher zu stellen. Schließlich sollten die Patienten nicht frieren.

Schnell erkundigte sie sich nach Sammys Zustand. Erst als Eric ihr bestätigte, dass sie die Nacht ganz gut überstanden hatte und auf dem Weg der Besserung sei, setzte sie sich auf Erics Schoss an den Schreibtisch und legte beide Arme um seinen Hals. Danach folgte ein Guten-Morgen-Kuss und sie begann zu erzählen.

»Ich hatte gestern Abend unverhofften Besuch«, sagte sie ohne große Umschweife, »Ronny kam zu mir und wollte wissen, wer Louis' Vater ist.«

Eric sah sie völlig verblüfft an: »Und, hast du es ihm gesagt?«

»Sollte ich lügen?«, gab sie zurück. »Wir haben uns recht normal unterhalten, was ich eigentlich nicht erwartet hatte.«

»Eric«, rief Louis aus einer Kabine dazwischen, »darf ich schon mal die Laken und Handtücher verteilen?«

»Ja, fang schon mal an, du weißt ja, wo sie sind«, antwortete Eric und lauschte weiter gespannt Eileens Worten.

»Jetzt haben wir nur ein Problem«, meinte Eileen schließlich.

Eric wurde immer aufmerksamer: »Welches denn?«

»Louis hat wohl etwas gelauscht und ich weiß nicht, wie viel. Jedenfalls fragte er mich heute Morgen ganz verstört, was Ronny bei uns wollte und ob ich ihn gut finde?« Dabei zog sie eine kleine Grimasse.

»Und was hast du ihm gesagt?«, fragte Eric wieder.

»Nun, ich hatte keine Wahl«, meinte sie, »also habe ich ihm die Wahrheit erzählt und ihm gesagt, dass Ronny sein biologischer Vater ist. Allerdings wollte ich ihn heute nicht in die Betreuung abschieben, denn er macht sich scheinbar ernste Sorgen um uns alle.«

»Das kann ich verstehen«, meinte Eric nachdenklich und musste erst einmal schlucken. »Was hast du nun vor?«

Eileen zog die Schultern hoch. »Die richtige Lösung habe ich noch nicht gefunden, aber Ronny möchte eine Chance.«

Entsetzt schob er Eileen von seinen Beinen und stand auf. »Eine Chance mit dir oder mit Louis?«, fragte er deutlich verstimmt und ging zum Waschbecken, um sich die Hände zu waschen.

Überrascht sah Eileen ihn an. »Mach dir keine Sorgen, natürlich mit Louis«, versuchte sie ihn zu beruhigen und überlegte, was Eric so verärgert haben könnte. Sie war doch ehrlich! Plötzlich fiel ihr ein, wie anhänglich Ronny gestern Abend war und ihr kam der Verdacht, den wohl auch Eric hegte.

»Dass Ronny glauben würde, mich zurückerobern zu können, ist mir noch gar nicht in den Sinn gekommen«, grübelte sie irritiert.

Dabei musste sie innerlich schmunzeln, aber ganz wohl fühlte sie sich bei diesem Gedanken nicht. Während sie noch nachdachte, kam der erste Patient in die Praxis. Eric begrüßte ihn und bat ihn in die nächste Kabine.

»Gehen Sie schon mal hinein, ich komme gleich nach«, sagte er und folgte ihm kurz darauf, ohne nochmals das Gespräch mit Eileen zu suchen.

Eine weitere Aussprache wäre sowieso nicht möglich gewesen, denn die Kundschaft ging vor und außerdem war dieses Gespräch zu privat, also nicht für fremde Ohren bestimmt.

Eileen holte Louis nun zu sich und bat ihn, bei ihr zu bleiben, solange Patienten in den Kabinen behandelt wurden. Louis gehorchte und half seiner Mutter, mehrere Laken aufzufalten. Doch zwischenzeitlich wurde es ihm langweilig und er quengelte herum. Eileen dachte sich Geschichten aus, die Louis weiter erfinden konnte. Somit vertrieben sie sich die Zeit.

Doch schon bald darauf brachte sie ihn doch in die Kinderbetreuung. Hier hatte er die nötige Ablenkung, die ein Fünfjähriger nun brauchte. Meist blieb der Junge bis zum späten Nachmittag, aber heute wollte Eileen ihm die Möglichkeit geben, nicht zu lange von ihr getrennt zu sein. Also versprach sie ihm, ihn in zwei Stunden wieder abzuholen. Wahrscheinlich wollte sie sich selbst nicht eingestehen, ihrem Sohn gegenüber ein schlechtes Gewissen zu haben. Vielleicht hätte sie Louis schon viel früher mehr über seinen richtigen Vater erzählen sollen.

Irgendwann an diesem Tag ging die Eingangstür der Massagepraxis auf und Ronny kam herein. Überrascht sah er von Eileen zu Louis und wusste nicht, wen er zuerst begrüßen sollte.

»Hallo zusammen«, wendete er sich dann Louis zu und wuselte ihm durchs Haar. »Hast du gut geschlafen, kleiner Meister?«

Louis zog sich in Eileens Obhut zurück und murmelte nur ein leises: »Hallo.«

Jetzt, wo er wusste, dass Ronny sein Vater sein sollte und nicht Eric, war ihm dieser Mann irgendwie unsympathisch.

Eric kam aus einer Kabine, ohne Eileen anzusehen und bemerkte knapp: »Eileen, der Patient in Kabine drei wartet auf seine Fango!«

216

Plötzlich verstummte das Gespräch zwischen Ronny und Eileen. Erst nachdem Eric seine Ärmel aufgekrempelt hatte, um sich die Hände zu waschen, sah er auf und bemerkte, dass Ronny ebenfalls in der Praxis war. Beiläufig höflich sagte er:»Guten Tag, Kabine fünf ist frei.« Dann ging er an allen vorbei.

»Gerade *der* hat mir heute noch gefehlt«, dachte er bei sich und seine Verstimmung wurde noch größer,»dieser Typ bringt alles durcheinander. Scheinbar ist er ein Champ im Chaos verbreiten!«

Eric fürchtete um die Beziehung zu Eileen und die vertrauliche Freundschaft zu Louis. *So viel Mühe hatte er sich gegeben, um Eileen zu erobern. Bei Louis war das einfacher. Doch nun kam irgendjemand mal eben aus Frankfurt dahergelaufen und drängte sich dazwischen. Was heißt hier Vater? Nur weil er seine Gene gespendet hat, dieser aufgeblasene Typ, bildet er sich ein, auch Vater sein zu können?* Nicht umsonst heißt das Sprichwort: Vater werden ist nicht schwer, Vater sein dagegen sehr! *Und Eileen verhält sich, als wäre das alles normal. Hat dieser Mann so einen unsagbaren Charme, dass er alle um den Finger wickeln kann? Aber mit mir nicht, mein Freund,* fluchte er leise vor sich hin.

Dann musste er in Ronnys Kabine, denn er hatte schließlich einen Termin mit ihm. Eric gab sich recht gelassen, das verlangte schon sein Beruf von ihm. Da Ronny nicht sehr gesprächig war, konnte sich Eric voll auf die Massage konzentrieren, die heute etwas kräftiger ausfiel, als sonst.

Zeitweise stöhnte Ronny schmerzerfüllt auf und fragte sich, ob es an seinen Verspannungen lag, oder die Handgriffe des Masseurs heute besonders rabiat waren? Doch er ließ es geschehen und hoffte nur, dass die Behandlung ihn nicht gleich umbringen würde. Die anschließende Fangopackung verabreichte ihm ebenfalls Eric, ganz zu Ronnys großer Enttäuschung.

Nach Beendigung der heutigen Behandlung zog Ronny sich an und verließ seine Kabine. Louis saß im Empfangsraum am Schreibtisch und malte Bilder. Ronny gesellte sich dazu und beobachtete den Jungen eine Weile. Dann sagte er zu ihm:»Was malst du da Schönes?«

Louis sah überrascht zu ihm auf, sagte nichts und blickte wieder auf sein Blatt. In diesem Moment kam Eileen um die Ecke.

Ronny sah sie an und grüßte:»Hallo, Eileen, schön dich zu sehen!« Dabei strahlte er sie aus seinen saphirblauen Augen an, als würde sich das Sonnenlicht in einer blauen Meereslagune spiegeln.

Eileen war wie gefangen von seinem Blick und automatisch lächelte sie zurück. Diese Augen in Verbindung mit seinem Lächeln hatten sie damals schon fasziniert. Wenn er dann noch seine charmante Art darbot, war dieser Mann unwiderstehlich und dermaßen verführerisch, dass man ihm fast keinen Wunsch hätte abschlagen können. Im Bann der Blicke gefangen, wussten weder Eileen noch Ronny etwas zu sagen.

Schließlich beendete Ronny die kribbelnde Situation und sagte, während er sich Louis zuwandte:»Komm mich doch mal im Sportcenter besuchen, wenn du Lust hast!« Dann wandte er sich zum Gehen.

Impulsiv und völlig unüberlegt rief Eileen ihm nach: »Willst du Louis nicht gleich mitnehmen, damit ihr euch besser kennenlernen könnt?«

Louis sah seine Mutter entsetzt an. Doch sie zwinkerte ihm aufmunternd zu.»Wenn dir langweilig wird, kommst du wieder zurück. Du kennst dich hier ja aus.«

Ebenso überrascht drehte sich Ronny wieder um und blickte Eileen fragend an. Dann sagte er aber:»Okay, wenn du Lust hast, komm mit. Ich muss zum Training. Du kannst gerne zuschauen.«

Louis zögerte, denn eigentlich wollte er nicht mit Ronny gehen. Doch dann entschied er sich dafür und sagte:»Na gut, großer Meister, ich komme mit!« Anschließend trottete er neben Ronny her.

Als die beiden zur Tür hinaus spazierten, kam Eric in den Empfangsraum und fragte:»Wo geht Louis hin?« Eileen antwortete:»Er geht mit Ronny zum Training.«

Eric blieb direkt vor Eileen stehen und sah sie mit großen Augen an.»Bist du sicher, dass das eine gute Idee ist?«

Eileen wunderte sich über Erics Verhalten und meinte:»Warum nicht? Ronny möchte seinen Sohn kennenlernen.«

»Und was hält Louis davon? Will er auch seinen Erzeuger kennenlernen?«, entgegnete Eric schroff.

Nun sah Eileen ihn entsetzt an und wusste nichts mehr darauf zu sagen. *Es ehrte sie, dass Eric ein wenig eifersüchtig war, doch musste er gleich so überreagieren? Schließlich wollte sie Ronny nur die Möglichkeit geben, Louis besser kennen lernen zu können,* dachte sie nun verärgert.

Während sich Eric nun zum nächsten Patienten begab, äußerte er nur noch missgelaunt:»Kabine zwei wartet auf seine Wärmebehandlung!« Dann verschwand er hinter dem Kabinenvorhang.

»Ja, Sir«, murmelte Eileen leise, aber sehr ironisch und holte die warme Moorplatte für den Patienten in Kabine zwei.

Eric zwang sich, seine Wut zu unterdrücken. Denn er hatte Patienten vor sich sitzen, die absolut nichts für seine Verstimmungen konnten. Diese kamen schließlich zu ihm, um sich zu entspannen. Dennoch ging ihm vieles nicht aus dem Sinn:

Den heutigen Tag konnte er wirklich nicht als Glückstag bezeichnen. Zuerst waren da die Sorgen um seinen kranken Hund und dann kam ihm Eileen heute völlig verwandelt vor. Als wäre gestern Abend ein Blitz in ihrem Kopf eingeschlagen und hätte alle Denkvorgänge verändert. Gestern war doch Ronny bei Eileen. Worüber hatten die beiden wohl gesprochen und was wollte Ronny wirklich bei ihr?

Es störte ihn maßlos, dass dieser Typ hier plötzlich aus dem Nichts auftauchte und alle Personen die ihm, Eric, wichtig waren, für sich einnahm ... und Eileen schien willenlos darauf einzugehen. Und wer wusste, wie Ronny auf Louis einwirkte? Als Karatelehrer machte er ja schon einen besonders großen Eindruck auf den Jungen! Hatte dieser Champ die beiden verhext oder was war los?

Unterdessen ging Louis mit Ronny. Er hielt den Kopf gesenkt und schien sich nicht ganz wohl dabei zu fühlen, mit seinem Vater ein Gespräch anzufangen. Ronny beobachtete den Jungen schweigsam. Er wirkte heute ganz anders als sonst im Karateunterricht. Von Louis' Euphorie, Aufgewecktheit und Spontanität war heute gar nichts zu erkennen. Ronny versuchte, ihn aus der Reserve zu locken, und stellte ein paar Fragen: »Macht dir Karate Spaß?«

»Manchmal«, meinte Louis.

»Hast du zu Hause viele Freunde?«, versuchte Ronny erneut sein Glück.

»Eric ist mein Freund«, sagte er darauf.

Der Junge gab nur kurze Antworten und hüllte sich danach sofort wieder in Schweigen. Dabei hielt er stets seinen Blick auf den Boden gerichtet.

Ronny wusste nicht recht, was er mit Louis anstellen sollte. Mit Kindern hatte er wenig Erfahrung, außer, wie man ihnen ein wenig Karate beibrachte. Von Natur aus war Ronny sowieso nicht der Mensch, der gut auf Andere zugehen konnte. Aber auch Louis schien nicht der kontaktfreudigste Typ zu sein. Irgendwie erinnerte der Junge ihn schon wieder an sich selbst und die Ähnlichkeit mit ihm wurde ihm immer bewusster. Wenn er Louis ansah, meinte er, zeitweise wirklich sein eigenes Spiegelbild vor sich zu sehen, allerdings um einige Jahre jünger.

Bis zum Training hatte Ronny noch etwas Zeit und er lud Louis zu einem Eis ein. Im Sportcenter befand sich praktischerweise auch ein Eiscafé. Dort würden sich bestimmt noch mehr Gelegenheiten bieten, um miteinander zu plaudern. Doch auch hier hatte Ronny schwer damit zu kämpfen, Louis zum Reden zu bewegen. Erst als er den Jungen nach seiner Mutter, seinem Zuhause und seinem Hund Rocky fragte, taute Louis endlich auf und erzählte etwas mehr.

Nun brauchte Ronny fast nur noch zuhören. Immer wieder sprach Louis auch sehr begeistert von Eric. Wenn der Junge seine Mutter erwähnte, leuchteten seine Augen besonders hell. Eileen schien ihm wohl eine besonders liebevolle Mutter zu sein und für ihn eine sehr wichtige Rolle zu spielen.

Ronny schmerzte es ein wenig, mit anzusehen wie glücklich diese kleine Familie wohl war. *Er selbst hatte seine Chance, seinem Sohn und auch Eileen gegenüber, längst verspielt. Was würde er darum geben, sich bei jemandem geliebt und geborgen fühlen zu dürfen? Irgendetwas in seinem Leben musste er wohl kräftig falsch gemacht haben.*

Eileen hingegen konnte sich glücklich schätzen, einen tollen Sohn zu haben, der sie liebte und auch Eric schien sehr an Eileen zu hängen. Je mehr er an Eileen dachte, umso mehr bewunderte er sie. Er stellte sie sich bildlich vor und kam ins Schwärmen. Diese Figur, ihr bezauberndes und jedermann gewinnendes Lächeln und die immer noch wilden schwarzen Locken, die selbst zu einem Zopf gebunden, manchmal widerspenstig ins Gesicht fielen.

Nun lauschte er wieder Louis' Erzählungen. Es fiel ihm auf, dass dieser Junge genetisch gesehen wohl sein Sohn war, aber die wichtigsten Personen in seinem Leben blieben seine Mutter Eileen, Eric, sein Hund Rocky und eventuell noch seine Tante Tina, die Ronny auch noch von damals kannte.

Ansonsten hatten es andere Menschen wohl recht schwer, einen Platz in Louis' Herzen zu bekommen. Egal, ob Vater oder nicht? Aber vielleicht erwartete Ronny einfach auch zu viel von dem Kind? Schließlich kannten sie sich ja erst einige Wochen und selbst für ihn war seine Vaterschaft eine unfassbare Hiobsbotschaft gewesen. Wie sollte so ein Kind erst einmal damit fertig werden? Außerdem war sich Ronny nicht ganz sicher, ob Eileen ihm doch schon erzählt hatte, wer sein Vater war.

Später beim Krafttraining saß Louis neben dem Gerät, auf dem Ronny seine Muskeln aufbaute und sah sich um. Jetzt, wo er ein wenig aufgetaut und somit gesprächiger war, wollte er wissen, wozu die ganzen Gewichte gut waren und was man alles damit machen konnte. Doch Ronny hatte Mühe, ihm immer sofort Rede und Antwort stehen, denn er musste sich auf seine Übungen konzentrieren und brauchte die Luft zum kontrollierten Atmen. Als Louis sich dann auch noch auf ein Gerät setzte, um es zu testen, wusste Ronny nicht recht, ob er es ihm erlauben sollte. Er vertröstete ihn lieber auf ein nächstes Mal. Im Moment musste Ronny trainieren und hatte eigentlich keine Zeit, dem Jungen alles zu erklären. Dadurch wurde es Louis schnell langweilig und er zog es vor, wieder zu gehen. Er schlenderte allein zurück zur Massagepraxis.

Dort angekommen begrüßte ihn Eric freundlich: »Na, Sportsfreund, hast du zwei schöne Stunden mit deinem Karatelehrer gehabt?« Dabei klopfte er ihm kumpelhaft auf die Schultern. Louis verzog nur die Mundwinkel und setzte sich wieder an den Schreibtisch.

Eric war froh, dass Louis wieder zurück war und aufgrund seiner nicht überschäumenden Begeisterung schöpfte er Hoffnung, dass Louis von seinem wirklichen Vater nicht so überzeugt war.

Eileen erschien am Schreibtisch, legte mütterlich ihre Arme um seine Schultern und drückte ihren Sohn liebevoll. Sie gab ihm einen Kuss auf die Wange und fragte: »Na, wie wars?«

»Es ging«, druckste er herum, »bei euch ist es schöner!«

Eileen hätte gern gewusst, was zwischen Ronny und Louis vorgefallen sein könnte. Eigentlich dachte sie, dass die beiden länger miteinander aushalten würden. Die Stimmung des Jungen schien nicht gerade besonders gut zu sein, daher verkniff sie es sich, ihn weiter auszufragen. Doch sie merkte, dass jetzt nicht der richtige Zeitpunkt dafür war.

Eric hatte sich vorgenommen, am Abend noch mal mit Eileen über alles zu sprechen, um auch selbst zu wissen, an welcher Stelle er bei ihr stand und wie groß die Rolle war, die Ronny noch in ihrem Leben spielte. Doch diese Aussprache erledigte sich von selbst, denn Louis' liebevolle und vertrauensvolle Reaktionen ihm gegenüber bestätigten ihm, dass er keinen Deut an Wichtigkeit in Louis' Leben verloren haben konnte.

Auch Eileen wirkte in den nächsten Tagen wieder normal und so, wie Eric sie kannte.

Ungewöhnlich war nur, dass Louis nicht mehr gern zum Karateunterricht ging. Eileen war dadurch ein wenig irritiert, zwang ihn aber auch nicht. Dennoch rätselte sie, woran es liegen könnte und was vorgefallen war, dass Louis seine Einstellung zu Ronny so schnell geändert hatte? Sie nahm sich vor, demnächst in Ruhe mit Ronny über Louis zu reden.

In den nächsten Tagen ergab sich allerdings nicht die Gelegenheit dazu, denn Sammys Gesundheitszustand verschlechterte sich zusehends. Eric und die Ärzte sahen keinen anderen Ausweg, als die Hundedame einzuschläfern.

In diesen Momenten musste Eileen einfach für Louis und Eric da sein. Aber auch sie ließ der Leidensweg von Sammy nicht unberührt. Da war überhaupt keine Zeit, an Ronny zu denken.

19

Es war Samstag. Zwei Wochen waren seit Sammys Tod vergangen. Louis pflegte die kleine Grabstelle neben dem Haus, die sie für Sammy hergerichtet hatten. Eric schnitzte ein Holzkreuz und Louis brachte regelmäßig selbstgepflückte Blumen für Sammy mit. Er legte sie neben das kleine Holzkreuz und sprach mit Sammy. So schnell würden sie Rockys Mutter nicht vergessen können.

»Gut, dass Louis noch Rocky hat, so fällt ihm der Abschied von Sammy nicht ganz so schwer«, meinte Eric nachdenklich.

Während er mit Eileen gemeinsam auf der Hollywoodschaukel bei einer Tasse Tee saß, beobachtete er seine Lieblingsfrau von der Seite und drehte ihre Locken wie Korkenzieher über seine Finger. Dann zog er sie vorsichtig glatt und ließ sie los, bis sie locker zurück federten.

Louis spielte mit Rocky vor der Veranda und warf Stöckchen in alle möglichen Richtungen, die der Hund treu wieder herbeibrachte. Plötzlich rannte der Junge die Verandatreppe hoch und Rocky folgte ihm auf den Fuß.

»Mama, wann gibt es Erdbeerkuchen?«, rief er wild und stürmte ins Haus.

»Ich hole mir schon mal ein Stück«, war dann nur noch zu hören, bis seine Stimme hinter der Küchentür verstummte.

»Warte, ich muss den Kuchen erst noch belegen«, meinte Eileen und fühlte sich genötigt, aufzustehen, bevor sich ihr Sohn und sein Hund über die leckeren Erdbeeren hermachen und nichts mehr für den Kuchen übriglassen würden.

»Warte, ich gebe euch schon mal einen Keks«, rief sie hinter ihm her und folgte den beiden ins Haus.

Nachdem die hungrigen Seelen beruhigt waren, ging sie mit einem dritten Keks zu Eric. Dabei setzte sie sich auf seine Beine und hielt ihm die Leckerei verführerisch unter die Nase, sodass er nur noch zubeißen musste, um die Köstlichkeit zu genießen.

»Du hast doch bestimmt auch schon Hunger und traust dich nur nicht, nach einem Keks zu fragen«, meinte sie. Dann hielt sie das Gebäckstückchen hoch. Eric konnte nun nicht mehr mühelos naschen und verzog enttäuscht das Gesicht. Zum Trost küsste sie ihn zärtlich auf den Mund.

»Hm, ich hätte Hunger auf noch etwas ganz anderes«, murmelte Eric schwärmend und umarmte Eileen, sodass sie wie gefangen war. Dann erwiderte er ihren Kuss mit einer derartigen Leidenschaft, dass Eileen der Atem fast stockte.

»Nun, deine Einladung klingt verführerisch, aber erstens wartet der Kuchen und zweitens ist Louis nicht weit! Also müssen wir diesen Teil des Tages leider noch verschieben«, erklärte sie tröstend. Dann befreite sie sich aus seiner zärtlichen Umarmung und ging wieder ins Haus.

Ein Motorrad fuhr die einzige Straße entlang, die zu dem kleinen Häuschen führte und steuerte direkt darauf zu. Ronny war auf dem Weg zu Eileen, denn er hatte weder sie noch seinen Sohn lange nicht gesehen. Er hielt neben dem Haus, stellte den Motor aus und stieg ab. Auf dem Weg zur Veranda nahm er den Helm in die Hand und kam näher. Weiter kam er allerdings nicht, denn auf der Treppe saß der Junge mit seinem Hund. »Hallo Louis, wie gehts? Warum kommst du nicht mehr zum Karateunterricht?«, fragte er freundlich.

Erst sagte Louis nichts, verzog das Gesicht zu einer missmutigen Grimasse und blieb wie angewurzelt sitzen. Dann meinte er nur: »Ich habe keine Lust mehr auf Karate. Der Sport ist doof!«

Verblüfft sah Ronny ihn an. Der Junge saß auf der untersten Stufe der Treppe, sein Kinn in beiden Händen haltend, hatte er seine Ellenbogen trotzig auf die Knie gestützt. Rocky lag zu seinen Füßen. Ronny wollte nun beginnen, Louis die Vorteile dieser Sportart zu erklären und ihn von seiner Meinung abbringen.

Doch dazu kam er nicht, denn plötzlich sprang Louis auf und bäumte sich vor Ronny auf. Die Hände in die Hüften gestemmt und rot vor Wut im Gesicht schrie er los: »Was willst du hier?«

Noch überraschter über diese Reaktion des Kindes antwortete er wahrheitsgemäß: »Ich will zu deiner Mutter!«

Louis blieb weiterhin wütend vor ihm stehen und meinte frech: »Meine Mutter ist nicht da und für dich schon gar nicht zu sprechen.«

Dann begann Rocky ebenfalls laut zu bellen. Dabei wirbelte der Hund um Ronnys Füße herum.

»Warum sollte ich nicht mit ihr sprechen können«, fragte Ronny und blieb relativ ruhig. Jedenfalls solange er den Hund von sich schieben konnte.

Die Ruhe, die Ronny ausstrahlte, ließ Louis noch wütender werden. Der Mann bückte sich und versuchte, Rocky am Halsband zu erwischen, als Louis plötzlich ausholte und vor Ronnys Schienbein trat. Der Junge hatte eine äußerst schmerzempfindliche Stelle getroffen. Sofort musste Ronny Rocky wieder freigeben und ließ ebenfalls seinen Helm fallen. Er stöhnte leise auf und ehe er sich versah, holte Louis zu einem zweiten Tritt aus, den Ronny gerade noch abwehren konnte, indem er Louis an beiden Schultern fassend von sich entfernt hielt.

Abermals ging Rocky auf ihn los, um sein Herrchen zu verteidigen. Nun musste Ronny gegen Louis und Rocky standhalten und er hatte ordentlich zu tun, gegen diese beiden Wirbelwinde anzukommen.

Louis boxte nun auch noch auf Ronny ein und schrie immer wieder:»Du kriegst meine Mama nicht und einen Vater habe ich auch schon!«

Eric blieb auf der Hollywoodschaukel sitzen und beobachtete das Schauspiel genügsam. Er sah aber keine Notwendigkeit, sich einzumischen.

»Ist ja gut«, redete Ronny nun auf Louis ein und versuchte, ihn zu beruhigen. Aber dieser schrie sich immer weiter in Rage und Rocky biss sich in Ronnys Hosenbein fest. Ronny hatte Mühe, sein Gleichgewicht zu halten. Von Louis' Geschrei aufmerksam geworden, stand Eileen plötzlich in der Verandatür und wollte nach dem Rechten sehen.

»Louis, was ist hier ... los?«, konnte sie nur noch äußern, als auch Eric endlich aus seiner zurückhaltenden Stellung hervortrat. Er hielt Eileen am Arm zurück und sagte ruhig aber bestimmend:»Lass Louis die Sache entscheiden.«

Fassungslos sah sie sich das Schauspiel an. Nach kurzer Zeit allerdings rief sie Louis zu sich. Der Junge hielt tatsächlich inne, drehte sich um und lief schluchzend in die Arme seiner Mutter. Eric sah immer noch zu, wie Rocky sich weiterhin an Ronnys Hosenbein zu schaffen machte.

Eileen hielt Louis im Arm und war völlig verwirrt. Sie war hin und her gerissen von dem Schauspiel, das sich ihr bot und wusste nicht, was sie sagen sollte, geschweige denn, auf welche Seite sie sich stellen sollte.

Ronny äußerte:»Kann mich mal jemand von diesem anhänglichen Hund befreien?« Dabei sah er hilfesuchend erst zu Eileen, dann zu Eric.

Rocky zerrte und zerrte weiter. Er wollte nicht loslassen. Eileen fühlte sich der Situation nicht gewachsen und brachte Louis erst einmal ins Haus.

»Männer!«, sagte sie nur und sah Eric wütend an.

Zunächst einmal musste sie ihren Sohn irgendwie beruhigen und ging mit ihm in sein Zimmer. Dort setzte sie sich aufs Bett und Louis kuschelte sich an sie. Behutsam streichelte sie ihm über den Kopf und lauschte angestrengt den Dingen, die da draußen vor sich gingen.

Eric machte immer noch keine Anstalten, dem Mann vor sich behilflich zu sein. Ronny bemühte sich aufs Neue, sich von dem tobenden Hund zu befreien. Als er Rocky unter den Bauch fassen wollte, um ihn eventuell wegzutragen, erschrak der Hund und biss zu. Er bekam Ronnys Handgelenk zu fassen. Vor Schreck schrie Ronny auf und ließ Rocky fallen. Der Hund landete mit dem Rücken zuerst auf dem Boden, rappelte sich schnell wieder auf und sprang abermals an Ronny hoch. Der Mann kniete mittlerweile in gebückter Haltung auf dem Boden. So hatte der Hund ein leichtes Spiel mit ihm. Wütend schrie er den Hund an, doch Rocky ließ sich nicht abhalten.

Jetzt erst pfiff Eric das Tier zurück und verwies ihn ins Haus. Ronny besah sich seine Hand. Es waren, Gott sei Dank, nur blutige Schürfwunden, die der Hund verursacht hatte, doch sie schmerzten enorm.

Wenig später sah er zu Eric auf, der immer noch abwartend auf der Veranda stand.

»Was ist los? Habe ich irgendetwas falsch gemacht, dass ihr euch alle gegen mich verschworen habt?«, fragte Ronny ärgerlich.

»Du scheinst hier nicht sonderlich beliebt zu sein«, entgegnete Eric bestimmend und verschränkte schmunzelnd die Arme vor seiner Brust.

Das war zu viel für Ronnys Gemüt. Nun sah er rot und vergaß für Sekunden seine schmerzende Hand. Er ging zielstrebig auf Eric zu und fasste ihn an beiden Schultern. Von pulsierender Wut getrieben stieß er ihn von sich. Sein Rivale prallte gegen die nicht weit entfernte Hauswand.

Damit hatte Eric nicht gerechnet und brauchte erst ein paar Sekunden, bis er wieder zur Besinnung kam. Dann aber ging er auf Abwehr und griff auch Ronny an. Er sprang auf ihn zu und beide gingen zu Boden. Dann kugelten sie zusammen die Treppe hinunter und im Nu war eine heftige Prügelei im Gange. Von Technik in irgendeiner bestimmten Sportart war gar nicht mehr zu reden. Ronny kam es noch nicht einmal in den Sinn, dass er im Box- oder Karatesport eigentlich überlegen sein müsste, so sehr ließ er sich von seinen Gefühlen treiben.

Aber auch Eric prügelte einfach drauflos. Dabei ließ er sich ebenfalls nicht lumpen und kämpfte wie damals, als Teenie in seinen besten Flegeljahren. Er musste feststellen, nichts dergleichen aus seiner Schulzeit verlernt zu haben; damals war er eher gefürchtet, als geliebt. Obwohl er keinen Titel als Boxchampion aufzuweisen hatte. Ronny blieb ebenfalls nichts anderes übrig, als mitzuhalten.

Louis war durch die außerordentliche Aufregung, die ihn diese Angelegenheit gekostet hatte, in Eileens sicheren Armen eingeschlafen. Als die Frau den Tumult von draußen wahrnahm, legte sie den schlafenden Jungen vorsichtig auf das Bett und rannte die Treppe hinunter.

Den Tränen nahe schrie sie nur in das Gemenge:»Hört auf damit! Was soll das Ganze? ... Hört doch endlich auf!«

Ronny und Eric waren zu sehr miteinander beschäftigt, als dass sie Eileen hätten hören können. Verzweifelt setzte sie sich auf die Verandastufen, legte das Gesicht auf ihre Knie und hielt sich beide Ohren zu. Dann weinte sie erst einmal all ihre Wut aus sich heraus. Keiner ihrer Männer hörte auf sie, denn die beiden hatten immer noch nicht genug. Aggressionen, die lange aufgestaut waren, wurden nun vollends ausgelebt.

Jetzt war Eric an der Reihe. Außer Atem äußerte er: »Und du mischt dich nicht in unser Leben, verstanden?« In dominanter Stellung nutzte er seine Chance. Er griff Ronny am Halsausschnitt und verpasste ihm einen kräftigen Kinnhaken.

Ronny verlor das Gleichgewicht und taumelte nach hinten. Nicht weit von seinem Motorrad entfernt blieb er kurzzeitig liegen und stand dann wankend wieder auf. Eric war ihm gefolgt und noch bevor sein Rivale sich aufrichten konnte, versetzte er ihm noch einen Schlag ins Gesicht. Dann ging alles ganz schnell. Ronny verlor wiederum das Gleichgewicht und stürzte direkt auf sein Motorrad zu. Er stieß mit dem Hinterkopf gegen das harte Lenkrad und ging mit seiner Maschine zu Boden.

Bewusstlos blieb er liegen. Noch hatte Eric nicht erkannt, dass der Kampf zu Ende war. Erfüllt von reißender Wut und mit verächtlichem Blick sah er sich seinen Gegner an, der sich nicht regte. Er atmete schwer. Völlig verausgabt stand er nun vor seinem Nebenbuhler, dem ehemaligen Champ.

»Steh auf, du Feigling!«, schrie er ihn an und trat gegen Ronnys Fuß. Doch Ronny bewegte sich nicht. Durch die plötzliche Stille aufmerksam geworden, hob Eileen den Kopf und sah sich das Resultat der Schlacht an. Eric sank ebenfalls vor Schwäche auf die Knie und wischte sich über seine blutige Platzwunde an der Stirn.

Nun rannte Eileen los. »Eric, bist du in Ordnung?«

»Ich glaube schon«, antwortete er benommen und sah sich verwundert um, als die Frau ohne weitere Worte zu Ronny stürmte. Eileen schlug ihm leicht ins Gesicht, denn es sollte dazu dienen, ihn wieder wach zu bekommen.

Eric gesellte sich nun zu ihr, um nachzusehen, wieso Ronny sich immer noch nicht rührte? Eileen war der Verzweiflung nahe und heulte immer noch.

»Ihr Idioten«, schrie sie, »was ist nur in euch gefahren?« Dabei tätschelte sie weiter Ronnys Gesicht.

»Danke für den Titel«, meinte Eric geknickt, »um wen machst du dir eigentlich mehr Sorgen? Um ihn oder um mich?«

»Um euch beide, du Dummkopf!«

Sie gab ihm einen schnellen Kuss auf die Wange. Die Frau fühlte sich wie in einem schlechten Western.

»Was machen wir jetzt«, fragte sie völlig verstört. »Wir können ihn hier doch nicht liegen lassen.«

Dann zogen sie ihn von dem Motorrad herunter und entschieden sich für die stabile Seitenlage, die Eric dann auch schnell und griffsicher an Ronny durchführte. Eigentlich hätte er ihm alles Schlechte gewünscht, doch als er immer noch keinen Ton von sich gab, bekam Eric Gewissensbisse. Also leistete er seinem Erzfeind die nötige Erste Hilfe.

Langsam erwachte Ronny wieder und versuchte, sich aufzurichten. Bei jeder Bewegung stöhnte er auf und fragte: »Was war los?« Er hielt sich den Kopf und meinte: »Mein Schädel brummt, als hätte ich drei Nächte durchgefeiert.«

Eileen und Eric halfen ihm, wieder in den aufrechten Stand zu kommen. Plötzlich wurde ihm schwindelig und er sank in die Arme der beiden zurück. Doch eine nächste Ohnmacht blieb ihm erspart.

»Ihr seid wirklich beide supertolle Jungs!«, meinte Eileen sarkastisch. Kurzerhand entschied sie: »Eric, hilf mir, Ronny in den Wagen zu schaffen; und du setzt dich neben ihn, falls er wieder ohnmächtig wird.«

»Was hast du vor?«, fragte Eric mürrisch.

»Frag nicht lange, tu es!«, befahl Eileen knapp und erklärte auf dem Weg zum Auto alles Weitere.

»Ich fahre euch beide ins Krankenhaus und ich dulde keine Widerrede!«

Nachdem sie Ronny mühevoll ins Auto geschafft hatten, setzte sich Eric widerwillig neben ihn auf den Rücksitz. Sie wirkten wie zwei begossene Pudel und mieden es, sich anzusehen.

Als Eileen die beiden im Rückspiegel beobachtete, hätte sie beinahe angefangen zu lachen. Denn das Bild, was die beiden nun abgaben, war wirklich sehr amüsant. *Selbst Schuld, wenn ihr euch unbedingt prügeln müsst*, dachte sie.

Dann fiel ihr Louis ein, schlug sich leicht vor die Stirn und machte sich wieder auf den Weg ins Haus.

Als Nächstes rief sie bei Tina und Chris an. Leider erreichte sie dort niemanden, denn sie hatte gehofft, dass einer der beiden vielleicht nach Louis schauen könnte, während sie zum Krankenhaus fuhr.

»Das fehlt mir auch noch«, jammerte sie genervt. »Womöglich kommt das Kind schon, obwohl es noch zu früh dafür ist. Wahrscheinlich kann ich gleich, nachdem diese beiden Chaoten ärztlich versorgt sind, auch noch nach Tina schauen. Das wird wohl ein richtiges Familientreffen im Krankenhaus!«

Also musste sie Louis ebenfalls mitnehmen. Sie öffnete das Fenster und befahl Eric, den Kindersitz auf den Vordersitz anzubringen, packte sich den schlafenden Jungen auf den Arm und trug ihn ins Auto. Sie startete den Motor von Erics Wagen und fuhr in Richtung Krankenhaus.

Zum Glück schläft Louis tief und fest und hat nichts von der Prügelei zwischen den beiden sich profilierenden Vätern mitbekommen, dachte sie etwas beruhigt und blickte liebevoll zu ihrem Sohn.

Immer, wenn sie in den Rückspiegel sah, konnte sie nur leicht mit dem Kopf schütteln und an der Männlichkeit dieser beiden Gestalten zweifeln.

Im Krankenhaus angekommen organisierte Eileen ein paar Helfer und zwei Rollstühle, die beide Männer in die Ambulanz schieben sollten.

Eric versuchte, sich dagegen zu wehren, und verweigerte es, den Rollstuhl in Anspruch zu nehmen. Er lief selbst zur Portaltür. Doch Eileen hielt ihn zurück. Auf Anweisung eines Pflegers musste auch er sich per Rollstuhl zur Ambulanz befördern lassen.

Diesmal schmunzelte Ronny. Er hatte schon häufiger Situationen erlebt, in denen er nicht mehr Manns genug war und abtransportiert wurde. Da hatte er Eric etwas voraus, denn keinen falschen Stolz zu zeigen, war keine große Sache mehr für ihn. Deshalb sah er das alles hier ganz locker.

Eric sah das ganz anders. Er meinte, immer noch fit genug zu sein, und wollte sich keine Blöße geben. Obwohl die Platzwunde an der Stirn und sein zerraufter Zustand für sich sprachen.

Eigentlich hätte sich Ronny gern noch ein wenig mehr über Erics Widerstand amüsiert, wenn da nicht plötzlich wieder die starken Kopfschmerzen gewesen wären. Dabei hatte er doch schon seit geraumer Zeit keine Drogen mehr genommen. Aber dennoch fühlte er sich überhaupt nicht gut und hoffte nur auf schnelle Hilfe. Eines tröstete ihn allerdings doch ein wenig: Eric hatte genauso gut die Verliererposition einnehmen müssen wie er, also gab es keinen wirklichen Sieger!

Eileen setzte sich mit Louis, der immer noch auf ihrem Arm schlief, in den Warteraum neben die Ambulanzen. Währenddessen verschwanden die beiden Männer hinter den Türen. Noch immer musste sie den Kopf darüber schütteln, wenn sie daran dachte, warum sie überhaupt hier war. *Doch wer weiß, wozu es gut war?*, dachte sie still und schmiegte sich an Louis. Plötzlich kam ihr ein ganz ungewöhnlicher Gedanke: *Welchen dieser Männer liebte sie wirklich? Oder war es möglich, dass sie für beide etwas empfand? Und dann wäre da noch die Frage, was und wie viel empfand sie für jeden einzelnen dieser beiden Chaoten, die sich scheinbar um sie geprügelt hatten? Welcher der beiden Männer lag ihr mehr am Herzen? Dabei hielt sie den wichtigsten Mann ihres Lebens hier in ihren Armen. Brauchte sie eigentlich mehr als das?*

Liebevoll küsste sie ihren Sohn auf sein blondes Haar und drückte ihn noch ein bisschen fester an sich. In diesem Moment wachte Louis auf. Verschlafen rieb er sich die Augen. »Mama, wo sind wir?«

»Im Krankenhaus«, antwortete sie.

»Warum? Ist jemand krank?«, fragte er verdutzt.

»Ja und nein«, meinte Eileen nachdenklich.

»Hör zu, mein Kleiner, sorry mein Großer«, korrigierte sie schnell, bevor ihr Sohn sich beschweren konnte. »Wir müssen etwas besprechen.«

Nach einem flüchtigen Blick in seine neugierigen Augen erklärte sie ihm, was ihr auf dem Herzen lag. »Louis, ich hoffe, du weißt, dass ich dich sehr lieb habe und dass ich ohne dich nicht leben könnte? Wir beide gehören zusammen; für immer und ewig!«

»Klar, Mama, das weiß ich. Und was ist mit Eric? Er gehört doch auch zu uns«, ergänzte er ihre Ausführung. »Hm!«, begann Eileen wieder, »Eric ist lieb und hilft uns viel. Ich finde es toll, wenn er bei uns ist und ich habe ihn auch sehr gern.«

»Wirklich nur sehr gern?«, unterbrach er seine Mutter wieder und schmiegte seinen Kopf an ihren Oberkörper. Eileen versuchte weiterzureden, um endlich auf den Punkt zu kommen. »Louis, auch wenn wir beide Eric sehr gern haben, ist da noch jemand, der keine Familie hat und hier sehr einsam ist.«

»Wer denn?«, fragte er nachdenklich.

»Ronny!«, antwortete sie ruhig.

Abrupt setzte sich Louis wieder hin, sprang auf und bäumte sich vor ihr auf. »Ich will Ronny nicht als Vater. Ich kenne ihn gar nicht und Eric ist viel lieber!« Dabei stemmte er die Hände in die Hüften und stampfte von einem Fuß auf den anderen.

»Warte, Louis!«, versuchte sie, den aufgebrachten Jungen zu beruhigen, und legte einen Finger auf den Mund. »Du musst Ronny nicht als Vater akzeptieren. Doch du brauchst auch nicht bei einem seiner nächsten Besuche über ihn herfallen und Rocky auf ihn hetzen! Oder hat er dich in irgendeiner Art bedroht oder angegriffen?«

»Nein«, antwortete Louis knapp und sah seine Mutter traurig an.

»Na, also«, fuhr Eileen fort, »vielleicht können wir ihn ja als Freund sehen, der uns hin und wieder besuchen kommt? So kann er uns und wir ihn besser kennenlernen. Was hältst du davon? Vielleicht ist er ja gar nicht so schlecht? Als Karatelehrer fandest du ihn doch auch anfangs ganz toll.«

Nun überlegte Louis etwas länger. »Meinst du, das klappt, Mama?« So ganz überzeugt schien er davon nicht zu sein.

»Wir können es ja mal versuchen«, meinte Eileen aufmunternd und sah ihn erwartungsvoll an. Nachdenklich krabbelte er wieder auf ihren Schoß und schmiegte sich an sie.

»Wenn du meinst …«, äußerte er, »dann wollen wir es mal versuchen.«

Wenig später kam Eric aus dem Behandlungsraum. Er war eigentlich glimpflich davon gekommen, mit einem geschwollenen Auge, einer Platzwunde darüber, die genäht werden musste und einem verstauchten Handgelenk, das in einer Bandage steckte. Niedergeschlagen setzte er sich zu Eileen, die ihn nun bedauernd ansah. Louis sah Eric ebenfalls überrascht an. Er wartete nicht lange und kletterte auf Erics Beine.

»Autsch! Vorsicht, Großer!«

»Tschuldigung!«, meinte Louis und mit einer Unschuldsmiene im Gesicht begann er die Wange des Mannes zu streicheln. Schon seinem Dackelblick geschuldet, konnte man ihm nicht lange böse sein.

»Was ist passiert«, fragte er.

»Dein Vater und ich haben uns geprügelt«, antwortete der Mann bedrückt, aber wahrheitsgemäß.

»Und hast du gewonnen?«, fragte der Junge wieder sehr interessiert.

Eileen hörte den beiden aufmerksam zu und zweifelte plötzlich daran, dass die Aussprache mit Louis kurz zuvor gefruchtet hatte und alle Bemühungen, Ronny vielleicht ein wenig zu akzeptieren, fehlgeschlagen waren. Jedenfalls stimmte Louis' Verhalten sie nicht glücklich.

Eric schmunzelte. Es war für ihn eine große Bestätigung und es machte ihn glücklich. Kurz knuddelte er den Jungen einmal ganz fest.

Eileen äußerte dazu nur:»Wir warten noch auf Ronny und fahren dann nach Hause.«

Das nahmen die beiden nur oberflächlich wahr, denn Louis war damit beschäftigt, Erics Verletzungen genauestens zu hinterfragen. Natürlich wollte er auch wissen, wie viele Kinnhaken Ronny von Eric einstecken musste. Dann dauerte es auch nicht mehr lange, bis der Arzt aus Ronnys Behandlungszimmer kam. Eileen sprach ihn an und erkundigte sich nach Ronnys Befinden.

»Sind sie mit Herrn Faber verwandt?«, fragte der Arzt.

»Nein, nicht direkt«, antwortete sie wahrheitsgemäß. »Aber ich habe ihn hergebracht und er hat sonst keinerlei Familie mehr.«

»Wenn das so ist …«, meinte der Arzt und erklärte in aller Kürze seine Diagnose:»Herr Faber hat auf jeden Fall eine Gehirnerschütterung. Wir werden ihn ein paar Tage zur Beobachtung hierbehalten. Gibt es frühere Krankheiten oder Lebensumstände, die schon häufiger Blessuren im Kopfbereich begünstigten?«

»Er war Boxer!« Gewissenhaft erklärte die junge Frau alles, was sie wusste.

Nun sah der Arzt sie überrascht an und entschied: »Dann werden allerdings noch weitere Untersuchungen notwendig sein.« Somit ließ er sie stehen.

Besorgt ging sie zu ihrem Stuhl zurück, wo Eric und Louis noch auf sie warteten. Nun fragte auch Eric zum ersten Mal nach Ronny.

Darauf sagte sie:»Das hört sich nicht gut an! Ich bringe euch jetzt nach Hause und sehe dann später noch mal nach ihm.«

Sie bemerkte, wie skeptisch Eric sie ansah, aber nichts sagte. Sie konnte sich denken, was in seinem Kopf vorging und meinte:»Das sind wir ihm schuldig! Dich würde ich auch nicht hier zurücklassen. Schließlich hat er niemanden außer uns.«

Das klang für Eric zwar einleuchtend, doch begeistert von der Idee, dass sie noch mal zu Ronny zurückgehen wollte, war er nicht. Ihm war klar, dass sein Verhalten Ronny gegenüber nicht ganz fair gewesen war, doch seine immer noch währende Antipathie gegen diesen Menschen ließ es für ihn noch nicht zu, wirklich fair zu sein.

Wollte Ronny wirklich nur ein Freund sein, oder hatte er mehr im Sinn? Nämlich sich in Erics kleine Familienidylle zu drängen. War das fair? Eileen schien ja sehr empfänglich für Ronnys Überzeugungskunst zu sein, machte Eric sich ernsthafte Gedanken.

Wieder zu Hause, hielt Eileen nur vor der Veranda an und ließ die beiden aussteigen.

»Kommst du zurecht?«, fragte sie fürsorglich.

»Ja, ja!«, antwortete Eric genervt und nahm Louis auf seinen Arm. Dabei dachte er nicht an seine verstauchte Hand und stöhnte kurz vor Schmerz auf.

Vorsichtig fragte Eileen nochmals: »Gehts denn wirklich?« Dabei musste sie feststellen, wie unpraktisch Männer doch sein konnten.

Bevor er die Autotür zuwarf, sah er Eileen nochmals intensiv in die Augen und sagte: »Bleib nicht zu lange fort!«

Eileen blickte ihn überrascht an und antwortete: »Natürlich komme ich schnell wieder.«

Dann ergriff sie schnell seine Hand und fügte hinzu: »Eric, ich muss das tun!«

Der Mann zog langsam seine Hand zurück und nickte traurig. In der Hoffnung auf Verständnis machte sie sich wieder auf den Weg. Louis schien viel lockerer damit umgehen zu können, als die beiden Erwachsenen.

Er fragte zwar: »Mama, wo willst du denn noch hin?«, wartete aber gar nicht erst auf die Antwort, sondern nahm Eric sofort wieder in Beschlag. Bestimmt nahm er

Eric an die unverletzte Hand und führte ihn ins Haus. Er war nur froh, dass Eric bei ihm war.

Auch wenn Eileen darüber nicht ganz glücklich schien, dass Louis Ronny eigentlich überhaupt nicht akzeptieren wollte, musste sie es erst einmal so hinnehmen. Ebenfalls merkte sie, dass Ronny ihr plötzlich wieder wichtig wurde und wenn kein anderer Verständnis für ihn hatte, dann war sie die Einzige, die jetzt für ihn da sein konnte. Sie wusste nicht, was das für ein Gefühl war.

Hatte sie sich vielleicht wieder in ihn verliebt? Oder waren es nur die Erinnerungen, die sich wieder so echt anfühlten? Nein, das traf alles nicht hundertprozentig zu. Es war mehr ein Gefühl der Zuneigung und nach dem Auftritt von Eric, ein Pflichtgefühl, sich um Ronny zu kümmern. Sie konnte allerdings auch nicht leugnen, dass von Ronny immer noch eine sehr attraktive Ausstrahlung ausging, die ihr gefiel. Aber warum das alles so war, konnte sie sich auch nicht erklären.

Jedenfalls fuhr sie nun wieder zum Krankenhaus und erkundigte sich, wo sie Ronny finden konnte. Eine Schwester zeigte ihr das Zimmer und Eileen ging hinein. Ronny lag allein in einem Zweibettzimmer. Leise nahm sie sich einen Hocker und setzte sich vor sein Bett. Sein Oberkörper war nur leicht mit einem krankenhauseigenen Hemd und einer Decke zugedeckt. Seine Hände lagen oben auf, seine rechte Hand war verbunden.

Hatte Rocky wirklich zugebissen?, dachte sie besorgt.

Ronny lag, den Kopf seitlich zum Fenster geneigt in seinem Bett und schien zu schlafen. So konnte sie sein Gesicht genau beobachten. Es wies außer einem geschwollenen Auge, dessen umgebene Haut sich bereits rot und leicht bläulich färbte, keine weiteren Blessuren auf. Nun legte sie vorsichtig ihre Hand auf die Seine und versuchte, ihre Aufregung zu verbergen.

Ronny öffnete langsam die Augen und flüsterte: »Schön, dass du da bist.«

Sie lächelte und fragte:»Wie fühlst du dich?«

»Frag lieber nicht«, meinte er darauf,»solange ich mich nicht bewegen muss, ist es erträglich!«

Sie drückte seine Hand etwas fester und von irgendeinem sonderbaren Gefühl überwältigt, ließ sie ihren Kopf auf ihre Hände sinken und begann zu weinen. Ihre schwarzen Locken verteilten sich über die Bettdecke.»Es tut mir leid«, schluchzte sie.

Ronny strich ihr mit der anderen Hand über den Kopf und spielte mit ihren Locken.

»Schon gut«, raunte er leise,»heute standen alle Sterne gegen mich. Dabei wollte ich euch nur besuchen, weil ich dich so lange nicht gesehen habe. Dass du von deinen Lieben gut behütet wirst, habe ich mir schon gedacht. Doch das du gleich drei scharfe Bodyguards auf mich hetzt, damit habe ich nicht gerechnet!« Dabei versuchte er zu lächeln.

Eileen hob den Kopf und die Tränen rannen ihr noch über die geröteten Wangen.»Ich habe niemanden auf dich gehetzt«, verteidigte sie sich.»Louis hat sich so lange einen Vater gewünscht und seitdem Eric da ist, war für ihn alles im Lot. Als du dann auch noch aufgetaucht bist, kam er mit der Situation nicht mehr klar. Das war alles zu viel für ihn!«

»Ich weiß. Für mich war die ganze Sache auch zu neu und unübersichtlich. Ich habe so viel falsch gemacht. Du bist so eine tolle Frau ... Ich bleibe wohl immer der Loser.«

»Ach Ronny!« Eileen stand auf, beugte sich über ihn und legte ihren Kopf neben seinen auf das Kopfkissen.

»Wärst du nicht nach Frankfurt gegangen, hätte sich vieles von selbst geklärt. Nun ist so viel Zeit vergangen und alles ist so kompliziert geworden.«

Ronny genoss ihre Nähe und atmete den Duft ihrer Haut tief ein.

Plötzlich erhob sie sich, schob einige Haarsträhnen aus ihrem Gesicht und meinte:»Trotzdem müssen die beiden dir eine faire Chance geben!«

Schließlich strich sie ihm kurz über die Wange und verabschiedete sich.

Als sie schon fast an der Tür war, fragte er bittend: »Kommst du wieder?«

Sie drehte sich um, lächelte ihm zu und antwortete: »Ich werde sehen, ob es sich einrichten lässt.«

Seine Augen begannen wieder in ihrem altbekannten Glanz zu strahlen und erinnerten die junge Frau an das, was sie damals so an ihm geliebt hatte. Kurz zwinkerte sie ihm zu. Dann schloss sie die Tür.

Als sie im Flur stand, lehnte sie sich gegen die geschlossene Tür und atmete erleichtert auf. Irgendwie fühlte sie sich glücklich. Sie würde wiederkommen, das hatte sie im Gefühl.

Ronny war ebenfalls erleichtert und schloss erschöpft die Augen. Seine Wunden schmerzten und er wollte einfach nur schlafen.

Ja, da hatte Eileen recht, dachte er über die Ereignisse des letzten Tages nach. *Eine faire Chance hatte man ihm nicht gegeben! Doch wird er diese jemals bekommen? Er war mal wieder zum falschen Zeitpunkt, am falschen Ort; er hatte schon so viele Chancen in seinem Leben vertan. Dafür war er immer zu wenig ausdauernd gewesen und hat sich von den Ereignissen, die sich ihm in seinem Leben boten, treiben lassen. Jetzt spürte er plötzlich eine große Leere in sich.*

Als Eileen vorhin ihren Kopf an seinen legte, tat es ihm unsagbar gut. Er hörte sie atmen und er war nicht allein. Das gab ihm ein Gefühl des Glückes und er fühlte sich sehr wohl dabei. Hatte er Eileen wirklich so lange in seinem Leben vermisst, ohne es zu wissen? Oder fehlte ihm nur ein Mensch, an dem auch er sich anlehnen konnte und dem auch er Trost spenden konnte?

Als sie vorhin so verzweifelt bei ihm saß, war es für ihn eine unsagbare Erfüllung, sie in den Arm nehmen zu können. Doch das mit Eileen war bestimmt wieder nur ein unerfüllbarer Traum, genau wie der Traum, indem sie ihn nach Hause rief. ... Oder konnte er vielleicht doch auf ein Zuhause hoffen? Jedoch musste er dazu nicht nur Eileen erobern, sondern auch Louis, was er sich nicht so leicht vorstellte; und außerdem war da noch Eric, der ihm leider zuvorgekommen war.

20

An diesem Abend fuhr Eileen nicht gleich nach Hause. Sie war in ihrer Gefühlswelt und in ihren Gedanken so verwirrt, dass sie erst einmal Klarheit schaffen musste. Nachdenklich ging sie den Gang entlang.

Sie brauchte jetzt jemanden, mit dem sie reden konnte, der sie verstand und nichts mit der Sache zu tun hatte. Eric kam dafür nicht in Frage, er war selbst zu sehr in diese Situation verstrickt und außerdem kehrte er zu offensichtlich den Eifersüchtigen heraus.

Eileen war immer noch sauer darüber, was er sich Ronny gegenüber geleistet hatte. Und Louis stand sowieso außen vor. Doch es wunderte sie, dass er sich so auf Eric fixiert hatte. Die beiden boten momentan ein Gespann, das keine Kette reißen ließ. Selbst sie fühlte sich dagegen machtlos.

Warum hatten sie Ronny nicht hereingelassen? Was konnte er ihnen getan haben? Wenn sie sich die Szene noch einmal vor Augen hielt, konnte man meinen, das wäre alles nicht wahr gewesen. War das nicht schon Körperverletzung? Was ist, wenn Ronny Eric anzeigen würde? Und hätte sie nicht eingreifen müssen? Was können Männer nur für Kindsköpfe sein!

Eileen beschloss, Tina aufzusuchen. Vielleicht konnte sie ihr einen schwesterlichen Rat geben. Es war zwar schon spät am Abend, aber Eileen erkundigte sich an der Pforte, ob Tina vielleicht im Krankenhaus war. Sie erfuhr, dass ihre Freundin gerade aus dem Kreißsaal gekommen war und nun auf einem Zimmer auf der Entbindungsstation sei.

Plötzlich waren Eileens deprimierte Gedanken wie weggeblasen. Aufgeregt überlegte sie: War Tinas Baby schon da?

Durch die freudige Erwartung auf den neuen Erdenbürger beschleunigte sie ihre Schritte und lief zum Fahrstuhl zurück. Damit fuhr sie bis in den 10. Stock. Als sie die Station betrat, erinnerte sich Eileen an Louis' Geburt. *Im Nachhinein betrachtet, war es ein schönes Ereignis und eine tolle Erfahrung, die man als Frau in dem Moment machen durfte. Es war schön, Mama zu sein, auch wenn Kinder einem manchmal doch ganz schön Sorgen machten; zum Beispiel, wenn sie sich ganz einfach mal einen Vater zu Weihnachten wünschten und auch noch dafür sorgten, dass dann einer auftauchte.*

Leise klopfte sie und öffnete die Tür. Überrascht sah Tina sie an. Im Schneidersitz saß sie auf ihrem Bett und hielt ein kleines in Decken gehülltes Päckchen in den Armen. Sie strahlte übers ganze Gesicht und sagte: »Hallo Schwesterherz, was machst du denn hier? Hat Chris euch doch schon benachrichtigt? Er wollte sich eigentlich erst ausruhen und euch morgen früh die frohe Botschaft überbringen.«

»Eigentlich bin ich eher zufällig hier«, antwortete Eileen ehrlich und fühlte sich ein wenig niedergeschlagen.

Neugierig sah ihre beste Freundin sie an, mit der sie schon vor langer Zeit einen schwesterlichen Pakt geschlossen hatte. Eileen gab Tina einen Begrüßungskuss auf die Stirn und sah in das kleine Gesicht des Babys. Das kleine Geschöpf schlief friedlich in den Armen ihrer Mutter.

»Willst du sie mal halten?«, fragte Tina leise.

»Wenn ich darf?«, antwortete Eileen gerührt. Behutsam nahm sie das Baby in ihren Arm und setzte sich seitlich auf das Bett.

»Wie soll es denn heißen?«, fragte Eileen neugierig und wiegte es leicht hin und her.

»Das ist Marie Lou, unsere kleine Prinzessin«, stellte Tina überglücklich die Kleine vor.

Als Eileen das Baby mit »Hallo, kleine Prinzessin«, begrüßte und ihr zärtlich über die Wange strich, gähnte das Neugeborene genüsslich mit weit geöffnetem Mund. Eileen war völlig gerührt von diesem Anblick und ihr wurde ganz warm ums Herz. Tränen liefen ihr über die Wange, überwältigt von dem Frieden, welches der neue Erdenbürger ausstrahlte und losgelöst von der heutigen Anspannung.

»Na, wenigstens kannst du dich mit uns Frauen verbünden«, sagte sie leise zu Marie Lou.

Tina lehnte sich schwesterlich gegen Eileens Rücken und umarmte sie. »Was ist los?«, fragte sie besorgt, »haben sich deine Männer gegen dich verschworen?«

»Aber ganz gewaltig«, meinte Eileen seufzend, »doch das erzähle ich dir lieber ein anderes mal. Du hast genug Stress und Sorgen gehabt. Das muss ich dir nicht auch noch antun.«

»Ach, das ist doch Quatsch«, widersprach Tina. »Meine Sorgen sind erst einmal vorbei und mein Glück hältst du in den Armen. Also schieß schon los.«

Eileen gab Tina Marie Lou wieder, die sie behutsam in ihr kleines Bettchen legte.

»Wie war eigentlich die Geburt? Musst du dich jetzt nicht ausruhen?«, fragte Eileen erneut und wollte nicht so recht mit der Sprache heraus. Tina würde das, was sie zu erzählen hatte, wahrscheinlich für einen schlechten Scherz halten.

Tina drängelte weiter: »Wie du siehst, geht es mir gut. Die Geburt war recht problemlos und ich könnte Bäume ausreißen. Also erzähl schon.«

»Du wirst es nicht glauben, aber bei uns hat sich heute Nachmittag ein halber Western abgespielt. Zum Glück waren keine Pistolen in der Nähe, sonst hätten sich Eric und Ronny noch miteinander duelliert!«

Tina wurde immer neugieriger und ihre Augen ließen große Überraschung erkennen. Eileen erzählte in ihrem Redeschwall fast alle Einzelheiten, die sich zugetragen hatten. Tina hörte angestrengt zu und hatte keine Möglichkeit zu unterbrechen, denn Eileen holte kaum Luft beim Erzählen.

Irgendwann kicherte sie leise vor sich hin und meinte: »Ich glaube, da habe ich was verpasst … Und wie hat Louis reagiert?«

»Lach du nur! Ich finde das überhaupt nicht komisch«, maulte Eileen. »Mit Louis hat doch die ganze Misere angefangen!«

Dann erzählte sie noch von Louis' Wutausbruch und Rockys Einsatz. Immer wenn sie Ronny dabei erwähnte, begannen ihre Augen unbewusst zu leuchten, was Tina nicht entging.

Lange hörte die Freundin zu, bis ihr plötzlich herausrutschte: »Aha, Ronny war im Spiel. Diesen Typ konnte ich noch nie richtig ausstehen!«

Tina witterte Gefahr, denn sie hatte Ronny nur als Unruhestifter in Erinnerung.

»Mal ehrlich Eileen, hast du dich vielleicht wieder verliebt?« Dabei sah sie ihre Freundin prüfend an.

Verdutzt blickte Eileen zu Tina. »Wen meinst du?«

»In Ronny natürlich«, antwortete Tina abrupt und behielt dabei eine sehr ernste Miene. Dann gab sie ihre Meinung dazu preis: »Eileen, wer ist dir wichtiger? Ronny, der vielleicht irgendwann wieder verschwindet?«

Dieser Waschlappen!, kam ihr dabei verächtlich in den Sinn, doch das behielt sie lieber für sich. Dann führte sie fort:»Oder Eric, der schon fast ein Teil deiner Familie ist?«

Nun kamen bei Eileen schon wieder die Tränen und leise schluchzend hob sie die Schultern und senkte sie wieder.

»Nun ja«, versuchte Tina sie nun wieder zu trösten, »das war doch eigentlich mein Part in der Schwangerschaft.«

Verblüfft sah sie Tina an und beide fielen sich in die Arme. Dabei schossen Eileen ein paar spontane Gedanken in den Kopf, begleitet von einem unguten Gefühl. *Was sagte Tina gerade über Tränen in der Schwangerschaft?* Ihre Tränen liefen einfach daher. Sie wollte stark sein, aber die Tränen waren stärker. Sie konnte sie nicht bremsen. War sie etwa schwanger? O Gott, das fehlte ihr auch noch zu ihrer jetzigen zwiespältigen Situation.

Sie war sich momentan wirklich nicht sicher, was sie wollte. Natürlich liebte sie Eric und sie war glücklich mit ihm und Louis. Doch seitdem Ronny wieder aufgetaucht war, überwarfen sich die Ereignisse und auch ihre Gefühle. Zu viele Erinnerungen kamen in ihr hoch und er hatte immer noch die Gabe, sie mit seinem Charme zu verzaubern und vor allem mit seinen saphirblauen Augen.

Zu alledem stand er einsam und allein da in seiner Situation und das konnte Eileen nicht wirklich ertragen. Er wollte eine Chance und die wollte sie ihm geben. Vor ein paar Monaten hätte sie keinen Gedanken daran verschwendet, aber jetzt war er wieder da und er brauchte sie scheinbar sehr. Das fühlte sie. War es nur Mitleid oder waren da wirklich wieder ein paar Liebesgefühle? Was war nur los mit ihr und wie sollte sie ihre Gefühle ordnen?

Zum Abschied mahnte Tina eindringlich: »Überlege gut, was du vor hast! Denk dabei vor allem an Louis!« Das war zwar nicht das, was Eileen zu hören erhofft hatte, doch wie immer hatte Tina wahrscheinlich recht. »Ja, das werd ich wohl müssen«, flüsterte sie und verließ das Zimmer.

Auf dem Weg zum Fahrstuhl dachte sie: *Auch wenn mir Tinas Meinung immer sehr wichtig war, verstehe ich nicht, warum sie sich nun auch noch gegen Ronny stellt. Warum versteht mich keiner, wenn ich ihn akzeptiere? Schließlich war ich damals mit ihm zusammen und nicht die anderen und ich kenne ihn am besten, oder etwa nicht? Was damals war, ist lange her und jetzt nicht mehr wichtig. Jeder von uns hat sich verändert. Warum soll er keine Chance bekommen? Wenn ich ihm verzeihen kann, muss das doch reichen? ...*

Oder wollte sie nur das nachleben, was sie damals vielleicht mit Ronny versäumt hatte? Waren da vielleicht Gefühle der Liebe, die so lange tief in ihr schlummerten und jetzt, wo er wieder da war und ihr zeigte, dass auch sie ihm nicht egal war, erwachte die Liebe neu, die so lange gewartet hatte, gestillt zu werden? ...

O Mann, jetzt werd ich auch noch dramatisch. Vielleicht sollte ich das alles zu einem Roman zusammenfassen und nach einiger Zeit in Ruhe noch einmal überdenken. Doch dann ist es bestimmt zu spät.

Sie seufzte und betrat den Fahrstuhl. Während sie ins Erdgeschoss fuhr, überkam sie erneut ein drängender Wunsch. Sollte sie nochmals nach Ronny schauen? Doch mit einem Blick auf die Uhr verwischte sie die Idee wieder. Es war bereits kurz vor Mitternacht und zu spät, um weitere Besuche zu machen. Außerdem war sie sehr müde. Also fuhr sie nach Hause, obwohl ihre Sehnsucht sie nicht unbedingt dorthin führte.

Als sie zu Hause ankam, brannte noch Licht im Haus. Eric saß auf dem Sofa und war eingeschlafen. Der Fernseher lief. Sie schaltete das Gerät aus und deckte Eric mit einer Decke zu. Dann stellte sie sich vor ihn und beobachtete ihn eine Weile. Trotz seines blauen Auges und der Platzwunde an der Stirn, sah er immer noch sehr attraktiv aus. Auch seine sanften Gesichtszüge verrieten viel Gutmütigkeit, aber auch Männlichkeit; und sowieso war er ein sehr guter Zuhörer und Beschützer; das wusste sie genau.

Heute Nachmittag war sie so wütend auf ihn gewesen, doch nun konnte sie ihm schon fast nicht mehr böse sein. Hier bei ihr zu Hause, in diesem kleinen Häuschen, das sie so sehr liebte, schien dieser Mann einfach dazuzugehören. Wenn sie richtig überlegte, konnte sie sich ein Leben ohne ihn auch nicht mehr vorstellen.

»Was sollte denn das schon wieder?«, ermahnte sie sich. Noch vor einer Stunde entfachte in ihr eine unsagbare Sehnsucht nach Ronny und sie hatte ihm scheinbar alles, was damals gewesen war, verziehen ... und jetzt waren da plötzlich wieder diese starken und sicheren Gefühle für Eric. Ist eine Frau wirklich fähig, zwei Männer gleichzeitig zu lieben?

Das konnte doch auch nur ihr passieren. Jedenfalls schienen nicht nur Männer manchmal schwierig zu sein, sondern Frauen ebenso. Verwirrt durch die Turbulenzen ihrer Gefühle und völlig erschöpft, ging sie schlafen. Doch für später nahm sie sich vor, mit Louis und Eric zu sprechen. Was genau sie sich davon erhoffte, wusste sie selber noch nicht?

Es dauerte keine zehn Minuten, in denen sie sich in ihrem Bett herumwälzte und meinte, jeden Moment einschlafen zu müssen. Doch plötzlich überkam sie ein starkes Hungergefühl, das ihr keine Ruhe ließ und sie zwang, wieder aufzustehen. Sie ging zum Kühlschrank und suchte nach etwas Leckerem. Dabei stieß sie auf ein Fleischbällchen, das ihr mit Senf bestimmt sehr gut schmecken würde. Danach entschied sie sich für die sauren Gurken, die sie mit viel Genuss aß. Zuletzt machte sie sich noch über ein extra großes Stück Erdbeerkuchen her, das am Nachmittag, aufgrund der plötzlichen Turbulenzen, nicht gegessen werden konnte. Als sie sich die erste Gabel mit Kuchen in den Mund schob, bekam sie Appetit auf Sahne. Also musste sie noch einmal aufstehen und die Sahne aus dem Kühlschrank holen. Nun setzte sie sich gemütlich auf den Küchenstuhl, hüllte sich in eine Decke und aß mit Heißhunger ihren Erdbeerkuchen mit Sahne.

Nach einigen genüsslichen Minuten entschied sie sich, den Tisch abzuräumen und wieder schlafen zu gehen. Als sie nun den Teller zur Spüle bringen wollte, rutschte ihr dieser mit lautem Getöse aus der Hand und zerschellte in viele kleine Stücke. Erschrocken sprang sie ein Stück zurück. Dann holte sie das Kehrblech, um die Scherben aufzufegen.

Plötzlich stand Eric hinter ihr und fragte verschlafen: »Was machst du hier mitten in der Nacht?«

»Ich hatte Hunger und mir ist der Teller auf den Boden gefallen. Tut mir leid, wenn ich dich geweckt habe«, flüsterte Eileen und fegte zügig die restlichen Tellerstücke auf. Eric holte sich ein Glas Milch und setzte sich an den Tisch. Als Eileen ebenfalls an den Tisch zurückkehrte, meinte er erstaunt: »Du scheinst aber einen mächtigen Hunger gehabt zu haben!«

Das fast leere Gurkenglas stand noch auf dem Tisch, der andere Teller ließ einige Senfreste erkennen und die Dose mit der Sprühsahne stand ebenfalls da. Eric beobachtete, wie sie sich nun noch die letzte Gurke aus dem Glas fischte und sie verzehrte. Es lag eine angespannte Stimmung in der Luft. Eileen vermied es, den Mann anzusehen, und knabberte an ihrer Gurke.

Eric unterbrach die Stille und fragte:»Was gibt es Neues im Krankenhaus?«

Dann sah sie ihn endlich an und spontan fiel ihr Marie Lou ein. Ihre Augen begannen zu strahlen und sie erzählte voller Begeisterung von Tinas kleiner Prinzessin.

Ihr Gegenüber gefielen diese strahlenden Augen, sodass er Hoffnung schöpfte, das Thema Ronny wäre bald für sie erledigt. Er liebte dieses fröhliche Lachen an ihr, das munter und keck zwischen ihren wilden schwarzen Locken hervorlugte und so spontan sein konnte.

Dann aber, als sie alles über Tina und ihr Baby berichtet hatte, strahlten ihre Augen nicht mehr so hell wie zuvor. Etwas vorwitzig, aber dennoch ernst gemeint, fragte sie: »Möchtest du noch mehr wissen?«

»Möchten?«, wiederholte er und warf den Kopf in den Nacken. Ein leicht genervtes Stöhnen konnte er dabei nicht verbergen. Dann hob er wieder den Kopf, sah sie an und fragte:»Na gut, was ist mit Ronny?«

»Ich weiß, du magst ihn nicht …«, begann Eileen.

»Es ist auch nicht einfach, ihn zu mögen«, mischte sich Eric dazwischen und plötzlich hatte er das Bedürfnis, ihr die Situation aus seiner Sicht darzustellen.

»Eileen, du hast mir vor nicht allzu langer Zeit erzählt, dass Ronny dich damals bitter enttäuscht hat. Du sagtest auch, du hättest mit ihm abgeschlossen, weil sowieso nie Verlass auf ihn war. Und nun taucht er aus heiterem Himmel wieder auf und du nimmst es hin, als hätte sich nichts in den Jahren geändert. Es liegen sage und schreibe sechs Jahre dazwischen! Was hat dieser Ronny an sich, dass er dein Denken blockiert? Hat er dich unter Drogen gesetzt? Du bist wie verwandelt.«

Dann stand er auf, fuhr sich durch die Haare und lehnte sich an die Küchenzeile.»Eileen ich liebe dich, doch wäre Louis nicht, der momentan weder eine klardenkende Mutter noch einen biologischen Vater hat, wäre ich nicht mehr hier. Dann wäre diese alberne Prügelei heute auch nicht passiert. Ich dachte, ich hätte einen Platz in deinem Leben, doch seit Ronny wieder da ist, bin ich mir dessen nicht mehr so sicher!« Eileen sah ihn fassungslos und mit Tränen in den Augen an. Eric hatte alles auf den Punkt gebracht. *Er hat recht, dachte sie, aber was kann ich dazu, wenn ich im Moment selber nicht weiß, was mit mir los ist? Noch weniger habe ich eine Idee, alles wieder ins Lot zu bringen.* Aber sie wollte auch nicht sofort klein bei geben. »Ihr habt ihm beide keinerlei Chance gegeben und ihn noch nicht einmal bis auf die Veranda gelassen«, entgegnete Eileen störrisch.

Nun stand Eric erneut vor einem Verzweiflungsanfall. Er glaubte nicht daran, dass Eileen verstanden hatte, was er gerade meinte. Doch er startete einen zweiten Versuch, sie wachzurütteln. »Wie viele Chancen hat er denn verdient? Hat er dir damals eine Chance gegeben? Nein, er hat sich egoistisch aus dem Staub gemacht … und nur zufällig taucht er hier wieder auf und du behandelst ihn wie einen Prinzen. Zu alledem mischt er sich in alles ein. Hast du mir das letztens nicht auch noch erzählt, als er meinte, Louis hätte das Zeug, ein Karatemeister zu werden? … Eileen, es tut mir leid. Ich habe ihm gegenüber keine Verpflichtung. Wenn du meinst, du bist ihm vielleicht etwas schuldig oder er ist wichtiger für dich als ich, dann bitte schön! Ich wüsste nur gerne früh genug, auf welcher Seite du stehst.«

Ohne zu zögern, rauschte er zur Tür hinaus und zog seine Jacke an. Eileen war völlig verwirrt über Erics plötzlichen Gefühlsausbruch und entsetzt rief sie: »Wo willst du hin?«

»Nach Hause, wohin sonst?«, antwortete er traurig.

Eileen lief zur Tür und hielt ihn am Arm zurück. »Bitte bleib hier«, flehte sie.

Er hielt inne und sah sie forschend an. »Meinst du das ernst?«, fragte er zweifelnd.

»Ja!«, sagte sie leise und wich seinem Blick nicht aus.

»Wie ernst?«, fragte er erneut.

»Sehr ernst!«, antwortete sie wieder. Dann schloss sie leise die Tür, nahm ihn an die Hand und führte ihn zum Sofa. Dort bat sie ihn, Platz zu nehmen, und setzte sich auf seinen Schoß. Sie nahm seinen Kopf in beide Hände und strich über sein Ohr.

Nun begann sie zu erklären. »Ich weiß, ich bin im Moment komisch drauf. Ich kann dir nicht erklären, warum ich so bin, aber eines musst du wissen: ... Ich liebe dich und du hast einen Platz in meinem Leben, sogar einen ganz Wichtigen!«

Sie sah ihm zärtlich in die Augen und küsste ihn liebevoll auf den Mund. Während sie das tat, war sie erfüllt von so viel Wärme und Liebe, die sie bereit war zu geben. Und tatsächlich ... sie liebte ihn! Das wurde ihr in diesem Moment wieder bewusst. Nur kam es ihr völlig unlogisch vor, ähnliche Gefühle auch bei Ronny zu haben.

Eric erwiderte ihren Kuss. Hingebungsvoll trafen sich ihre Zungen und er umarmte sie besitzergreifend.

Als er sie an sich drückte, traf ihre Brust auf seinen Oberkörper und es schmerzte sie. Eileen empfand sowieso schon länger eine gewisse Spannung in der Brust. Der Druck, den Eric unbewusst nun darauf ausübte, verursachte ein unangenehmes Schmerzgefühl. Um ihn nicht zu enttäuschen, löste sie sich vorsichtig aus seiner Umarmung und sah ihn wieder an.

»Ja, ich liebe dich und ich brauche dich! Wir wollen, dass du bei uns bleibst. Doch lass mir noch etwas Zeit, bis sich die ganze Sache beruhigt hat. Wahrscheinlich kann ich dann auch wieder klar denken. Bitte hab Geduld mit mir!« Sie setzte sich neben ihn und legte ihren Kopf an seine Schulter.

Unschlüssig saß Eric nun neben ihr.

Plötzlich fiel ihr ein, dass sie doch ursprünglich mit Eric über Ronny reden wollte und überlegte, ob es denn nun sinnvoll wäre, damit anzufangen.

Vorsichtig hob sie den Kopf, schlang ihre Arme um seinen Hals und flüsterte ihm ins Ohr: »Ist es trotzdem möglich, dass wir uns alle vertragen mit Ronny? Dann liegt es an ihm, sich als Freund oder Störenfried zu zeigen. Was hältst du davon?« Sie rechnete damit, dass Eric erneut aufspringen und zur Tür flüchten würde.

Doch er äußerte nur ein genervtes: »Hm« und versuchte, sie wieder zu küssen.

Mutig schob sie ihn, mit beiden Händen gegen seine Brust drückend, behutsam von sich und ergriff erneut das Wort. Denn sie hatte zu diesem Thema noch nicht alles gesagt, was ihr auf dem Herzen lag. Zögernd sprach sie weiter: »Und ich kann ihn besuchen, solange er im Krankenhaus ist? Du kannst auch gerne mitkommen.«

Eric stöhnte nochmals genervt auf und meinte: »Wenn es denn sein muss, sollst du deinen Willen haben! Aber geh du lieber alleine hin. Meine Sehnsucht nach ihm ist nicht so groß.«

Eileen lächelte und freute sich über die kompromissreiche Bereinigung der zwiespältigen Situation.

Gerade, als sie ihm erneut um den Hals fallen wollte, hielt er sie auf Distanz und sagte: »Aber unter einer Bedingung …« Eileen schreckte zurück und rechnete mit dem Schlimmsten. Abwartend sah sie ihn an.

»Du lässt dich nicht von ihm einwickeln, denn ich erhebe zuerst Anspruch auf dich, verstanden? Werde dir klar darüber wer dir wichtiger ist!« Dann zog er sie mit der nicht verstauchten Hand aufs Sofa zurück und beugte sich vorsichtig über sie. Ihren Protest erstickte er in einem leidenschaftlichen Kuss, der etwas länger dauerte und sich zu zärtlichen Spielereien ausdehnte.

21

Erst am Dienstag wieder nahm sich Eileen am Abend Zeit, um ins Krankenhaus zu fahren. Heute sah sie die Situation, Ronny zu besuchen, etwas distanzierter an, als am Samstag noch, als die Ereignisse sich überstürzten. Jetzt, wo sie mit Louis und Eric gesprochen hatte und wusste, dass beide sich Mühe geben wollten, Ronny als Freund zu sehen und ihn zu akzeptieren, ging es ihr damit viel besser.

Und mehr war es für Eileen genau genommen auch nicht. Sie liebte Louis über alles und auch Eric spielte in ihrem Leben eine besonders wichtige Rolle. Also erklärte sie sich ihr Gefühl zu Ronny als Mitleid und vielleicht ein wenig Schuldbewusstsein wegen der unfairen Prügelei. Es konnte nichts anderes sein, was sie hierher zu Ronny lockte. Das redete sie sich auf dem Weg hierher jedenfalls ständig ein, damit sie auf keine anderen Gedanken kommen konnte und Tina eventuell recht behalten würde mit ihrer Vermutung, dass sie sich wohl wieder in Ronny verliebt haben könnte.

Um ihr Selbstbewusstsein dennoch etwas zu stärken, bevor sie Ronny wieder begegnete, ging sie zuerst zu der jungen Mutter und der kleinen Marie Lou. Sie fielen sich glücklich in die Arme und Tina freute sich, ihre Wahlschwester wieder in der altbekannten fröhlichen Stimmung zu sehen. Nachdem Eileen ihr dann noch von der positiven Aussprache mit den beiden wichtigsten Männern in ihrem Leben erzählte, war auch sie wieder beruhigt.

Obwohl Eileen immer noch nicht ganz verstand, warum alle ihr nahestehenden Personen mit eindeutiger Ablehnung auf Ronny reagierten. Mittlerweile glaubte sie schon fast selbst daran, dass Ronny sich vielleicht gar nicht geändert habe und sie wieder sehr enttäuscht werden würde, wenn sie an ihn glaubte.

Dann machte sie sich endlich auf den Weg zu ihm. Dabei atmete sie vor dem Fahrstuhl noch einmal tief durch und versuchte, ihre plötzliche Nervosität zu drosseln.

»So schlimm kann es doch gar nicht sein, dort hinzugehen«, sagte sie sich immer wieder, »wahrscheinlich haben die anderen mich schon ganz verrückt gemacht.«

Es gab also keinen Grund, besonders nervös zu sein. Trotzdem klopfte ihr Herz schneller. Es gelang ihr dennoch, ein Lächeln zustande zu bringen, als sie die Tür öffnete und eintrat. Zielstrebig ging sie auf sein Bett zu, nahm sich unterwegs einen Hocker mit und setzte sich zu ihm. Ronny lag noch allein im Zimmer. Geistesabwesend blickte er durchs Fenster.

»Hallo, Ronny!«, sagte sie fröhlich.

Langsam drehte er den Kopf in ihre Richtung. »Hallo, Eileen«, erwiderte er mit ernster Miene. Traurig sah er sie an. Sein Kopf blieb im Kissen liegen.

Erschrocken nahm sie seine Hand und fragte: »Was ist los? Wie geht es dir?«

Ohne seine Mimik zu verändern, blickte er sie an. »Heute war ich zum Röntgen. Sie haben meinen Kopf untersucht, weil die Schmerzen nicht nachlassen. Dabei stellten sie einen Schatten in der Nähe des Großhirns fest. Ich hatte dir doch erzählt, dass das schon mal der Fall war.«

»Oh nein!«, entfuhr es Eileen.

»Die Ärzte wissen nicht, ob es harmlos ist«, erzählte Ronny weiter. »Es könnte wieder ein Blutgerinnsel sein oder aber auch etwas anderes.«

»Müssen sie operieren?«, fragte Eileen erschrocken.

»Das wissen sie noch nicht. Morgen soll ich erst noch in die Röhre zu genaueren Schichtaufnahmen.« Er versuchte, für Eileen ein Lächeln zu zaubern. Doch es fiel ihm sehr schwer, denn jede Bewegung verursachte einen schmerzenden Druck im Kopf, der ihm mehr die Tränen in die Augen trieb, als dass er die Freude auszudrücken vermochte, die er über ihren Besuch empfand. Fassungslos und ebenfalls wieder den Tränen nahe, saß sie da und war sprachlos. Voller Mitgefühl sah sie in seine hellen Augen, die heute nicht strahlten. Nach geraumer Zeit, als sie ihre Tränen im Griff zu haben glaubte, fragte sie: »Und was können wir tun?«

»Warten, auf das nächste Ergebnis. Mehr nicht!«

Nun konnte Eileen nicht anders, als ihn zu umarmen. Dabei kullerten ihre Tränen haltlos auf ihn nieder. Ronny umarmte sie ebenfalls und schmiegte seinen Kopf leicht an ihre Schulter. Als auch ihm einige Tränen übers Gesicht rollten, drückte er sie fest an sich. Nach einigen langen gemeinsam geweinten Minuten hauchte er ihr einen Kuss auf ihr schwarzes Haar.

Schließlich brachte er mit rauer Stimme hervor: »Geh jetzt besser. Morgen wissen wir mehr ...«

Sie löste sich von ihm und sah ihn tränenüberströmt an. »Meinst du wirklich?«, schluchzte sie.

»Ja, wirklich«, sagte er ruhig und gab sie frei.

Sie wandte sich zum Gehen. Während sie die Tür öffnete, drehte sie sich nochmals um und wisperte: »Dann bis morgen und toi, toi, toi.«

Eileen rannte, so schnell sie konnte zu ihrem Auto, wo sie sich erst einmal richtig ausheulte. Eigentlich war es ihr nicht recht, dass Ronny sie so weinerlich und schwach sah. Doch ihr Mitgefühl für ihn war stärker, als sie es wahrhaben wollte. Oder war es doch mehr als das? »Egal was Ronny in der Vergangenheit angestellt hat, so ein Schicksal hat auch er nicht verdient«, dachte sie. Langsam versuchte sie, sich wieder zu beruhigen. Erneut war sie an einem Punkt angekommen, an dem sie sich fragte: »Was bedeutet mir Ronny wirklich?« Dann folgten zunächst ein paar Gedankengänge in die Vergangenheit, wo sie beide einst ein glückliches Paar gewesen waren. Aber auch die vielen Erinnerungen, von Wut und Enttäuschung geprägt, drängten sich ihr auf.

Damals ging er sang- und klanglos einfach nach Frankfurt. Sechs lange Jahre kein Wort von ihm. Genauso überraschend tauchte er hier bei ihr wieder auf. Damit hatte er sie sehr verletzt und sie wusste ihr Gefühlschaos momentan nicht zu ordnen. Ständig schwankten ihre Gefühle hin und her; zwischen Freude, ihn zu sehen, Sehnsucht nach den vergangenen glücklichen Tagen mit ihm und ein unsagbar großes Gefühl, für ihn da sein zu wollen.

Nach allem, was er so durchgestanden hatte, wirkte er verletzlich und weckte in ihr die Versuchung, ihm zu helfen und ihn auf den rechten Weg zu bringen. Doch immer wieder mischten sich auch eine kleine Portion Eigensinn und Abwehr dazwischen. Schließlich war er alt genug, um eigene Entscheidungen zu treffen. Dafür brauchte er sie bestimmt nicht. Im Übrigen hatte er immer egoistisch und eigensinnig gehandelt! Ob das immer so sinnvoll war, stand nach wie vor auf einem anderen ungeschriebenen Blatt Papier.

Doch was erwartete sie von ihm? War es tatsächlich ein Funke zurückgekehrter Liebe oder nur Mitleid?

Oh Mann, ich hatte immer schon so ein starkes Helfersyndrom, damals wie heute. Wahrscheinlich haben Typen, wie Ronny, es schnell heraus, mich um den Finger zu wickeln.

Denn wenn sie die ganze Sache wieder recht nüchtern betrachtete, passte Ronny absolut nicht in ihr Leben. Sie hatte durch Eric und Louis das gefunden, wonach sie sich immer sehnte. Eric war aufmerksam, verständnisvoll, er verwöhnte sie und sie konnte mit ihm über alles reden. Ebenfalls hatte Louis endlich einen Vater, wie er ihn sich wünschte. Wäre Ronny dazu fähig und überhaupt dazu bereit? Er hatte nach wie vor seine jugendliche Unbekümmertheit nicht verloren und lebte vogelfrei; meist ohne Sorge, was morgen sein mochte und nur mit der Verantwortung für sich und sein eigenes Leben. Jederzeit war damit zu rechnen, dass er wieder unvorhergesehene Aktionen startete, wie damals. Sollte sie sich auf so etwas nochmals einlassen?

Ronny dachte ebenfalls nach.

Normalerweise war es gar nicht sein Ding, vor anderen Menschen Tränen zu zeigen. Es brach einfach aus ihm heraus. Er hatte in den letzten Monaten dazugelernt. Tränen konnten auch befreien. Wenn man zu viel Angst hatte oder in einem unendlichen Tief steckte, konnten ein paar Tränen wie ein reinigender Wasserfall wirken.

Heute steckte er wieder in solch einem Tief, denn solange er nicht wusste, was mit seinem Kopf los war, konnte er auch nicht positiv denken. Wunderlicherweise schämte er sich nicht vor Eileen, Gefühle zu zeigen. Den starken Mann hatte er früher oft genug herausgekehrt und er war auch nicht immer glücklich dabei gewesen.

Eileen war etwas Besonderes! Das stellte er nun immer wieder fest. Vorhin, als sie so uneingeschränkt mit ihm weinte, hatte er nicht das Bedürfnis gehabt, den coolen Mann zu spielen. Es tat einfach verdammt gut, sich in ihren Armen zu wissen und geliebt zu werden.

Geliebt zu werden? Versprach er sich da nicht zu viel? War es überhaupt Liebe? Und war es ebenfalls Liebe, die er für sie empfand?

Er konnte nicht leugnen, dass Eileen ein bestimmtes Gefühl in ihm auslöste, wenn sie in seiner Nähe war. Ein Gefühl von Geborgenheit und sich – einfach – wohlfühlen! Doch war es Liebe?

Außerdem war er sich gar nicht sicher, wie weit Eileen bereit war, ihn vielleicht noch zu lieben. Nach so vielen Enttäuschungen, die er ihr bereitet hatte, in all den letzten Jahren … Doch er merkte, dass er genau das, was Eileen war, schon lange vermisst hatte. Nun bedauerte er, sie in den Jahren seines Erfolges und seines Ruhmes einfach vergessen zu haben, ohne zu wissen, was sie ihm bedeutete.

Ein kleiner Funke Hoffnung loderte in seinem Herzen auf, wenn er an sie dachte. Mit ihr glaubte er, glücklich sein zu können, … wenn da nicht Eric wäre und selbst Louis schien nicht leicht zu überzeugen zu sein. Das erinnerte ihn wieder einmal an sich selbst und ihm wurde nochmals so deutlich bewusst, dass er sein Sohn war, der allerdings nichts von ihm wissen wollte …

Aber wichtiger war es zuerst, Klarheit über sich zu bekommen. Die morgige Untersuchung stand ihm noch bevor und da blieb ihm sowieso nichts anderes übrig, als abzuwarten. Egal, was auch immer kommen mochte … und danach würde er weitersehen.

Als die junge Frau nach Hause kam, war es schon wieder sehr spät geworden. Eric war noch wach und saß vor dem Fernseher. Er wartete auf Eileen.

Doch sie war zu erschöpft für lange Erklärungen und gleichermaßen verwirrt über ihre noch unklaren Gefühle Ronny gegenüber. Außerdem schmerzten ihre Glieder und besonders ihr Rücken. Sie wollte nur noch ein heißes Bad nehmen und dann schlafen gehen. Vermutlich sah die Welt morgen wieder ganz anders aus.

Eileen kam herein, ging direkt auf die Treppe zu, die zum oberen Bad führte, und sagte nur: »Hallo Eric, sei nicht böse, ich bin total müde. Ich gehe sofort schlafen!« Somit strebte sie dem Badezimmer zu. Natürlich würden ihr jetzt eine verwöhnende Massage von Eric besonders guttun, doch dann hätte sie mit ihm reden müssen. Wahrscheinlich würden sie auch über Ronny reden. Dazu war ihr heute nicht mehr zumute. Auch für ein Bad war sie viel zu müde. Deshalb entschied sie sich für eine schnelle heiße Dusche und schlüpfte danach ins Bett. Schon bald darauf fand sie den erholsamen Schlaf, den sie brauchte.

Eric saß unterdessen recht enttäuscht auf dem Sofa und starrte auf den nichtssagenden Western, der zurzeit im Fernseher lief.

»Dieser Mistkerl«, fluchte er, »was hat er jetzt schon wieder mit Eileen gemacht?«

Doch bevor er sich noch wutentbrannt von seiner aufkommenden Eifersucht unterkriegen lassen konnte und in sinnloses Grübeln verfiel, ging er kurzerhand schlafen. Ohne mit Eileen zu reden, konnte er sowieso nur Vermutungen anstellen. Also, was sollte das Ganze? Morgen würde sich bestimmt einiges aufklären lassen.

Natürlich belegte er den Platz neben Eileen, die schon tief und fest schlief. Auch wenn er sich dieses Platzes mal wieder nicht mehr so sicher war. Leise beobachtete er sie. *Eingekugelt lag sie so friedlich da, wie ein Embryo und wirkte so verletzlich.*

Ein Schatz, den man zu behüten muss. Doch das gestaltet sich nicht immer so leicht. Dafür war Eileen manchmal sehr eigenwillig und wusste, ihre Vorstellungen durchzusetzen.

Das Frühstück lief am nächsten Tag in ruhiger Stimmung ab. Eileen und Eric sprachen zwar nicht viel miteinander, aber ansonsten war es ein Morgen wie jeder andere. Louis bemerkte davon nichts. Er hatte sich schon sehr schnell mit Rocky auf den Weg nach draußen gemacht, um neue Abenteuer zu erleben. Die Kinderbetreuung war wegen einer Fortbildung der Pädagogen heute geschlossen. Weil Rocky schon die ganze Zeit ungeduldig an Louis' Hosenbein zerrte, entschied er sich, sein Brot unterwegs zu essen.

Nun waren Eric und Eileen unter sich und saßen immer noch schweigend am Frühstückstisch. Beide nippten scheinbar in Gedanken versunken an ihren Kaffeetassen. Hin und wieder riskierte mal der eine und mal der andere einen zufälligen Blick über den Tassenrand. Doch die angespannte Stille blieb bestehen. Plötzlich trafen sich ihre Blicke und beide hielten den Blickkontakt aufrecht.

Endlich durchbrach Eric das Schweigen und fragte: »Du warst gestern bei Ronny?«

Abwartend sah sie ihn immer noch an und trank einen weiteren Schluck Kaffee aus ihrer Tasse. »Ja«, antwortete sie kurzangebunden.

Eric fühlte sich auf die Folter gespannt und fragte ungeduldig weiter: »Und wie geht es ihm?« Obwohl es ihn eigentlich gar nicht so brennend interessierte.

»Nicht sehr gut«, äußerte sie in ernstem Tonfall.

Nun war sein Interesse doch plötzlich größer als zuvor. Eileens Stimme klang wirklich besorgniserregend. Das Frage- und Antwortspiel ging weiter.

»Wieso? Was ist los mit ihm?«

»Die Ärzte haben beim Röntgen einen Schatten im Hirnbereich festgestellt«, erklärte Eileen.

Einen Schatten, den hatte der Typ immer schon, dachte Eric bei sich. Er zwang sich jedoch, den Ernst der Lage nicht zu verkennen, und erkundigte sich weiter über Ronnys Gesundheitszustand.

»Man weiß noch nichts Genaues, aber die Ärzte vermuten ein Blutgerinnsel«, erklärte Eileen Ronnys Lage. »Weitere Untersuchungen sollen heute gemacht werden.«

Diesmal saß Eric sprachlos vor seinem Kaffee und überlegte. Das hörte sich wirklich nicht gut an. »Ich glaube, spätestens jetzt ist es Zeit, das Kriegsbeil zu begraben«, meinte er schließlich.

Überrascht sah Eileen ihn an. »Heißt das, du bietest ihm deine Freundschaft an?«

»Na ja, meine Freundschaft muss er sich noch verdienen, aber ich könnte ihm schon mal sein Motorrad reparieren«, lenkte er ein.

Eileen strahlte übers ganze Gesicht, sprang auf und umarmte ihn stürmisch. »Das finde ich toll, Eric, danke!«, rief sie aus und drückte ihm mehrere flüchtige Küsse auf die Stirn. Anschließend setzte sie sich auf seinen Schoß und umarmte ihn wieder.

Wie sollte ich bei so überschwänglicher Liebelei widersprechen?, dachte er besiegt und erwiderte ihre Umarmung.

»Sagst du es ihm?«, fragte sie freudig.

Er hätte wissen müssen, dass man sich bei Eileen nicht so schnell geschlagen geben sollte. Er kannte sie dafür, dass sie immer noch eine unangenehme Sache im Hinterkopf haben konnte. Zu gern nahm sie die ganze Hand, wenn man ihr auch nur den kleinen Finger reichte. Mit dieser letzten Bitte von ihr fühlte er sich mal wieder völlig überrumpelt.

»Ich wollte nicht gleich Blutsbrüderschaft mit ihm schließen«, gab er als Einwand zurück.

»Aber so wirkt dein Friedensangebot glaubwürdiger. Gehst du gleich heute Abend nach der Arbeit hin? Dann kümmere ich mich heute mal mehr um Louis«, sprudelte es aus ihr heraus. Zu spät stellte er fest, Eileen gegenüber mal wieder zu großzügig gewesen zu sein, denn das, was sie nun von ihm verlangte, wollte er eigentlich nicht. Was interessierte ihn dieser Ronny? Doch bevor er noch einen Streit mit dieser Frau riskierte, gab er nach. Denn es schien ihr mit der Freundschaft unter ihnen allen sehr wichtig zu sein.

»Wenn es sein muss?«, brachte er nur noch zerknirscht hervor.

»Je früher, desto besser, dann hast du es hinter dir«, sagte sie keck und sprang wieder von seinem Schoß herunter. Sie drückte ihm noch einen übermütigen Kuss auf die Stirn und rief: »Danke mein Schatz!«, während sie schon auf dem Weg ins Bad war, um sich zu duschen und anzuziehen.

Unentschlossen saß Eric noch eine ganze Weile am Tisch und nippte zerstreut an seinem Kaffee. *Auch wenn er in diesem Fall Eileen nur sehr ungern ihren Wunsch erfüllte, wusste er, dass er nur zu schlecht ihrem Charme widerstehen und ihrem Organisationstalent widersprechen konnte. Dafür liebte er sie einfach zu sehr. Im Großen und Ganzen steckten für Eileen keine bösen Absichten dahinter, sondern es war ihr einfach wichtig. Und wenn sie sich erst einmal in eine Idee verrannt hatte, wusste sie auch ihren Willen durchzusetzen.*

Er überlegte, wozu das Ganze gut sein sollte, doch er vertraute Eileen und hoffte auf einen glimpflichen Ausgang. Eine weitere Prügelei zwischen Ronny und ihm würde es wohl kaum geben. Dafür sollten sie beide wohl genug dazugelernt haben, oder?

Während er sich auf den Weg zu seiner Praxis machte, überlegte er, wie er Ronny gegenübertreten könnte.

Eileen machte indessen ein kleines Picknick zurecht, denn sie hatte vor, mit Louis eine kleine Fahrradtour zu machen. Es bedurfte nicht viel Überredungskunst, Louis von dieser Idee zu begeistern und schon bald radelten sie los. Der Hund folgte ihnen und bellte vor Vergnügen, wenn er in schnellem Lauf mit den Rädern seines Herrchens konkurrierte.

Sie fuhren einige Kilometer quer durch Felder, Wiesen und kleine Orte, durch ein Wäldchen und am Meer entlang. Irgendwo, an einem recht einsamen Stückchen Strand, hielten sie an. Erschöpft setzten sie sich dorthin und stillten erst einmal ihren Durst. Dann atmeten sie tief durch und genossen die schöne Aussicht. Rocky legte sich zu ihren Füßen. Sie hatten ein Plätzchen gefunden, an dem sie weit über die Ostsee schauen, und ihre Seele baumeln lassen konnten.

»Früher war ich häufiger hier«, sagte Eileen plötzlich und rief einige Erinnerungen in sich wach.

»Mit Eric?«, fragte Louis.

»Nein«, antwortete sie, »Eric kannte ich damals noch nicht. Das war noch, bevor du auf die Welt gekommen bist.«

»Mit meinem richtigen Vater?«, fragte Louis wieder und wandte den Blick nicht weg von den langsam herankommenden Wellen.

Erstaunt sah Eileen zu ihrem Sohn. Es war das erste Mal, dass Louis von seinem Vater sprach, wenn er Ronny meinte.

»Ja, mein Schatz, mit Ronny«, antwortete sie.

»War er damals sehr nett?«, fragte Louis weiter.

»Ja, ich hatte ihn damals sehr lieb und er mich wohl auch«, erzählte sie und ihr fielen viele schöne Ereignisse mit Ronny ein.

»Was habt ihr damals denn alles so gemacht?«, wollte Louis nun wissen.

Eileen erzählte mehr aus ihrer Zeit mit Ronny. Sie endete mit dem Satz:»Nur leider waren wir damals noch zu jung, um zu wissen, was das Richtige war. So machte jeder das, was für ihn wichtig war und ging seinen Weg allein. Ronny wollte berühmt und ein großer Boxer werden und ich hatte glücklicherweise Tina getroffen.«

Louis hatte aufmerksam zugehört und ihm fielen immer wieder neue Fragen ein.»Warst du denn nicht traurig, als er nach Frankfurt ging?«, wollte er nun wissen.

»Ja, anfangs schon«, meinte Eileen nachdenklich, »doch dann zogen Tina und ich in unser kleines Häuschen. Wir nannten es *Unsere kleine Villa,* weil es unser eigenes Zuhause war und uns keiner stören konnte. Dann bist du geboren und wir fühlten uns wie eine richtige Familie, auch ohne einen Vater. In dieser Zeit waren wir sehr glücklich. Die Zeit mit dir war eine ganz Besondere. Ronny weiß gar nicht, was ihm entgangen ist. Er hat nicht mitbekommen, wie du anfingst zu Krabbeln, zu Laufen, die ersten Worte zu sprechen und wie schön es war, mit dir zu kuscheln.«

Nun beugte sie sich zu ihm hinunter und umarmte ihn. Sie machte eine Gedankenpause und erzählte anschließend weiter:»Dann erst, nach einigen Jahren, kam Eric zu uns. Wie du weißt, ist er ein Freund von Chris. Als Tina und Chris selber eine Wohnung suchten, half Eric uns beiden häufiger bei Reparaturen am Haus und bei solchen Sachen, die Männer eben besser erledigen können.«

»Aber ich war doch der Mann im Haus«, widersprach Louis plötzlich.

»Nun ja«, beruhigte sie ihn und gab ihm einen Kuss auf sein Haar, »für manche Arbeiten warst du eben noch zu klein. Aber das wird sich von Jahr zu Jahr ändern, vor allem, weil Eric ein guter Lehrer ist.«

»Ja, das stimmt«, rief Louis erfreut aus. Dann fügte er nachdenklich hinzu: »Ronny ist auch ein guter Lehrer, jedenfalls in Karate und vielleicht lerne ich von ihm ja auch richtig boxen.« Dabei sah er seine Mutter an und verzog den Mund zu einem verschmitzten Grinsen.

»Hm, mit Karate kann ich mich ja noch anfreunden, aber Boxen ist ein ganz schön brutaler Sport«, seufzte Eileen.

»Aber Mama, ... muss ich Eric wirklich nicht gegen Ronny eintauschen?«, fragte Louis nun wieder etwas ernsthafter.

Überrascht sah sie ihren Sohn an und fragte: »Wie meinst du das?«

»Na, als Vater zum Liebhaben! Ich finde, dazu ist Eric besser geeignet als Ronny, obwohl er mich gezeugt hat«, sagte er betrübt.

Die junge Frau wunderte sich, wie Kinder in seinem Alter schon auf solche Gedanken kamen?

»Oh nein, das musst du nicht«, versicherte sie ihm. »Ronny ist bestimmt auch stolz, wenn du ihn als seinen Freund und großen Meister in Karate siehst!« Dabei hoffte sie, dass Ronny genauso dachte. Allerdings kamen ihr Zweifel, denn so gut kannte sie ihn halt auch nicht mehr.

»Na, dann ist ja gut!«, rief er und sprang auf.

»Wo gehts jetzt lang?«, beendete er das vertrauliche Mutter-Sohn Gespräch.

Im selben Moment tat Rocky es seinem Herrchen gleich und beide standen startbereit vor ihr.

Eileen saß noch immer entspannt im Sand. »Wie wäre es mit Schwimmen im Meer?«, rief sie kurz entschlossen aus.

Louis und sein Hund standen immer noch abwartend vor ihr. »Worauf wartest du noch?«, meinte der Junge und zog Shirt und Jeans aus.

Rocky tänzelte laut bellend um ihn herum. Voller Freude sprangen beide in die Wellen und tobten sich aus.

Eileen gönnte sich noch eine Weile und blieb sitzen. Sie spürte schon jetzt jeden einzelnen Muskel in ihrem Körper. Doch bei der Energie, die die beiden an den Tag legten, war Power und Aktion angesagt. Da blieb ihr gar nichts anderes übrig, als mitzuhalten, ob sie wollte oder nicht. Also zog sie ebenfalls ihre Kleidung aus und hüpfte mit in das kühle Nass.

Nachdem der Tag sich dem Ende neigte und Eileen mit Louis und Rocky den Heimweg angetreten hatte, wurde es bereits dunkel. Louis schlief sofort in seinem kuscheligen Bett ein. Sein Hund legte sich zu Eileens Füßen, die auf der Couch ein wenig ausspannen wollte. Völlig erschöpft schloss sie für einen Moment die Augen.

Sie wunderte sich, dass ihr alle Muskeln schmerzten, die ihr Körper aufweisen konnte. Sollte es ein Muskelkater von zu viel ungewohnter Bewegung sein, würde er sich doch erst frühestens in ein bis zwei Tagen bemerkbar machen. Also konnte es kein Muskelkater sein, der sie quälte. Nun entschied sie sich doch für ein heißes Bad.

Während sie entspannt in der Badewanne lag, betrachtete sie ihren Körper. Ihr Busen erschien ihr plötzlich größer als sonst.

Liegt das etwa an der Tragfähigkeit des Wassers oder habe ich Halluzinationen?, dachte sie bei sich und betastete ihre Brust etwas genauer. Tatsächlich fühlte sie sich auch etwas fester an. Plötzlich kam ihr ein Gedanke und unwillkürlich strich sie sich behutsam über ihren Bauch.

Ich bin schwanger!, schoss es ihr durch den Kopf. Die Signale für eine Schwangerschaft, die sie in den letzten Wochen durchaus festgestellt hatte, musste sie wohl immer wieder ignoriert haben. Alle ungewöhnlichen Verhaltensweisen, wie die ständigen Tränen in so vielen unangebrachten Momenten, hatte sie einfach auf die angespannte Situation mit Ronny und allem, was dazugehörte, geschoben. Es waren ja wirklich aufregende und sozusagen emotional stressige Wochen für sie gewesen. Da blieb ihr wirklich keine Zeit, auf die inneren Zeichen zu achten, die ihr Körper ihr liebevoll mitteilen wollte.

Dann war da noch das überwältigende Muttergefühl, was sie einfach überkam, als sie die kleine Marie Lou in ihren Armen hielt. Jetzt wurde ihr alles klar und ein neues Puzzleteil fügte sich zu einem sinnvollen Ganzen zusammen. Nun verstand sie auch, warum sie so anders drauf war und sie selbst sich ihr Verhalten zuvor nicht erklären konnte. Die Hormone, die ihr Körper durch eine Schwangerschaft produzierte, waren schuld daran.

Zuerst erschrocken, doch bald freudig amüsiert, strich sie wieder über ihren noch flachen Bauch, der bald schon wachsen und wachsen würde, genau wie damals in der Schwangerschaft mit Louis.

Na, das ist ja eine nette Familienzusammenstellung, überlegte sie. *Erst habe ich ein Kind ohne Vater und jetzt sind da zwei Väter, von denen ich je ein Kind habe, beziehungsweise haben werde. Aber der richtige Vater des ersten Kindes wird nicht vom ersten Kind akzeptiert, denn es hat sich selbst einen Vater ausgesucht. Dabei wäre der richtige Vater nun endlich zur Stelle und könnte Vatergefühle entwickeln. Wohingegen der zweite und richtige Vater des zweiten Kindes immer schon akzeptiert wurde, obschon er jetzt erst Vater werden würde ... wie kompliziert? Oder machte sie nur wieder ein Chaos daraus?*

Eileen musste lachen. Glückselig stieg sie aus der Wanne, trocknete sich ab und zog einen leichten kurzen Schlafanzug an. Dann hüllte sie sich in eine Decke und machte es sich auf dem Sofa bequem.

»Was wird Eric wohl dazu sagen?«, überlegte sie schmunzelnd.

Plötzlich verspürte sie einen Heißhunger auf etwas Süßes. Sie holte ihre Lieblingsschokolade Nuss-Nougat aus dem Schrank und biss mit Genuss hinein.

Das kann ja heiter werden, seufzte sie, aber vielleicht war die Schwangerschaft ein Wink des Schicksals, und ihre komplizierte Situation löste sich wie von selbst auf.

Zufrieden mit sich selbst widmete sie sich dem Spielfilm, der gerade im Fernsehen lief.

Eric hatte sich heute Abend keine so angenehme Heldentat aufgebürdet. Mit mulmigem Gefühl im Magen machte er sich auf den Weg zu Ronny ins Krankenhaus. Vor dem Portal blieb er stehen, sah zu den vielen Fenstern hinauf und haderte noch. Doch dann entschied er sich, die Sache endlich hinter sich zu bringen, die er Eileen nicht ganz freiwillig versprochen hatte. Er sah ein, dass auch er etwas dazu beitragen musste, denn schließlich war er es gewesen, der Ronny letzten Endes provoziert hatte.

Also ging er hinein und suchte nach Ronnys Zimmer. Die Dame am Empfang konnte ihm weiterhelfen. Eric trat freundlich grüßend ein, denn es waren zwei Betten belegt. Doch die Antwort blieb aus.

Ronny sah ihn fragend an, denn eigentlich hatte er Eileen erwartet und nicht den unfairen Gegner seines letzten Kampfes. Überrascht und zugleich ein wenig enttäuscht sagte er:»Eric, du?«

Entschlossen blieb Eric vor dem Bett stehen und hielt die Hände abwehrend vor sich. »Keine Angst, ich will keine Revanche! Ich wollte hören, wie es um dich steht?«

»Noch lebe ich und eine Revanche müssten wir sowieso auf später verschieben«, meinte Ronny.

Eric ergriff erneut das Wort und begann: »Hör zu, Kollege, ich bin kein Freund von langen Reden und bin hier, um dir einen Vorschlag zu machen. Ich repariere dein Motorrad und wir schließen Frieden!«

Dann streckte er ihm seine Hand entgegen.

Rätselnd sah Ronny erst auf Erics Hand und dann in sein Gesicht.

»Und wo ist der Haken?«, fragte er zweifelnd.

»Nirgendwo, solange wir uns vertragen! In Extremsituationen wachse ich manchmal über mich hinaus, wie du weißt.« Noch immer hielt er Ronny seine Hand hin.

»Na gut, wir können es versuchen ...«, schlug Ronny ein.

Kurz darauf nahm Eric sich einen Hocker und setzte sich zu ihm ans Bett.

»Dann erzähl mal, was ist jetzt los mit dir?«, begann Eric wieder das Gespräch und sah ihn aufmunternd an.

Das war nicht schwer für Eric, denn auch in seinem Beruf als Masseur war dieses eine der wichtigsten Aufgaben, die er tagtäglich praktizierte. Dabei stellte er fest, dass es Ronny scheinbar nicht sehr gut ging, denn er wirkte recht niedergeschlagen. Er musste einsehen, dass Eileen wirklich nicht aus ihrem weiblichen Instinkt heraus, übertrieben hatte.

»Das Ergebnis der Untersuchungen ist noch nicht da. Die Ärzte hatten heute viele Notfälle. Wahrscheinlich werden sie mir morgen ihr gnädiges Urteil mitteilen«, grübelte Ronny laut.

Erics geschultem Blick entging es ebenfalls nicht, dass Ronny Schmerzen haben musste, auch wenn er ihm nichts davon erzählte. Besorgt fragte er:»Bist du ansonsten hier gut versorgt?«

»Ich denke schon«, entgegnete Ronny.

»Dann machs gut, wir können später mal reden«, verabschiedete sich Eric bald und stand auf. Dann klopfte er Ronny leicht auf die Schulter, drehte sich um und ging zur Tür.

Ronny rief ihm noch hinterher:»Danke für dein Angebot!«

Eric wandte sich ihm nochmals zu, machte eine abwinkende Handbewegung und sagte:»Ist doch Ehrensache!«

Nun verließ er endgültig das Krankenhaus und fuhr zu Eileen nach Hause. Eric war sichtlich erleichtert, doch ernsthaft mitfühlend dachte er: *Der Kerl hat wirklich nicht das leichteste Los gezogen!* Er war nur froh, nicht in Ronnys Haut zu stecken.

Ronny fühlte sich, wie schon so oft in seinem Leben, allein gelassen und einsam. So kam er wieder ins Grübeln.

Erics Angebot zur Freundschaft war nicht zu verachten. Dennoch hätte er sich mehr über Eileens Besuch gefreut. Er hatte so auf sie gehofft und er vermisste sie. Die Streicheleinheiten, die er von ihr bekam, wenn sie auch nur gering waren, taten so gut und zeigten ihm, dass er ihr nicht egal war. Er brauchte einen Menschen, an dem er sich anlehnen konnte. Auch wenn Eric wahrscheinlich mehr von Eileens Liebe profitierte, wollte er die Hoffnung nicht aufgeben, Eileen vielleicht doch ein Stück für sich zu gewinnen. Wenn es auch nur ein kleiner Grashalm war, an den er sich da klammerte, aber das war das Einzige, was Eileen und ihn noch verband.

Und wer weiß, für wen sich Eileen entscheiden würde? Vielleicht konnte er doch ein Stück Vergangenheit zurückholen, denn einst waren sie beide doch glücklich miteinander gewesen. *Eric würde ihm da bestimmt nicht entgegenkommen, auch wenn er ihm ein Freund sein wollte. Aber Freundschaft war besser als Feindschaft und das Friedensangebot wollte er nicht sogleich in den Wind schreiben. Vielleicht konnten sie wirklich eines Tages gute Freunde werden. Obwohl er sich dessen nicht ganz sicher war.*

Wie sich alles entscheiden würde, lag in Eileens Händen. Nur sie allein war anscheinend bereit dazu, ihm eine reale Chance zu geben. Obschon er nicht wusste, ob sich diese Option nur als reine Freundschaft entpuppen würde oder ob dabei vielleicht mehr zu erwarten war. Da konnte er nur auf Eileen hoffen, denn weder von Eric noch von Louis konnte er so etwas erwarten. Das hatte er aus der letzten Begegnung gelernt. Plötzlich war er sich gar nicht mehr so sicher, was er hier eigentlich wollte oder sich erhoffte. Er verspürte nur eine unsagbare Sehnsucht nach einem Menschen, der für ihn da war und den er lieben konnte. Und dieser Mensch schien momentan Eileen zu sein.

Er sah sie bildlich vor Augen. Ihr Lächeln, ihre wilden schwarzen Locken und ihre attraktive Erscheinung, verbunden mit so viel Liebe, Geborgenheit und Fürsorge, die sie fähig war zu geben. Erst jetzt wusste er, was er damals einfach hergegeben hatte, für Ruhm und Sieg eines kurzlebigen Star-Daseins. Er war tatsächlich zu spät zurückgekehrt und wusste nicht, ob er Eileen schon ganz verloren hatte? Jedenfalls sah es noch nicht danach aus und er wagte zu hoffen.

Jedenfalls würde er selbst bei einer reinen Freundschaft die Möglichkeit haben, seinen Sohn weiter heranwachsen zu sehen. Das bedeutete ihm sehr viel, denn immer wieder konnte er Eigenarten an Louis feststellen, die er selbst hatte. Auch wenn Louis sie momentan gegen ihn ausspielte.

Da war zum Beispiel der Wille, gegen alles anzugehen, was er nicht wollte und das zu bekämpfen, was er verabscheute. Diesen Charakterzug kannte er nur zu gut. Auch ihn hatte diese Angewohnheit bisher sein Leben lang begleitet und nicht immer war es für ihn zum Nachteil gewesen. Nur so hatte er sein Ziel erreicht, ein Champion zu werden. Doch was hatte er nun davon?

Übrig waren wieder diese hämmernden Kopfschmerzen, die noch gut in seiner Erinnerung waren. Doch warum kamen sie wieder? Was war los mit ihm? Eigentlich hatte er sie immer in Verbindung mit seiner Drogensucht und dem schweren Entzug gesehen, doch jetzt verweigerte er alle Medikamente und diese Kopfschmerzen waren unerträglich. Hatten die Ärzte in Frankfurt irgendetwas übersehen oder es ihm verheimlicht?

Plötzlich traf ihn wieder eine starke Schmerzattacke und er hielt seinen Kopf mit beiden Händen fest, während er seine Augen schloss. Er war nahe daran, nach einem Schmerzmittel zu klingeln, doch die Abscheu davor war stärker und er ertrug den Schmerz. Die Qualen des Entzuges waren noch zu tief in seinem Bewusstsein verankert, sodass er die Zähne zusammenbiss. Es würde bestimmt bald vorübergehen und es konnte auch nicht mehr lange dauern, bis die Ärzte ihm Klarheit über seine Situation geben würden.

Ronny legte sich vorsichtig hin und wartete immer noch darauf, dass der Schmerz nachließ. Als es endlich soweit war, entspannten sich langsam seine Gesichtsmuskeln und er fiel in einen unruhigen Schlaf. Der Traum, der ihn nun begleitete, bestand aus Bruchstücken seines gesamten Lebens. Allerdings musste er zwischendurch immer wieder vor fliegenden Steinen flüchten, die ihn zu erschlagen drohten und einen höllischen Schmerz in seinem Kopf auslösten.

In dem kleinen Häuschen angekommen, wurde Eric stürmisch empfangen. Eileens plötzlich überschwängliches Verhalten irritierte ihn, denn nicht immer bedeutete es etwas Gutes. Wenn es dann auch wieder mal etwas mit Ronny zu tun haben sollte, war er der Meinung, heute schon das Äußerste des Möglichen geleistet zu haben. Allerdings beruhigte es ihn, so wie heute, mit offenen Armen bei Eileen empfangen zu werden. Das signalisierte ihm, doch noch am richtigen Ort zu sein und sich in ihrer Liebe nicht getäuscht zu haben. Strahlend setzte er sich zu Eileen auf das Sofa und gab ihr einen Kuss. »Was ist los mit dir?«, fragte er neugierig. »Du bist wie ausgewechselt!«

»Ich hatte einen tollen Tag mit Louis«, sagte sie nur und umarmte ihn liebevoll. Dann erkundigte sie sich nach Ronny.

Eric erzählte ihr von seinem gelungenen Friedensangebot und dass Ronny immer noch auf das entscheidende Ergebnis seiner Diagnose wartete.

Plötzlich bekam Eileen ein schlechtes Gewissen, denn sie hatte Ronny versprochen, heute noch nach ihm zu schauen. Doch das verdrängte sie schnell wieder, schließlich war sie ihm gegenüber zu nichts verpflichtet, redete sie sich ein. »Ich gehe morgen zu ihm, oder hast du etwas dagegen?«, sagte sie.

Eric sah sie erst prüfend an, schüttelte dann aber den Kopf und meinte leicht ironisch: »Wo er doch irgendwie zur Familie gehört!«

Nun überlegte Eileen, wie sie Eric von ihrer Neuigkeit berichten könnte? »Du, Eric«, sagte sie vorsichtig, »was hältst du von einer Vergrößerung der Familie?« Dabei spielte sie in seinem Haar.

Gerade hatte er sich lässig im Sofa zurückgelehnt, um zu entspannen. Doch nun sprang er ruckartig wieder in die gerade Sitzposition zurück. »Was?«, entfuhr es ihm und der Schock war ihm in den Augen abzulesen. »Jetzt sage bloß nicht, Ronny soll hier auch noch einziehen?«

»Nein«, beruhigte sie ihn lächelnd.

»Wer denn dann?«, wollte er Klarheit haben.

»Etwas kleiner«, erklärte sie schüchtern.

»Tina und ihr Baby? Oder noch ein Hund? Oder ein Findelkind aus dem Wald? Oder ist deine Urgroßmutter wieder aufgetaucht?«, phantasierte er herum.

»Nein, du Dummkopf!«, meinte sie dann. »Ich meinte eher ein Baby nur für uns allein. Und dieses Baby hätte das Glück, seinen genetischen Vater schon hier vorzufinden, wenn es geboren wird! Vorausgesetzt, du bleibst ebenfalls bei uns.«

Manchmal ist diese Frau einfach kompliziert, dachte er. Ungläubig sah er Eileen an, denn mittlerweile war er bei ihr auf alles gefasst.

»Kannst du mir das nicht einfacher erklären?«, fragte er. »Mein Tag war heute hart genug.«

»Also …«, begann sie, »wenn du es unromantisch und direkt haben willst: Ich werde wieder Mama und du bist und bleibst der Vater!« Nun blickte sie ihn mit strahlenden Augen abwartend an.

Anfangs sah er sie nur fassungslos an und der Schreck davor, Ronny eventuell hier einziehen zu sehen, war ihm noch ins Gesicht geschrieben. Sichtlich rang er nach Luft. Doch nach und nach begriff er, was Eileen gerade gesagt hatte, und seine Augen begannen zu leuchten, sein Mund schloss sich wieder und ein Strahlen erfüllte sein ganzes Gesicht.

Plötzlich sprang er auf, schnappte sich Eileen, hob sie hoch und drehte sich mit ihr im Kreis. In jubelnden Tönen begann er zu trällern: »Heißt das, ich bin endgültig anerkannter Papa und wir bekommen noch ein Baby? Ein Baby von dir und mir?«

»Autsch, lass mich runter, mein Muskelkater«, rief sie mehrmals.

Doch es dauerte, bis er es richtig wahrnahm und beide stürmisch auf der Couch landeten. Eric konnte es immer noch nicht fassen und er liebkoste Eileen überall, wo er sie vor Übermut küssen konnte. Zuerst auf ihre Stirn, dann ihre Hände und zuletzt ihren kitzeligen Bauch. Kichernd versuchte sie, ihn abzuwehren, doch das war recht schwierig.

»Hab ich dir weh getan?«, fragte er zwischendurch und hielt inne.

»Nein«, antwortete sie zwischen zwei Atemzügen und wurde dann weiter von dem glücklich werdenden Vater verwöhnt.

22

Als Ronny morgens aufwachte, war er schweißgebadet. Er schlug die Augen auf und erschrak. Zunächst konnte er nur sehr undeutliche Umrisse seiner Umgebung erkennen. Noch verwirrt von seinen undurchschaubaren Träumen, dachte er zunächst, er wäre noch in der Frankfurter Klinik während seines Entzugs. Das machte ihm Angst. Er umfasste seinen Kopf mit beiden Händen und hielt ihn fest.

»O Gott!«, stieß er laut hervor.

Plötzlich vernahm er eine Stimme neben sich, die fragte:»Was ist los? Hast'n Problem?«

Ronny drehte langsam seinen Kopf zur Seite und versuchte, sich zu orientieren. Die Stimme kam von keinem Arzt und auch von keiner Schwester. Als er endlich erkannte, dass sein Zimmernachbar ihn angesprochen hatte, wurde ihm klar, dass er nicht in Frankfurt und schon gar nicht in seinem abgeschlossenen Entzugszimmer war.

Gott sei Dank, dachte er erleichtert und strich sich mit beiden Händen übers Gesicht.

Zu seinem Nachbarn sagte er nur:»Schon gut, es war nur ein Albtraum.« Mit dem Ärmel wischte er sich die Schweißperlen von der Stirn und atmete tief durch.

Ronny überlegte: *Warum hatte er diesen Albtraum? Hatten das seine starken Schmerzen verursacht? Sollte er vielleicht doch Medikamente dagegen nehmen? Bisher hatte er die meisten Schmerzmittel, die ihm gegeben wurden, in seiner Schublade gesammelt. Er entschied sich dafür, heute unbedingt mit dem Arzt zu sprechen. Er wollte vorrangig nach dem Untersuchungsergebnis fragen und später vertraulich über seine vorherige Abhängigkeit sprechen. Denn diese Schmerzen und diese wirren Träume konnte und wollte er nicht mehr ertragen.*

Kurz nachdem das Krankenhauspersonal die Betten gemacht hatten, kam eine Schwester mit einem Rollstuhl und holte Ronny ab. »Herr Faber, Sie müssen nochmals zum CT«, sagte sie freundlich und half ihm aus dem Bett.

»Wieso?«, fragte Ronny überrascht, »ich warte eigentlich immer noch auf das erste Ergebnis.«

»Ihr behandelnder Arzt hat es so angeordnet«, erläuterte sie. »Mehr kann ich Ihnen auch nicht dazu sagen.« Dann brachte sie ihn in die Behandlungsräume.

Noch bevor er mit der Schwester das Zimmer verließ, meinte sein Zimmernachbar: »Mensch, du bist heute aber begehrt!« Sein Lachen klang etwas dreckig.

Ronny äußerte sich nicht dazu und dachte: Womit habe ich den nun schon wieder verdient? Gestern, als dieser Typ noch narkotisiert dort lag, war er erträglicher.

Im CT-Raum wurde die Computertomographie wiederholt. Als sie Ronny aus der Röhre herausfuhren, war der Arzt gerade im Begriff, den Raum zu verlassen. Er murmelte nur noch: »Wir sehen uns bei der Visite.«

»Warten Sie bitte«, rief Ronny hinter ihm her, »ich möchte mit Ihnen unter vier Augen sprechen.«

Aufmerksam geworden kam der Arzt zurück und fragte: »Was gibt es denn so Wichtiges?«

Ronny erzählte frei heraus, was ihm auf der Seele brannte, denn er konnte nicht mehr länger warten.

Der Arzt hörte ihm aufmerksam zu und meinte zum Schluss: »Ja, wenn das so ist, will ich Sie nicht länger im

Ungewissen lassen. Die Schmerzmittel dürfen Sie ruhig nehmen. Wir werden aufgrund ihrer Vorgeschichte genauer darauf achten, wie Sie darauf reagieren. Im Allgemeinen machen diese Mittel aber nicht abhängig. Wenn Sie diese gut dosiert einnehmen, wird es Ihnen auch bald besser gehen.«

»Und woher kommen die starken Kopfschmerzen?«, fragte Ronny nun.

»Zur Diagnose ist zu sagen, dass wir zunächst einen positiven Verdacht hatten, der sich durch das heutige CT aber nicht bestätigt hat. Es war wohl ein Blutgerinnsel vorhanden, dass sich vorteilhaft zwischen zwei Hirnhälften befand und wahrscheinlich durch einen Schlag auf den Kopf geplatzt ist. Daraus erfolgte eine Blutung, die aber durch viel Ruhe, ohne Operation zu behandeln ist. Sollten Sie nach ein paar Tagen unerwarteterweise immer noch starke Schmerzen haben, kommen wir um eine Operation allerdings nicht herum. Aber es sieht momentan nicht danach aus. Das bedingt allerdings auch einen grundlegenden Lebenswandel. Also keinen Boxsport und keine Prügeleien mehr. Viel Ruhe und Entspannung ist jetzt für sie das Beste!«

Erleichtert dankte er dem Arzt für die genauen Informationen und meinte: »Ich habe ein neues Leben begonnen!«

»Dann ist ja alles klar«, schloss der Arzt das Gespräch mit Ronny und entließ ihn auf sein Zimmer.

Da es Ronny allerdings immer noch schwindelig wurde, wenn er aufstehen wollte, schob die Schwester ihn wieder zurück bis zu seinem Bett.

Eileen hatte sich heute vorgenommen, Louis in die Kinderbetreuung zu bringen, dann den Frauenarzt aufzusuchen und Tina im Krankenhaus zu besuchen. Es brannte ihr auf der Zunge, ihr persönlich von der schönen Neu-igkeit zu berichten. Der Krankenbesuch bei Ronny lag irgendwie mit auf dem Weg.

Alles lief, wie Eileen es geplant hatte. Der Arzt bestä-tigte freudig ihre Schwangerschaft und danach fuhr sie schnell zum Krankenhaus. Nur Tina hatte sie verpasst. Sie war mit ihrem Baby gerade heute Morgen entlassen worden. Aber zu Hause konnte sie ihr immer noch von ihrer Schwangerschaft erzählen. Also stand nur noch der Besuch bei Ronny an.

So selbstbewusst wie jetzt konnte sie heute bestimmt nichts mehr so leicht aus der Bahn werfen. Weil sie sich heute besonders gut fühlte und gute Laune hatte, gab sie sich mehr Mühe mit ihrem Outfit. Die Locken band sie mit einem Band zu einem lockeren Zopf nach hin-ten zusammen und sie hatte sich dezent geschminkt. Zu ihrer weiten Twillhose wählte sie einen engen Body. Heute machte sie sich keinen Kopf darüber, wie sie aus-sah, oder welche Wirkung sie auf andere, zum Beispiel auf ihren Ex haben könnte?

»Wieso kam sie gerade jetzt auf dieses Wort *Ex*?«

Egal, sie fühlte sich toll und war gut drauf. Diesen Tag wollte sie einfach nur genießen.

So ging sie zu Ronny, der unsagbar erleichtert in sei-nem Bett lag. Gerade als die Schwester das Zimmer ver-ließ, erschien Eileen auf der Bildfläche. Strahlend kam sie herein und steckte ihn sogleich mit ihrer Fröhlichkeit an.

»Hallo, Ronny«, begrüßte sie ihn, »wie ist die Lage heute?«

Auch er begegnete ihr mit dem schönsten, von Her-zen kommenden Lächeln. Die Hand, die sie ihm reichte, umschloss er mit beiden Händen gleichzeitig. Sie strahl-ten sich an wie in alten Zeiten, bis Eileen ihm einen Begrüßungskuss auf die Stirn gab. Jetzt, wo sie ihm so nah war, sog er den Duft ihres Parfüms förmlich in sich auf und seine Seele erwachte wieder, wie aus einem tiefen Winterschlaf.

Nun setzte sich Eileen neben das Bett auf den dort stehenden Hocker. Sie war überrascht, ihn so glücklich zu sehen, und es versetzte ihrem Herz einen angenehmen Stich. Dann kicherte sie, denn Ronny strahlte sie fortwährend an und ihr wurde die Situation langsam peinlich.

»Was ist los mit dir?«, fragte sie neugierig. »Ist dir heute ein Engel begegnet? Deine Augen strahlen so hellblau, als kämst du gerade persönlich vom Himmel.«

»Ja, ich habe einen Engel gesehen«, antwortete er prompt, »einen mit schwarzen Locken!« Dabei verzogen sich seine Mundwinkel wieder zu einem Schmunzeln.

»Du spinnst!«, entgegnete sie und entriss ihm forsch ihre Hand.

»Nein, im Ernst. Ich habe heute eine tolle Botschaft erhalten.«

Ich auch, dachte Eileen, *doch die kann ich dir im Moment noch nicht erzählen!*

Dann hörte sie ihm aufmerksam zu, was er über die Diagnose vom Arzt zu berichten hatte und freute sich natürlich mit ihm. Nach einem weiteren kleinen Smalltalk verabschiedete sich Eileen allerdings schon wieder und erklärte, dass sie noch in der Praxis aushelfen müsse. Ronny war darüber zwar etwas enttäuscht, aber ließ sie natürlich gehen.

Eileen fiel ebenfalls ein Stein vom Herzen. Sie war froh darüber, dass Ronny nun über den Berg war, und seine strahlenden Augen verrieten neuen Mut und Hoffnung. So kannte sie ihn. Sie war fest davon überzeugt, dass es nun für ihn voranging.

Wahrscheinlich hatte er deshalb vorhin so glücklich ausgesehen?

Als Eileen den Raum verließ, hing Ronny zufrieden seinen Gedanken nach: *Es stimmte, er verspürte seit langem wieder intensive Glücksgefühle. War es Eileen, die das bewirkte? Oder war es wirklich einfach die Bestätigung, bald wieder gesund zu werden? Egal wie sein weiteres Leben verlaufen würde, er nahm sich vor, das Beste daraus zu machen! Vielleicht würde Eileen auch eine wichtige Rolle darin spielen … Oder tat sie das bereits?*

Abrupt wurde er aus seinen Gedanken gerissen.

»Ein flotter Käfer, deine Braut! Da hast du ja einen tollen Fang gemacht«, drängte der Typ neben sich ihm ein Gespräch auf.

Überrascht drehte sich Ronny zu ihm um. Seit sein Nachbar erst heute Morgen richtig aus seiner Narkose erwacht zu sein schien, hatten sie noch nicht viel miteinander gesprochen. Doch Ronny glaubte nicht daran, sich an diesen Menschen sonderlich gewöhnen zu können.

»Ach übrigens, ich bin Jan, eine echte Kieler Sprotte, würden meine Fans sagen!« Dabei beugte er seinen Oberkörper über die Bettkante hinaus und streckte ihm mit einem breiten Grinsen seine Hand entgegen.

»Ronny«, antwortete er nur knapp und wendete sich ab, ohne seinen Händedruck zu erwidern.

Diese lustige Sprotte hatte Ronnys Aufmerksamkeit dennoch geweckt, nur auf eine ganz andere Weise.

Was hatte dieser Komiker da gerade gesagt? Eileen wäre ein flotter Käfer? Da hat er gar nicht so Unrecht. Nur schade, dass dieser Käfer schon ausgeflogen und anderweitig vergeben war. Eileen war wirklich eine tolle Frau und heute wirkte sie besonders attraktiv. Dagegen war nichts einzuwenden.

Er legte sich bequem hin, drehte sein Gesicht dem Fenster zu und träumte von Eileen und längst vergangenen Zeiten. Die Kieler Sprotte ignorierte er einfach, obwohl Jan es nicht aufgab, Smalltalk mit ihm halten zu wollen.

Am Wochenende fragte Eric Louis, ob er nicht Lust hätte, das Motorrad zu reparieren. »Welches Motorrad?«, fragte Louis beiläufig und rührte lässig in seinem Kakao. Doch plötzlich, ohne auf eine Antwort zu warten, rief er entsetzt aus: »Meinst du etwa das Motorrad?« Dabei funkelte er Eric aus seinen saphirblauen Augen wild an. »Welches Motorrad sonst? Ich habe leider kein Eigenes«, meinte Eric dazu.

»Nö«, winkte Louis heftig ab, »da mach ich nicht mit!«

Gerade wollte sich Eileen einmischen und ihren Sohn zurechtweisen, als Eric sie beschwichtigend zurückhielt.

»Ein wenig Schuld hast du auch, schließlich hast du Ronny zuerst vors Schienbein getreten. Durch meine Schuld ist Ronny jetzt im Krankenhaus, ... also sind wir beide daran beteiligt und du könntest mir ruhig ein wenig behilflich sein! Indem wir das Motorrad reparieren, können wir beide unsere Schuld abarbeiten. Was hältst du davon?«, erklärte Eric ihm.

Louis grübelte nun über seinem Kakao und brummelte etwas Unverständliches vor sich hin. Dann sprang er impulsiv auf und rief: »Ja, kannst du das denn? Du bist doch gar kein Motorrad-Reparierer.«

»Aber man kann in vielen Dingen gut sein und trotzdem nur einen Beruf haben. Motorräder haben mich immer schon interessiert und ich wollte mir auch schon längst mal eines kaufen«, verfiel Eric in Schwärmereien.

»Na gut, Papa, wann fangen wir an?«, rief Louis plötzlich und versetzte Eric einen kumpelhaften Schlag auf die Schulter.

Vor Schreck verschluckte sich Eric an seinem Tee. Aber nicht, weil der Schlag des Jungen so energisch war, sondern weil Louis ihn zum ersten Mal *Papa* nannte. Darauf war er nicht gefasst gewesen. Irritiert sah er erst zu Louis und dann zu Eileen.

Diese schmunzelte und trank in aller Seelenruhe ihren Tee weiter.

Der Mann bekam einen Hustenreiz und bekleckerte sein T-Shirt. Bevor er aufstand, nahm er einen Lappen und wischte an seinem eben entstandenen Fleck herum. Dann ging er zu Louis, klopfte ihm ebenfalls auf die Schulter und meinte:»Dann komm, mein Sohn!«

Beide gingen nun Arm in Arm nach draußen und machten sich an die Arbeit. Louis strahlte übers ganze Gesicht.

Als die beiden durch die Tür entschwanden, setzte sich Eileen so gemütlich wie möglich auf ihrem Küchenstuhl hin und dachte nach. Sie hob den Kopf, reckte ihre Nasenspitze in den Sonnenstrahl, der gerade durch das Fenster auf den Küchentisch fiel und ließ sich wärmen. Ganz zufällig streichelte sie über ihren Bauch. Dabei versank sie in ihren Gedanken.

Jetzt, wo sie etwas älter war, als bei Louis' Schwangerschaft und einen Vater für ihr Kind neben sich hatte, war das Gefühl, schwanger zu sein, viel schöner. Sie erwartete ein Kind von dem Mann, den sie liebte und von dem auch sie geliebt wurde. Eric würde sie bestimmt nicht verlassen, daran glaubte sie ganz fest. Jedenfalls hatte sie ein gutes Gefühl dabei und war unsagbar glücklich.

... Und plötzlich wieder diese Grübeleien: Liebte sie Eric wirklich und fest genug für eine gemeinsame Zukunft? ...»Ja!«, gab sie sich selbst eine Antwort.

Ihre Augen leuchteten, wenn sie an ihn dachte und sich vorstellte, wie sie alle drei mit dem neuen Baby endlich eine vollständige Familie waren.

Das Zusammenleben hatten sie länger schon erprobt. Eric verbrachte immer häufiger seine Zeit mit ihnen und fuhr nur noch selten nach Hause, zumal Sammy auch nicht mehr auf ihn wartete. Das gemeinsame Baby könnte ihre Beziehung weiter festigen und endlich hätte sie ihre Familie, die sie sich schon immer gewünscht hatte ... Oder sollten Eric und sie erst heiraten? ...

»Ach, das können wir immer noch, wenn die Mehrheit der Kinder dafür ist«, kam es ihr in den Sinn. Dabei konnte sie sich ein schelmisches Grinsen nicht verkneifen. Ein ungutes Gefühl sagte ihr, dass sie endgültig eine Entscheidung treffen musste ...

Wie viele Kinder wollte sie eigentlich noch? Aber das sollte sie doch besser mit Eric klären, denn schließlich konnte sie ihn bei diesen Fragen nicht einfach übergehen.

Louis brauchte sie scheinbar nicht mehr davon überzeugen, dass dieser Mann bald ganz dazu gehören würde. Ihm war schon länger bewusst, dass nur Eric für ihn als Vater in Frage kam. Das machte ihr die Aktion mit dem Weihnachtsmann klar und noch deutlicher war seine Reaktion von eben, als er Eric eindeutig mit Papa ansprach.

Verträumt kippte sie ihren Stuhl etwas nach hinten, stützte sich mit den Füßen an der Tischkante ab und wippte hin und her. Dabei schlang sie die Arme um sich herum und legte ihr Kinn auf die Knie. Ihre Gedanken gingen weiter: *Louis wollte Eric als Vater und nicht Ronny. Das signalisierte er ganz deutlich ... Ronny! Da war ihr Problem wieder ...*

Und sie musste mit Ronny reden. Das stellte sie sich nicht ganz einfach vor. Sie wusste, dass Ronny einen Teil ihres Herzens einnahm, doch wie groß dieser sein mochte, war ihr noch nicht klar. Sie empfand ein liebevolles Gefühl für ihn und sie hatte das Bedürfnis, ihn zu umarmen, wenn sie bei ihm war. Doch war es Liebe oder nur ein ähnliches Gefühl?

Vielleicht reagierte nur ihr übermäßig ausgeprägtes Helfersyndrom, Menschen wie ihn aus miesen Situationen befreien zu wollen? ... Oder war sie einfach nur froh zu wissen, wo er sich aufhielt, und freute sich darüber, dass er wieder da war? So, als wäre er ein Bruder für sie, den man lange vermisst hatte ...

»Genau, Bruderliebe könnte es sein!«, dachte sie laut. *Denn wenn sie ihr Gefühl zu Eric damit verglich, war es doch anders. Viel intensiver und beruhigender empfand sie seine Nähe und die Art, wie er mit ihr und mit Louis umging. Ronny schien sich auch Mühe zu geben, von allen angenommen zu werden, doch er hatte es nicht leicht. Schließlich bildeten Eric und Louis zusammen mit ihr eine mittlerweile zu feste Gemeinschaft, als dass sich jemand anderes dazwischen drängen könnte. Oder bildete sie sich das nur ein? ...*

Lange Rede, kurzer Sinn; jedenfalls wollte sie ihr neues Glück nicht zerstören, nur weil sie zu viel Mitgefühl für Ronny empfinden könnte und eine neue Beziehung mit ihm kam ohnehin nicht in Frage. Das konnte sie Louis nicht antun und dem Baby, welches sie erwartete, schon gar nicht. Also war doch alles klar!

Plötzlich sprang sie auf und begann den Frühstückstisch abzuräumen.

»Vielleicht brachte es mehr, wenn Louis und Eric demnächst häufiger mitkamen, Ronny zu besuchen?«, überlegte sie nochmals. *Das würde sie ebenfalls daran hindern, Ronny näherzukommen.*

Wahrscheinlich könnte das auch die allgemeine Freundschaft fördern. Wenn das alles so funktionieren würde, käme das zwar einem neuen Weltwunder gleich, aber man sollte nie aufhören, zu hoffen, egal wie verzwickt die Lage auch war. Und verzwickt war ihre Situation ohne Zweifel.

Den nächsten Besuch ins Krankenhaus starteten sie tatsächlich zu dritt. Louis hatte sogar ein Geschenk für

Ronny dabei, was er seiner Mutter allerdings nicht vorher zeigen wollte. Eileen glaubte schon an einen neuen Angriff auf Ronny, vielleicht mit einer kleinen Maus oder irgendwelchen Krabbeltieren, die er ihm als Henkersmahlzeit servieren wollte? Bei dem Jungen war man nie vor Überraschungen sicher. Doch Eric beruhigte sie, denn er hatte mit Louis gesprochen und da nahm das Wort *Freundschaft* einen großen Stellenwert ein.

Eric fiel es nicht besonders leicht, Louis davon zu überzeugen, seinen leiblichen Vater als Freund ansehen zu können, denn ganz hatte er den Verdacht noch nicht abgelegt, dass Ronny es vielleicht doch auf Eileen abgesehen haben könnte. Aber er wusste auch, wie wichtig Eileen diese große ungewöhnliche Freundschaft war, wozu auch immer? Also gab er sein Bestes. Dem Jungen fiel bei diesem Gespräch ein besonderes Geschenk ein, dass er Ronny machen könnte. Dabei musste Eric ihm sogar ein wenig helfen.

»Na, dann kann es ja keine allzu schlimme Attacke auf einen kranken Mann sein«, sagte Eileen nun und schloss die Autotür, nachdem alle eingestiegen waren. Dennoch, mit leichten Zweifeln, sah sie in den Rückspiegel zu Louis und neben sich zu Eric.

»Oder habt ihr etwa ein gemeinsamen Komplott geschmiedet?«, fragte sie erneut.

»Ehrenwort, das denkst du doch nicht wirklich von uns?«, verteidigte Eric die gesamte männliche Seite. Dabei hob er zwei Finger nach oben zum Schwur und verschränkte zwei Finger mit der anderen Hand hinter seinem Rücken.

Louis tat es ihm gleich und beide lachten.

Skeptisch sah sie die beiden nacheinander an. Als sie merkte, dass die beiden sowieso zusammenhalten würden, war sie zunächst etwas verärgert, doch die Tatsache, dass Louis Eric vertraute, machte sie glücklich und sie war sich sicher, dass auch sie Eric vertrauen konnte. Dann startete sie endlich den Wagen.

Im Krankenhaus angekommen sorgte die kleine Familie für Überraschung. Ronny freute sich natürlich über den Besuch, zumal diese Menschen die einzigen waren, die ihn hier besuchen kommen würden. Außerdem war es eine willkommene Abwechslung zu der Konversation mit dieser *Kieler Sprotte*. Eigentlich hatte er Eileen allein erwartet, doch das Geschenk, was Louis für ihn hatte, vermittelte ihm ein ganz anderes Gefühl der Freude.

Der Junge steuerte geradewegs auf Ronny zu und rief: »Hallo, großer Meister!« Dabei strahlte er ihn ohne jeglichen Argwohn an.

Überwältigt von so viel Zuneigung, die dieses Kind ihm plötzlich entgegenbrachte, nahm Ronny Louis hoch und setzte ihn vor sich hin. Nun saßen die beiden da im Bett und zwei paar Augen strahlten in den schönsten Blautönen um die Wette. Selbst Eric musste sich eingestehen, dass bei dieser Ähnlichkeit, Ronnys Vaterschaft nicht zu leugnen war. Eileen war sichtlich erleichtert über Louis' verwandeltes Verhalten. Gespräche unter Männern schienen doch eine wichtige und erfolgversprechende Rolle im Leben eines Jungen zu spielen. Das musste sie zugeben.

Doch als Louis Ronny sein Geschenk gab und Ronny es gespannt öffnete, war die Überraschung auf allen Seiten gelungen. Er hatte für ihn einen Brief gebastelt, indem das japanische Schriftzeichen für Freundschaft zu lesen war. Ronny sah sich den Brief lange an, holte tief Luft und sah dann zu seinem Sohn. Seine Augen wurden etwas feucht vor Rührung.

»Weißt du, Louis«, begann er, »das kann der Beginn einer großen und langen Freundschaft werden! Willst du das?«

Aufmerksam und gespannt sah das Kind ihn an. Langsam nickte er.

»Darf ich dich in den Arm nehmen?«, fragte Ronny vorsichtig.

Wieder nickte der Junge. Dann fielen die beiden sich um den Hals und Ronny drückte ihn fest an sich. Dabei schloss er die Augen und sein Herz machte vor Freude einen Sprung.

»Danke«, sagte er leise an Louis' Ohr.

Nicht Liebe, aber wenigstens Freundschaft, die von Herzen zu kommen schien, war der Junge bereit, ihm zu geben. *Was will ich mehr*, dachte Ronny.

Er war sein Vater und sein Ebenbild, aber trotzdem war er für Louis ein Fremder. Nur, weil er damals zu egoistisch war. Er hatte eine Menge verpasst. Würde er das jemals aufholen können? Wenn er Eric und Eileen so eng beieinanderstehen sah, schien er nicht die allermeisten Chancen zu haben. Das Leben stellte schon eigenartige Herausforderungen an jeden Menschen und hielt viele Überraschungen jeglicher Art bereit.

Nun sah er erst von Louis zu Eileen und schließlich zu Eric. Dann wandte er sich wieder dem Jungen zu und sagte: »Ihr drei seid ein tolles Team und ich bin stolz, euer Freund zu sein.«

Wieder reichte Eric ihm freundschaftlich seine Hand. Diesmal schlug er ein. Eileen stand mittlerweile neben ihm und legte ihre Hand auf Ronnys Schulter. Ronny konnte gar nicht anders, als sich wohl fühlen. Auch wenn er es nicht zugeben würde, war es ihm wohl wichtig, in Eric einen Freund gefunden zu haben. Denn richtige Freunde fand man nicht überall auf dieser Welt.

Als die Momente der Rührung von allen Beteiligten überwunden waren, suchte sich jeder eine Sitzgelegenheit und alle plauderten miteinander. Ronny erzählte, dass er in einer Woche entlassen werden würde.

Die Kieler Sprotte wartete, bis Ronnys Besuch gegangen war. Doch dann konnte er nicht mehr an sich halten und musste seinen Kommentar abgeben: »Mensch, der Junge ist dir ja wie aus dem Gesicht geschnitten.«

Ronny hatte dafür nur ein lässiges Grinsen übrig, winkte ab und nahm sich sein Buch, in dem er schon länger gelesen hatte, um allein seinen Nachbarn besser ertragen zu können. Auch seine unverschämt neugierigen Fragen blieben unbeantwortet, denn Ronny wollte sich seine gute Laune nicht durch spröden Humor verderben lassen.

23

Eileen empfand es als recht angenehm, nicht immer allein zu Ronny ins Krankenhaus fahren zu müssen. Das lockerte die Situation erheblich auf.

Dennoch hatte sie das Bedürfnis, noch einmal unter vier Augen mit Ronny zu reden.

Also bestand sie darauf, Ronny selbst aus dem Krankenhaus abzuholen und ihn zu seinem Wohnmobil zu bringen.

Eric fragte sie besorgt, ob sie das wirklich wollte und ob er sie nicht begleiten sollte? Doch sie versicherte ihm, dass er sich keine Sorgen machen brauchte. Sie wusste, was sie tun würde und hätte alles im Griff.

Dann gab sie ihm noch einen vielversprechenden Kuss und meinte:»Ich werde nicht lange fort sein, warte ruhig auf mich.«

»Das werde ich tun«, versicherte er und ließ sie nur ungern gehen.

Eileen machte vorher noch kleine Besorgungen. Sie kaufte ein paar Lebensmittel, denn sie war sich sicher, dass Ronnys Kühlschrank nach diesem langen Krankenhausaufenthalt nichts Brauchbares mehr aufzuweisen hatte.

Es war ein schöner Sommertag. Das Wohnmobil stand direkt am Strand, auf einem wenig belebten Campingplatz an der Ostsee. Man sah, dass es längere Zeit unbewohnt war. Zeitungspapier war vor die Räder geweht worden und auch sonst sah es recht ungepflegt und verlassen aus. Der Campingstuhl war umgestoßen und ein Handtuch flatterte einsam, wie eine zurückgelassene Flagge im Wind. Ronny stieg zuerst aus dem Wagen und sah sich um. Eileen folgte ihm und holte die Lebensmittel vom Rücksitz. Der Mann stand still dort und blickte auf das Meer. Melancholie lag in der Luft, als würde es einen Abschied geben. Auch Eileen konnte diese Traurigkeit nachempfinden.

Um die Stille aufzulockern, sagte sie: »Viel Arbeit wartet auf dich.«

»Halb so wild. Mit ein paar Handgriffen ist alles wieder hergerichtet«, antwortete er ruhig. Doch er sah sie nicht an. Am liebsten hätte er sie in die Arme genommen und nie mehr losgelassen. Doch irgendetwas hinderte ihn daran. Stattdessen begann er, mit vortäuschender Seelenruhe den Campingstuhl wieder aufzustellen und das Papier aufzusammeln.

»Hier wohnst du also«, versuchte sie, erneut die Stille zu durchbrechen. »Soll ich die neuen Vorräte schon mal hinein bringen?«, redete sie einfach weiter.

Schnell sagte er: »Nein, das ist nicht nötig. Aber danke nochmals für deine Mühe.«

Während er ihr die Einkaufstüte abnahm, blickte er sie an. Er versuchte, ein Lächeln hervorzuzaubern, doch seine Stimmung ließ es nicht wirklich zu. Also sah er sie nur aus traurigen Augen an und berührte zufällig ihre Hand. Erschrocken zuckte sie zusammen und zog ihre Hand zurück.

»Entschuldige, ich wollte nicht …,« begann Ronny und sah zu Boden.

Eileen ärgerte sich über sich selbst. Sofort legte sie ihre Hand auf seinen Arm und meinte: »Ist schon gut, ich müsste mich eigentlich für vieles entschuldigen … aber es ist wahrscheinlich nicht sinnvoll, alte Geschichten auf-zuwärmen. Ich werde jetzt lieber fahren, wenn du alleine klar kommst.«

»Warte«, stieß er hervor und hob blitzschnell den Kopf, damit er sie ansehen konnte. »Lass uns noch ein bisschen reden, bevor du gehst«, meinte er nun.

Seine Augen drückten eine dringende Bitte aus. Ver-wundert darüber, was er ihr noch Wichtiges zu sagen hätte, blieb sie neugierig stehen und willigte ein. Ein spontanes Lächeln erheiterte sein Gesicht und seine tür-kisblauen Augen begannen zu strahlen. Freudig sagte er: »Ich koche uns einen Kaffee. Mach es dir so lange bequem. Oder möchtest du lieber einen Tee?«

»Ein Tee wäre nicht schlecht«, antwortete sie.

Eileen schlenderte zum Steg, der geradewegs ins Meer führte. Sie betrat ihn und achtete nicht darauf, dass das Holz unter ihr nass und glitschig war. Als sie sich set-zen wollte, rutschte sie auf den ebenfalls glatten Sohlen ihrer Schuhe aus und landete direkt im Wasser. Mit einer großen Wasserfontäne ging sie unter, denn diese Stelle war bereits recht tief. Aber weil sie eine gute Schwimme-rin war, tauchte sie auch schnell wieder auf.

Bäuchlings lag Ronnys bereits auf dem Steg und reichte ihr die Hand zum Aussteigen. »Hast du vielleicht dein Badezeug vergessen?«, meinte er schelmisch. Dabei funkelten seine Augen amüsiert auf.

»Witzbold«, keuchte sie, rang nach Luft und ließ sich von ihm herausziehen. Gerade als sie mit beiden Bei-nen auf dem Steg stand und auf dem nun noch nasseren Untergrund nach Halt suchte, ließ er sie los. Dabei verlor sie beinahe wieder das Gleichgewicht und drohte erneut abzustürzen. Mit einem raschen Griff legte er seinen Arm um ihre Taille und zog sie an sich.

»Verzeih, ich bin nicht mehr geübt darin, hilfsbereit zu sein«, entschuldigte er sich für sein Handeln. Obwohl er zugeben musste, dass ihm diese Situation nicht unangenehm war.

Geistesgegenwärtig stemmte sie ihre Fäuste gegen seine Brust. Er war ihr so nah und sah abwartend in ihre Augen.

Sein Herz schlug schneller und sein Gesicht näherte sich ihrem. Er war versucht, sie einfach zu küssen. Doch er zögerte, denn er wollte ihre hilflose Situation nicht ausnutzen.

Eileen stand wie versteinert da. Der dünne Stoff ihres Kleides klebte an ihrer Haut und ließ jede einzelne Rundung ihres Körpers geheimnisvoll erscheinen. Ronny besaß immer noch eine durchaus anziehende Ausstrahlung. Sie war irritiert, denn sie hatte diesen Menschen gern und konnte nur schlecht mit ansehen, wie er litt. Doch sie konnte es nicht zulassen, ihm falsche Hoffnungen zu machen. Ebenfalls war es ihr gar nicht so recht bewusst, wie anziehend sie auf ihn wirken musste? Ihre femininen Reize, die sich ihm unabsichtlich unter ihrem nassen Sommerkleid darboten, machten es ihm schwer, ihr zu widerstehen. Hinzu kam eine unsagbare Sehnsucht seinerseits, ihr seine neu entfachte Liebe zu gestehen. Doch er bemerkte ihren inneren Widerstand.

Nach einigen heißen Sekunden der Unentschlossenheit löste er sich von ihr und meinte:»Komm, du musst dich umziehen. Ich hole dir eine warme Decke!«Dann ging er zum Wohnmobil, suchte ein paar trockene Sachen aus seinem Kleiderschrank zusammen und brachte auch ein frisches Handtuch mit.

Fröstelnd schlug sie die Arme um ihren Körper und wartete, bis Ronny das Wohnmobil verließ.

»Ich hoffe, dir passen meine Sachen!«Doch noch bevor er den Satz beendet hatte, fiel ihm ein, dass Eileen früher immer gerne in seine Pullover geschlüpft war, auch wenn sie ihr viel zu groß waren. Früher hatte sie es geliebt.

»Danke«, sagte Eileen nur, als er ihr den Weg freigab und war nur froh, endlich aus seiner Sicht entschwinden zu können. Irgendwie war es ihr schon unangenehm, so vor ihm zu stehen und auch noch durch ihre eigene Tollpatschigkeit ins Wasser gefallen zu sein.

Dieser Mann könnte ja meinen, ich habe die Situation absichtlich herbeigeführt, weil ich etwas von ihm wollte, dachte sie plötzlich, *damals als wir uns kennenlernten, war es ähnlich.*

Schnell trocknete sie sich ab und zog die warme Sporthose und den kuschelig weiten Pullover an, den Ronny für sie bereitgelegt hatte. Als sie fertig war, strich sie ihre Haare glatt und hielt die Ärmel instinktiv vor ihre Nase. Sie roch an dem Stoff, so wie früher. Es erinnerte sie an damals, an die Zeit mit Ronny und sie fühlte sich wohl dabei.

Schon komisch, kam es ihr in den Sinn, *alles ist schon so lange her und doch meint man, es wäre erst gestern gewesen, als Ronny und ich zusammen waren.*

Bevor sie das Wohnmobil verließ, sah sie sich nochmals um und ließ ein paar Erinnerungen zu. Dann ging sie hinaus und hängte ihr Kleid auf die Leine zum Trocknen. Ihre Schuhe, die sie noch aus dem Teich gefischt hatte, legte sie in die Sonne. Glücklicherweise war es warm genug, um barfuß zu laufen. Schließlich setzte sie sich auf eine alte Baumwurzel, die dort lag.

Direkt daneben hatte Ronny ein kleines Lagerfeuer hergerichtet. Er legte nun die letzten Holzscheite darauf und zündete sie an. Es war zwar Sommer und die Sonne gab ihre wärmenden Strahlen ab, doch der Wind hier am Meer war frisch und kühlte alles recht schnell wieder ab. Eileen rieb sich die Hände und hielt sie wärmesuchend vor die Flammen. Dann brachte Ronny ihr den heißen Tee.

»Den brauchst du jetzt«, sagte er und gab ihr das warme Getränk.

»Danke«, antwortete sie und nahm die Tasse mit zitternden Händen entgegen. Eileen war sich nicht sicher, ob sie immer noch vor Aufregung zitterte, oder weil ihr kalt war? Der erste Schluck Tee tat gut und wärmte sie rasch von innen auf. Ihre nassen Locken schüttelte sie ab und zu an der Luft. Sie würden von der Sonne schon getrocknet werden.

Ronny beobachtete sie fasziniert und sagte plötzlich: »Du siehst aus wie früher!«

Neugierig zog sie die Augenbrauen hoch und sah ihn über den Rand ihrer Tasse hinweg an. Dabei hielt sie ihren Tee weiterhin vor ihrem Mund mit beiden Händen fest. Genau dasselbe hatte sie auch gedacht, als sie sich in Ronnys Kleidungstücken vorhin im Spiegel betrachtete. Doch sie sagte nichts.

Später holte Ronny die Einkäufe und packte aus.

»Mal sehen, was du uns Schönes mitgebracht hast«, meinte er und holte Brot und ein paar Grillwürstchen aus der Tüte. Diese steckte er auf einen Stock und gab sie ihr.

»Halte sie ins Feuer, dann werden sie schnell gar«, sagte er zu ihr.

»Wie praktisch«, meinte sie und war fasziniert über seine spontanen Überlebenstaktiken.

Da saßen sie beide nun. So nah und vertraut, doch sie waren sich fremd geworden. So viel hätten sie sich zu erzählen gehabt und doch fanden sie keinen Gesprächsstoff. Eileen sah zu ihm, wie er gebückt am Feuer saß und die brennenden Holzscheite sortierte.

Sein schulterlanges Haar fiel ihm ins Gesicht und verdeckte es. So konnte Eileen ihn unbemerkt beobachten, bis er die Strähne hinter das Ohr steckte.

»Wirst du bleiben?«, fragte sie plötzlich.

Ohne sich von seiner Arbeit abzuwenden, antwortete er: »Ich weiß noch nicht, ob hier der richtige Platz für mich ist.« Dann hob er den Kopf und sah gedankenverloren aufs Meer …

»Du bist bei uns immer herzlich willkommen«, sagte sie dann und legte eine Hand auf seine Schulter. »Ich freue mich, dass du wieder hier bist«, sprach sie weiter. »Ich habe mir so lange gewünscht, du würdest unseren Sohn eines Tages sehen. Doch die Zeit des Wartens wurde immer länger und irgendwann war Eric da. Eric ist für Louis der Vater, den er sich immer gewünscht hat, denn du warst ja nicht erreichbar. Es hätte alles anders kommen können … Jetzt hast du natürlich einen schweren Stand bei ihm.«

»Liebst du ihn, Eileen?«, fragte Ronny unerwartet.

Irritiert hielt Eileen inne und wusste nicht, was sie antworten sollte. Leise begann sie: »Ich denke schon … Eric scheint der perfekte Mensch für unsere Familie zu sein und es ist alles viel einfacher, wenn er da ist.«

Sie war Ronny zu nichts verpflichtet, doch sie hatte das Gefühl, ihm alles erklären zu müssen. Eileen stand auf, hockte sich vor ihn hin und legte ihre Hände auf seine Knie. Sie suchte Blickkontakt.

»Ronny, ich habe dich damals über alles geliebt. Doch du hast mich einfach zu lange warten lassen. Wie lange hätte ich auf deine ungewisse Rückkehr hoffen sollen? Und du kannst mir glauben, ich habe gehofft … obwohl alle dagegen gesprochen haben.«

»Wer alle?«, fragte er nun angespannt.

Erst jetzt sah er sie kurz an und sie bemerkte, dass seine Augen feucht waren.

»Tina und Chris, sonst hatte ich ja niemanden«, antwortete sie wahrheitsgemäß.

»Tina!«, wiederholte er mit etwas Verachtung in der Stimme. »Die war noch nie gut auf mich zu sprechen …«

»Du tust ihr Unrecht«, verteidigte Eileen ihre beste Freundin. »Ja, sie lässt kein gutes Haar an dir, aber sie war die Einzige, die mir beistand, nachdem ich niemanden mehr hatte. Selbst meine Eltern nicht mehr. Und du bist auch ohne ein Wort einfach verschwunden.«

»Ich wusste ja von nichts«, verteidigte er sich. »Wärest du damals denn geblieben? Die Freiheit hat dich schon immer von hier nach dort gezogen«, äußerte sie.

Er antwortete nicht.

Sie hat recht, dachte er, damals war ich auch noch sehr jung gewesen.

»Ich meinte immer, ich würde etwas verpassen, wenn ich die große weite Welt nicht gesehen hätte. Deshalb ließ ich mich von nichts und niemanden aufhalten. Jetzt stelle ich fest, dass ich trotzdem etwas sehr Wichtiges und Schönes verpasst habe. Und dich habe ich noch dazu verloren!«

Nun sah er sie wieder an, legte seine Arme zärtlich um ihren Hals und lehnte seine Stirn gegen die ihre.

»Ach Eileen!«, sagte er traurig. »Warum waren wir damals nur zu jung? Vielleicht hätten wir jetzt eine bessere Chance gehabt?«

»Vielleicht!«, stimmte sie ihm zu. »Doch jetzt entscheiden wir beide das nicht mehr nur allein.«

Nun war der Zeitpunkt gekommen, ihm alles zu erzählen, und sie wollte ihm keine Lügen auftischen. Die junge Frau löste sich von ihm, stellte sich aufrecht vor ihn hin, steckte die Hände in die Hosentaschen und fuhr fort: »In sieben Monaten bekomme ich ein Kind und Eric ist definitiv der Vater.« Dann schwieg sie und wartete auf eine Reaktion von ihm.

Doch Ronny blieb mit gesenktem Kopf auf der Baumwurzel sitzen. Er sagte nichts. Eileens Botschaft traf ihn wie ein Blitz und er war wie versteinert. Er vermied es, sie anzusehen, denn sie sollte seine Verbitterung nicht spüren. Ronny rang nach Fassung. Da stand sie nun, mit nackten Füßen, in seinen Klamotten, wie früher, vor ihm. Sie war außerordentlich bezaubernd, aber dennoch enorm selbstbewusst und knallte ihm eine Wahrheit nach der anderen an den Kopf. Wer auf dieser Gott-verdammten-Welt konnte das so schnell verkraften?

Als nach einigen angespannten Minuten immer noch keine Reaktion von ihm kam, bückte sie sich nochmals, hauchte ihm einen freundschaftlichen Kuss auf die Stirn und flüsterte: »Ich werde jetzt gehen.«

Nach weiteren Minuten des Schweigens fügte sie hinzu: »Ich würde mich freuen, wenn du im nächsten Frühjahr wieder bei uns auftauchst. Vielleicht möchtest du ja Patenonkel werden? ... Machs gut Ronny!«

Dann lief sie zum Wagen, stieg ein und fuhr davon, ohne noch einmal zurückzublicken.

»Verflucht!«, stieß er hervor, als sich das Motorengeräusch entfernte. Wütend warf er das kleine Holz, das vor ihm lag, unachtsam in das Feuer und vergrub sein Gesicht mit beiden Händen auf seinen Knien. Irgendwann gab er einen Verzweiflungsschrei von sich und riss dabei den Kopf in den Nacken.

Sollte ich irgendwann in meinem Leben noch einmal Glück haben, fragte er sich. Für Eric scheint das Glück gleich doppelt und dreifach vom Himmel zu fallen. Aber für mich gibt es da nichts zu gewinnen. Liegt es wirklich nur an mir? Eine Pechsträhne jagt die andere. Was soll das? Oder bin ich wirklich wieder mal zur falschen Zeit am falschen Ort?

Er kannte keine Antworten, er hatte nur Fragen.

Als Eileen zu Hause ankam, waren weder Eric noch Louis dort anzutreffen. Sie hatten für sie einen Zettel auf dem Küchentisch hinterlassen, auf dem sie ihr mitteilten, einen langen Spaziergang mit Rocky zu machen.

Mit einer Tasse Kakao setzte sich Eileen in die Hollywoodschaukel, zog die Knie hoch, legte ihr Kinn darauf und umschlang ihre Beine. Eingekuschelt in Ronnys Pullover ließ sie ihre Gedanken wieder mal in die Vergangenheit schweifen. Aber auch vor der Zukunft versperrte sie sich nicht.

Sie war hart zu Ronny gewesen, aber fair. Doch ihr blieb keine andere Wahl. Zu gern hätte sie ihm das Haar aus seinem traurigen Gesicht gestrichen, um seine Augen wieder leuchten zu sehen. Doch das durfte sie nicht wagen. Es war sowieso alles schon schwer genug. Wenn sie an ihre Zukunft dachte, musste sie an Louis, Eric und das Baby denken und konnte keine Rücksicht auf Ronny nehmen.

Nachdem sie ihren Kakao ausgetrunken hatte, zog sie sich um und verstaute Ronnys Kleidung in der hintersten Ecke ihres Kleiderschrankes. Sie bemerkte, dass sie ihr Kleid und ihre Schuhe bei Ronny vergessen hatte. Sollte sie es wagen, sie zu holen und nochmals zu Ronny zu gehen? Oder würde er zu ihr kommen? Würde er sich sogar entschließen, immer hier in der Heimat zu bleiben, oder würde die Sehnsucht ihn wieder in die Fremde ziehen?

Sie wusste es nicht! Sie wusste aber auch nicht, was ihr lieber gewesen wäre … Ronny war nach wie vor ein Rätsel!

Bei Eric verlor sie kein weiteres Wort über das letzte Zusammentreffen mit Ronny. Eric fragte auch nicht danach.

Zwei Tage später setzte sich Eric auf Ronnys Motorrad und fuhr zu ihm.

»Ich hoffe, wir haben unsere Schuld beglichen. Louis hat fleißig mitgeholfen, deine Maschine zu polieren. Den

Tank habe ich ausgetauscht, denn der hatte das meiste abbekommen. Ansonsten waren es nur Kleinigkeiten.«

»Danke, ich denke, das geht schon klar«, sagte Ronny. Er setzte sich auf seine Maschine und startete sie. Als der Motor mehrmals aufheulte, lauschte er dem Klang und kontrollierte verschiedene Regelknöpfe.

»Die *Hyjabusa* ist eine tolle Maschine und gibt einem ein starkes Fahrgefühl«, äußerte Eric, nun auf den Geschmack der Motorradfreude gekommen.

Wohlwissend nickte Ronny und stellte sein Prunkstück wieder an die Seite. »Willst du ein Wasser?«, fragte er Eric. »Mit Alkohol kann ich leider nicht dienen.«

»Gern!«, antwortete Eric und fand Ronny mittlerweile schon gar nicht mehr so unsympathisch.

Dann stellten die beiden sich auf den Steg und redeten über Maschinen und Männersport. Dabei prosteten sie sich zu.

Eric meinte: »Auf eine gute Freundschaft!«

»Wir werden sehen! An mir soll es nicht scheitern«, antwortete Ronny und er meinte es sogar ehrlich, obwohl die Enttäuschung über Eileens endgültige Entscheidung ihn immer noch schmerzte. Doch er hätte schon vorher wissen müssen, dass er ihr nie die sichere Geborgenheit geben konnte, wie es Eric tat. Dafür war er wirklich zu sehr ein Vagabund.

Noch lange standen die beiden eigentlichen Rivalen nebeneinander und fachsimpelten darüber, welches Motorrad man sich kaufen sollte und welches nicht; als wären sie schon von Kindesbeinen an befreundet gewesen. Doch irgendwann musste auch Eric sich verabschieden.

Im Laufe der nächsten Woche lag plötzlich ein zugeschnürtes Paket vor der Verandatür. Eileen nahm es auf und war neugierig, von wem es sein könnte. Unter der Paketschnur lag ein Brief. Darauf stand:»Für Eileen!« Die Handschrift kam ihr bekannt vor und nun zitterten ihre Hände, als sie das Paket öffnete. Zum Vorschein kamen ihre Schuhe und ihr Kleid, die sie bei Ronny vergessen hatte. Darunter lag noch ein Karateanzug in Louis' Größe. Gerührt strich sie über den noch ungelesenen Brief. Louis und Eric waren in der Küche mit dem Zubereiten des Mittagessens beschäftigt. Also ging sie kurzentschlossen mit dem Päckchen und dem Brief nach oben, um allein zu sein. Gespannt las sie Ronnys Zeilen.

Liebste Eileen,
Du kennst mich sehr gut!
Deshalb wirst Du verstehen, wenn ich weiter den Ort suchen muss, wo ich wirklich hingehöre. Wenn ich richtig überlege, beschäftige ich mich seit meiner Kindheit damit. Deshalb habe ich es wohl auch nie lange genug irgendwo ausgehalten. Auch hier bei euch ist auf Dauer nicht der richtige Platz für mich.
Ich kam wieder mal zu spät, wie schon so oft in meinem Leben. Leider war es auch zu spät, um mir darüber klar zu werden, was für eine tolle Frau Du bist. Bei unserem letzten Treffen wollte ich Dir so vieles sagen!
Doch Du hast mir klar gemacht, dass Du dich für den Besseren von uns beiden entschieden hast. Werde glücklich mit Eric und grüße unseren Sohn von mir. Er ist ein toller Junge und ich bin stolz, dass er Dich als Mutter hat. Du weißt, was für ihn wichtig ist.
Ich hoffe, ich kann manchmal an seinen Fortschritten teilhaben … Vielleicht bekommt er auch wieder Lust am Karatetraining. Ich hoffe, der Anzug gefällt ihm.
Die Idee von der Patenschaft ehrt mich. Gerne komme ich zurück, denn ihr seid meine einzige Familie, zu der ich nach

Hause kommen kann. Vorausgesetzt, ihr seid damit einverstanden. Ich werde nie vergessen, was Du für mich getan hast! Danke Eileen!
Pünktlich im Frühjahr werde ich wieder da sein und verspreche, nicht für ewig verschollen zu bleiben.
Ich hoffe, das ist auch in Deinem Sinne.
In ewiger Freundschaft
Dein Ronny!

Nun kullerte eine kleine Träne über ihre Wange. Sie wischte sie fort und faltete den Brief wieder zusammen. Traurig und zugleich glücklich über Ronnys Bekenntnis, suchte sie seine Sachen aus dem Schrank und atmete ein letztes Mal den Duft der alten Erinnerungen ein. Dann legte sie diese anstatt des Kleides in das Paket und schnürte es wieder zu.

Anschließend stieg sie auf den Dachboden, wo der alte Schrank stand, und legte das Päckchen hinein. Zuletzt strich sie sanft über das zugeschnürte Zeitungspapier und ein Lächeln huschte über ihr Gesicht.

Sie hatte es geschafft. So wie sie es schon geahnt hatte, suchte Ronny wieder das Weite. Doch er würde wiederkommen. Dieser Gedanke machte sie glücklich. Vor allem, weil er jetzt wusste, dass seine Familie auf ihn wartete. Wenn auch eventuell nur als Patenonkel aus Frankfurt, oder sonst woher. Doch er hatte die Chance, dazuzugehören. Eric und Louis könnten damit bestimmt auch ganz gut leben.

Sie wusste, dass ein Stück ihres Herzens immer ihm gehören würde, denn sie empfand für ihn ein sehr starkes Gefühl, eine kleine, aber besondere Art von Liebe … wie zu einem Bruder.

Schließlich gesellte sie sich wieder zu ihrer kleinen Familie. Eric hatte schon das Mittagessen auf dem Tisch stehen. Sie besah sich das Treiben bei Tisch und war glücklich.

Den Karateanzug zeigte sie Louis nach dem Essen. Er zog ihn sofort jubelnd an. Gern hätte er sich dafür bei seinem großen Meister bedankt. Das ging nicht, denn er war schon wieder mal auf und davon.

Eileen setzte sich auf Erics Beine und lehnte sich liebevoll an ihn. Beide beobachteten Louis, wie er ihnen stolz Karateübungen vorführte. Zufrieden drückte Eric seine Eileen an sich und küsste sie.

Bei einer kleinen Atempause fragte er plötzlich: »Ach übrigens, wollt ihr mich heiraten?«

Eileen sah ihn lächelnd an und meinte dann zu Louis: »Hallo, kleiner Karatemeister, Eric möchte uns heiraten, was sagst du dazu?«

Louis kam zu den beiden hin, legte jeweils einen Arm um jeden und antwortete: »Mama, das musst du schon entscheiden, schließlich weißt du doch, was gut für uns ist! Aber ich bin einverstanden!«

Lachend hielten sich alle drei im Arm und drückten sich ganz fest.

Ende

Winter-Wunder-Weihnachtswelt

Wie war dein Jahr?

Wieder geht ein Jahr zu Ende und ich setze mich an den großen Tisch aus Ebenholz, der in unserer Küche steht. In meinen Händen halte ich eine Tasse mit heißem Tee fest umschlungen. Genüsslich nippe ich daran. Gedankenverloren sinne ich der Zeit nach, die so schnell vergangen ist. Da klopft es an die Tür. Ich öffne und herein kommt ein kleiner Engel. Er setzt sich zu mir an den Tisch und lächelt mich an.

„Und meine Liebe", sagt er, „wie war Dein Jahr?"

Ich schaue überrascht. Dann sammle ich kurz meine Gedanken und plötzlich fallen mir viele Sorgen und Probleme ein, die ich im letzten Jahr zu überstehen hatte.

„Ach, weißt du . . .!", beginne ich.

Doch der Engel hebt die Hand und sagt: „ Warte! Ich werde Dir Fragen stellen. Antworte nur mit Ja oder Nein!"

Schnell schlucke ich die Worte herunter, die mir noch auf der Zunge liegen. Ich nicke!

Schon stellt er die erste Frage: „ Hast Du irgendwann in Deinem vergangenen Jahr gelacht?"

„Hhm?", ich muss etwas nachdenken.

„Na klar!", kommt es mir in den Sinn, „natürlich habe ich immer mal wieder im vergangenen Jahr gelacht. Was für eine Frage?"

Ich antworte dem Engel: „ Ja!"

„Gut!", meint er dann, „hast Du irgendwann in Deinem vergangenen Jahr über Dich lachen können?"

Ende der Leseprobe

In *Winter-Wunder-Weihnachtswelt* geht es um weihnachtliche Gedichte und Geschichten, die von kleinen Engeln handeln, einem einsamen Magier und anderen berührenden Momenten, die das Herz erwärmen. Passend für eine gemütliche Lesezeit vorm Kamin.

Lina-Marina Lou
Winter-Wunder-Weih-
nachtswelt
84 Seiten
EUR 5,99
ISBN: 978-3-7460-1496-8

Buchvorstellung Kady Burton

Lady Ronna

Erin, einst ein Findelkind, lebt gemeinsam mit ihrer Zieh-mutter ein einfaches Leben. Sie ist glücklich und unbe-schwert, bis zu jenem Moment, in dem ein Verwandter des Lairds auftaucht, auf dessen Ländereien sie lebt.

Es gilt einen politischen Pakt zwischen zwei Clans zu besiegeln. Aus dem Grund wird Erin in eine andere Rolle und in eine Ehe mit Laird Ceilen Murray gezwungen. Beides verlangt, dass sie ihr bisheriges Leben vollstän-dig aufgibt.

Aus Erin muss Lady Ronna werden.

Wird es der falschen Lady gelingen, das Lügennetz aufrecht zu erhalten?

Kady Burton
Lady Ronna
330 Seiten
EUR 11,11
ISBN: 979-8-6761-7571-9
und als eBook erhältlich

Lina-Marina Lou

… 1966 in NRW geboren und aufgewachsen, schreibt die Autorin bereits seit ihrer Teenager-Zeit.

Als ihr ein Freund in späteren Jahren ein leeres Buch schenkte, mit dem Wunsch, an ihre Träume zu glauben, fand sie auch den Mut, ihre Geschichten weiterzuschreiben und sie mit anderen zu teilen.

Stets vom Herzen geleitet, entspringen aus ihrer Feder liebevolle Geschichten für Kinder, Teenager und Erwachsene. Sowohl Liebesgeschichten und turbulente Beziehungskisten als auch Gedichte, Kindermärchen und Begegnungen mit phantastischen Wesen tanzen durch ihre Phantasie.

Von Sehnsucht geführt und von Liebe berührt nehmen sie Gestalt an und werden lebendig. Lasst Euch verzaubern und begeistern.

Heute lebt sie mit ihrem Partner in Baden-Württemberg und schreibt unter dem Pseudonym Lina-Marina Lou.

Kontakt:
Ulrike Ritter
Michaelstr. 254
74523 Schwäbisch Hall
lina-marina-lou@web.de